CUANDO LLEGUES AL OTRO LADO

CUANDO LLEGUES AL OTRO LADO

Mariana Osorio Gumá

Grijalbo

Cuando llegues al otro lado

Primera edición: abril, 2019

D. R. © 2019, Mariana Osorio Gumá
Publicada mediante acuerdo de VF Agencia Literaria

D. R. © 2019, derechos de edición mundiales en lengua castellana:
Penguin Random House Grupo Editorial, S. A. de C. V.
Blvd. Miguel de Cervantes Saavedra núm. 301, 1er piso,
colonia Granada, delegación Miguel Hidalgo, C. P. 11520,
Ciudad de México

www.megustaleer.mx

ISBN: 978-607-317-768-9

Impreso en México – *Printed in Mexico*

El papel utilizado para la impresión de este libro ha sido fabricado a partir de madera procedente
de bosques y plantaciones gestionadas con los más altos estándares ambientales, garantizando
una explotación de los recursos sostenible con el medio ambiente y beneficiosa para las personas.

Penguin
Random House
Grupo Editorial

A la memoria de Marcel y Edmond Sanquer, viajeros, amigos, los mejores anfitriones del mundo. Con profundo agradecimiento.

"El verdadero anfitrión es el que invita a cenar."

MOLIÈRE

"Yo no crucé la frontera, la frontera me cruzó."

LOS TIGRES DEL NORTE

La madrugada en que partieron de Amatlán, en la caja trasera de una pickup, el mundo se volvió inmenso y ruidoso. Emilia Ventura cerró los ojos e inhaló hondo el aire fresco de su tierra. Quería guardarse un poco. Que se le metiera hasta el fondo del alma, bien envuelto en el vaho de la alborada. Bastaría con buscarlo por las esquinas de sus pensamientos para que, de golpe, el cerro entero con sus colores, sus grillos y chachalacas y su olor a lluvias volviera completo. A sus doce años, ya intuía la dimensión infranqueable de tiempo que tendría que transcurrir antes de recuperar siquiera un pedacito del mundo en el que había crecido.

Al paso de la camioneta, desde los caseríos, corrieron y ladraron los perros. Querían alcanzar al monstruo de diez cabezas y cuatro patas anchas y redondas que circulaba por la carretera. Cabezas de viajeros silenciosos y abstraídos: sumidos en su añoranza. Las hojas de los ciruelos ya habían quedado atrás cuando Emilia y Gregorio Ventura sintieron sobre ellos las miradas llenas de preguntas, de consejos y advertencias. Que si el chamaco, con su pie chueco, conseguiría resistir el andar sin tregua que le esperaba. Que si la niña, así de tierna, se libraría de tanta alimaña acechando los caminos. Uno de los hombres se animó a preguntar si alguien los alcanzaría antes del cruce. Si los estarían esperando del otro lado. Que si sabían cómo andarse cuidando: que si esto, que si lo otro.

—Sí, don —se animó a interrumpirlo Gregorio, ya exasperado—. Adelantito nos esperan. ¿Verdad, Calandria? —y le echó a su hermana un mirar cómplice.

Una hilera de casas de adobe dejó lugar a las construcciones con bloques de tabicón: grises desangelados con restos de trastos viejos y basura acumulada por dondequiera. La camioneta anduvo entre zarandeos. Y a pesar de eso, Emilia Ventura dormitó un par de horas, hasta que el sol le pegó sobre la nuca. Al fin se detuvieron en una población: construcciones de lámina descuajaringada, tierra y árboles pelones, entre pastizales más secos que lomo de animal muerto.

—Ahorita vengo: voy a buscar al del camión —dijo el chofer, un muchacho malencarado de nombre Darío, y desapareció por un sendero.

Los viajeros se apearon. Los hombres se alejaron a orinar. Las mujeres le hicieron como pudieron, más allá, fuera de la vista, cubriéndose unas a otras. Luego se quedaron de pie junto al carro, a un ladito, pues ninguno se animó a alejarse más allá de unos pasos. A pocos metros se alineaba media docena de casas hechas de lámina y concreto. Al rato llegó otra camioneta cargada de unos veinte. Un ir y venir de gente a la espera. Deambulaban de arriba abajo con sus mochilas a cuestas, o se echaban sobre la yerba seca y terrosa, masticando, bebiendo, hablando.

Un viento brusco levantó una tolvanera: envolturas, basurilla, hojas secas. Se volaron los sombreros, las cachuchas, se revolvieron los pensamientos. Parecía un remolino que traía un mensaje secreto desde un mundo paralelo. Emilia miró a su hermano.

—Qué me ves, Calandria —preguntó él y sintió ternura: sondeó los ojitos avispados y preguntones de su hermana menor. La frescura de su curiosidad. También él reconocía en la tolvanera un presagio.

—Nada, Caco —dijo Emilia y negó con la cabeza mientras seguía el polvo con la vista.

Caco, Goyo. Emilia, Calandria.

Por sus pensamientos aparecieron los ventarrones del pueblo, durante la época de secas, levantando tierra y cuanta cosa se encontraran a su paso. Tan fuerte que se oía el crujir de las ramas de los árboles; los cableados de luz se azotaban de un lado al otro hasta liberarse de los postes, dejando al pueblo a oscuras. El viento rezumbaba entre los nichos de las piedras y producía un quejido como de animal en pena que les enchinaba el cuero a los más recios. Emilia recordó cómo después de eso solía ocurrir algo imprevisto. O se encontraban un billete o se anunciaba la muerte inesperada de un conocido o se sabía de un desbarrancado u otro ahogado en las pozas. También podía ser que sin anuncio llegara un circo, una feria o pusieran un ruedo en la plaza principal. Entonces su padre, que casi nunca paseaba con ellos, los apuraba a emperifollarse con los mejores trapos que tuvieran y los invitaba a ver a los animales y a los acróbatas del circo o a pasear por la feria y subirse a los juegos mecánicos. O compraba boletos para atisbar desde las gradas a los valientes que conseguían mantenerse a lomo de toro. No había modo de anticipar si con la tolvanera lo que sucedería iba a ser bueno o no. Sólo sabían que no había pierde: las ventoleras anunciaban novedad.

El torbellino alrededor no duró ni un minuto. Gregorio bajó la cabeza y dibujó círculos con la punta del tenis: así le hacía cuando lo embargaban los desarreglos de su alma.

Al fin vieron aproximarse a Darío de vuelta: hablaba con un hombre obeso que tenía una cicatriz en la mejilla. Con sus ojos de capulín observó uno por uno a cada viajero. Se detuvo al mirar a Emilia, y ella mejor se volteó para otro lado.

—Andan con suerte —dijo—. Me platica este señor, Chato, que ya casi está armado el grupo para ir derechito hasta el cruce. A él le pagarían la mitad de lo que quedamos, y la otra parte, allá donde los deje.

Emilia y su hermano intercambiaron miradas. Ya le habían dado una parte del dinero a Darío y tenían apenas otro tanto para pagar el cruce. Él les había asegurado que no tenían que soltar ni un peso antes de llegar a la frontera.

Algunos de los hombres se ocupaban de regatear cuando Gregorio se le acercó a Darío.

—Ya te dimos el dinero. ¿No que hasta el cruce íbamos a tener que desembolsar? Si le doy a éste ahorita, nos quedamos sin varo para pagar allá.

Darío lo contempló en silencio. Luego le echó un vistazo a Emilia.

—No se te olvide que con ustedes hice trato especial… solo porque tu abuela hizo lo que hizo. Dame ahorita lo que traigan y déjame ver qué puedo hacer.

—Pero si ya te dimos…

—Sí, pero eso era para el arranque… clarito les dije.

14

—No nos dijiste.

—Si quieren, sí, y si no, pos no. Ahí sabrán.

Gregorio y Emilia se miraron.

—Saca el dinero, pues —le dijo él, al fin, a su hermana.

Ella no le quitó la vista de encima. Luego extrajo del tenis unos billetes. Los contaron y se los entregaron a Darío. De espaldas, contó y se metió una parte al bolsillo.

—Jijo… —le oyó murmurar Emilia a Goyo.

Darío se le acercó al Chato, que en ese momento alegaba con la gente:

—Ya les dije: si en la siguiente tanda vienen de menos unos diez, entonces les bajo un poco.

Darío le susurró algo al oído y señaló a los hermanos. El Chato masticaba un palito y echaba vistazos hacia ellos. Negociaron un tanto hasta que Darío le entregó los billetes.

—Órale, pues —dijo al fin, antes de escupir—, trato hecho —y sus capulines secos temblaron ligeramente al posarse sobre los hermanos.

Darío se les acercó:

—Ya estuvo. Allá entregan el resto —y le dio una palmada en la espalda a Gregorio antes de alejarse.

—Jijo. Espero que no nos pase a chingar —soltó en un balbuceo; su hermana lo miró de refilón y se preguntó qué tipo de presagio era el que había traído consigo la tolvanera. Por primera vez en su vida no le quedaba claro.

Al fin llegó otro racimo de gente. Eran diez y todos se apuraron a trepar al camión que los llevaría hasta la frontera.

Al subir, Goyo iba en silencio: traía una espina picoteándole el pensamiento. Veía con preocupación cómo el chofer los espiaba por el espejo.

—No te alejes de mí —le murmuró a su hermana—. Nomás por si las dudas. No vaya a ser. Ponte la cachucha y baja la cara cada vez que te estén mirando: que piensen que eres niño. No andes de chismosa metiéndote donde no. ¿Entendiste?

La voz cantarina de un viajero resonó, como canto de pájaro triste. El ruido del motor y el rechinido de las ruedas deslizándose sobre el asfalto inundaron el aire durante el resto del camino.

Mamá Lochi era una mujer valiente, aunque le tenía miedo a los rayos. Decía que eran enviados de un dios antiguo para recordarles a los hombres lo chaparros que eran y mostrar quién manda en el universo. También decía que sólo bajo la ráfaga del relámpago se podía templar un alma. Y era valiente porque, a pesar de sus miedos, nunca dejó de hacer lo que tenía que hacer cuando arreciaba una tormenta. No se cansaba de contar las veces que había visto entrar por la puerta o por las fisuras del techo, a mitad de uno de esos aguaceros que desfondan el cielo en el verano, una viborita eléctrica buscando dónde desahogarse. Desde chamaca la andaban persiguiendo. Cuando se desataba la lluvia nos ordenaba que nos quedáramos quietos, que sintiéramos la fuerza del cielo, de la tierra, pero eso sí: nos ponía huarache de suela de goma, no fuera a ser de malas que nos achicharrara un rayo. Solía contar las veces que vio, arrastrándose por el suelo, esas cuerdas flacas de lumbre que no se estaban en paz y que iban incendiando cosas a su paso. Los petates eran los primeros en chamuscarse, luego la leña seca y hasta la poca ropa que tenía. Por eso se me hizo raro que al cumplir siete me regalara un morral de yute y me dijera:

—Ándale, chamaca, que nos vamos pal monte.

Eso no era lo raro, pues seguido la acompañaba en sus correrías por el cerro para buscar yerbas, hongos, cortezas, animales o cuanta cosa necesitara para sus ungüentos y sahumerios. Lo nuevo era que nunca antes me había dado un morral y, sobre todo, me extrañó que ese día habiéndose teñido el cielo de negro, me dijera que saliéramos. A mi hermano y a mí nunca nos dejaba andar bajo la lluvia, por temor a que nos cayera un rayo.

—Pero va a llover, mamita —le dije, sabiendo cómo se le enchinaba el cuero al oír la tronadera a lo lejos, acercándose.

—No le hace. Ya llegó la hora de templar la sangre —me contestó—. Córrele, ponte tus huaraches de suela de goma. Ya estás en edad de aprender lo que sólo se aprecia bajo la lluvia.

Había oído que a ella la había alcanzado un rayo cuando chamaca. Se lo oí decir como de pasada a mis tíos o a mi padre; la manera en que los escuincles nos enterábamos de las cosas de la vida. Tardé en relacionarlo con aquella cicatriz de ramitas rojas, en forma de helecho, que le surcaba el brazo izquierdo desde el hombro hasta el codo: así era la huella que le dejó el relámpago al pasar por su cuerpo. Cuando por las noches se iba la electricidad y andábamos entre la penumbra, a Mamá Lochi le daba por apartarse unos pasos y descubrirse el brazo: las ramitas de helecho brillaban en la oscuridad, con su propia luz. Se paseaba por la casa y nosotros andábamos detrás de ella, buscando su luminosidad, queriendo ver las formas de su arbolito, como ella lo llamaba, admirados de ver esa maravilla que traía pegada al cuerpo.

No fue el único recuerdo que le dejó el trueno. Se decía que era responsable de sus poderes de visión y de su habilidad para curar a las personas. En esa época, no había modo de preguntar nada; por ser niños no teníamos derecho. Aunque de todo nos íbamos enterando: mi hermano Caco y yo reuníamos frases, palabras oídas aquí y allá y las juntábamos para reconstruir y secretearnos las historias en algún rincón, aunque nuestros relatos ya distaran kilómetros del original.

Mamá Lochi le decíamos a mi abuela. Aunque se llamaba Eloísa Blanca del Carmen Molina Trueba. Tenía un nombre largo, como los de antes, y siempre me decía:

—Tú nomás tienes un nombre porque un solo nombre te va a hacer más fuerte.

No sé por qué pensaba eso. La verdad ella era muy fuerte aunque tuviera muchos nombres. Todos la respetaban y para todos era Mamá Lochi. Mamá Lochi para sus hijos, para sus nietos, que éramos dos los que ella conoció, para sus curaditos, que así llamaba ella a los que iba a refregar con sus yerbas y sahumerios. Mamá Lochi que esto, Mamá Lochi que lo otro. Mucha gente iba a pedirle ayuda: especialmente cuando iba a vender sus yerbas y linimentos al mercado de Santiatepe.

Con mi nombre, la verdad, ni ella respetaba esa creencia porque le gustaba llamarme de muchas maneras. Que Calandria, Mila, Alondra, Emilia, Chaparra. Le daba risa que desde niña, cuando me emocionaba o me asustaba, se me fuera el habla y sólo me saliera ese chiflido, como piar de pájaro, en lugar de palabra. Decía que desde que nací lo notó: mientras mi madre me amamantaba, yo, a ratos, separaba la cabeza de su chichi, miraba alrededor y soltaba ese silbidito de

19

pájaro que al principio era suave y que fue aumentando de volumen con el tiempo.

—Una mujer tiene que ser fuerte, Calandrita, y cuantimás si es pobre —me decía, mientras echaba las tortillas al comal.

Desde que me acuerdo, me iba con ella al monte a buscar los ingredientes para hacer sus ungüentos. Subíamos a las cimas por laderas y caminos enmarañados hasta llegar a los bosques de encinos, rechulos cuando llegaba el otoño. A través de las hojas naranjas, rojas y amarillas salpicaban chorros de luz. Las luminiscencias parecían cosa de otro mundo con sus brillos deslizándose como cascadas por las ramas, creando claros entre las sombras, resaltando el musgo verde y blanco que nace en los troncos. Con la subida del calor, el ocote y el pino manaban sus olores por dondequiera. Era sabroso respirar hondo, llenarse el cuerpo del perfume de los maderos, de las yerbas, de la tierra. Y cómo me divertía cuando las hojas de encino, grandes como manos de arriero, tapizaban la tierra y formaban ríos que crujían al pisarlos. Mamá Lochi iba como si nada, andando por entre el zacatal o por entre los bosques de otates de las cimas, guiándose por los caminos formados de luces y sombras. Siempre cantando. A ratos, nombraba las plantas, las hojas y raíces que echaba a su morral y me explicaba para qué servía cada cosa. No perdía oportunidad de contarme una historia, de enseñarme un canto, de decirme un secreto.

—En este mundo hay más de lo que podemos ver con los ojos, Emilia. El *más allá* no está más allá. Está aquí mero. No se puede ver todo lo que está. Ni lo que vemos es lo que parece que es. Tú misma lo vas a saber. Eres mi sangre.

¿Ves allí adelante, donde se juntan esas dos piedras? Por ahí anda un ánima. Si te quedas quieta y divisas de verdad, verás pasar su sombra.

A veces me mandaba a cazar insectos, en especial chapulines, cuando el monte o la siembra se plagaban. Después, al llegar a nuestra casa, los echábamos al comal y los devorábamos tostados con chile y limón. Ella apartaba una bolsa entera porque en ocasiones los usaba para hacer sus ungüentos.

—Éstos son buenos para cuando se quiere que alguien brinque lejos. Se untan en los pies y en la mera punta de la cabeza, y con eso tienes. También sirven para las várices si pones a cocer las patas de chapulín en una olla grande con agua de flor de calabaza. Se lo das a la persona por las noches y luego le untas en las piernas lo que queda al fondo de la olla: en días las várices desaparecen.

En otra ocasión, se me quedó viendo de una manera que hasta escalofrío me dio, y me soltó aquello que yo recordaría años después:

—Tú, escuincla: traes chapulines en los pies. Vas a brincar lejos. Y luego, no te vas a quedar quieta por mucho tiempo —así nada más me dijo y a mí me extrañó. Yo no tenía deseo de irme a ningún lado. Aunque la idea de viajar, de conocer otros lugares, me ilusionara. Intenté que agregara algo más a su designio. Pero no hubo manera. Ni una sola palabra extra pude sonsacarle.

Lo que menos me gustaba de andar con mi abuela por el cerro era cazar víboras. Aunque fuera víbora ratonera. A mí me daba asco porque Mamá Lochi, para que se me quitaran las ñáñaras, la agarraba viva y me obligaba a sostenerla, mientras le decía quién sabe qué tanta cosa en ese idioma

21

que luego le daba por hablar y que solo ella entendía. Pero hasta parecía que la víbora sí. Le chiflaba, le cantaba y luego la mataba con un torzón de cuello o un golpe de machete que cargaba en su morral. Antes de matarla, sentía entre mis dedos cómo el animal endurecía el pellejo apenas oír su voz; la cabecita se volteaba hacia Mamá Lochi para no perderse una palabra. Me aguantaba el guácala, aunque retorcía la cara porque mi abuela se me quedaba viendo, muy seria como esperando mi gesto y luego soltaba su risotada.

—No seas melindrosa, Calandria. Ya le pedí permiso para echármela y ella me lo dio: sabe que su carne va a volver a la tierra. De la tierra para la tierra —decía luego mientras alzaba el cuerpo lánguido del animal—. Hay que quitarle el pellejo cuando el cuerpo está caliente —y ahí mismo la despellejaba de un jalón, guardaba la piel en el morral y metía la carne en una bolsa de plástico. Ya en la casa la echaba a cocer y, luego de enfriarse, la molía en el molcajete con unas semillas; la pasta que de eso salía la ponía al sol por una semana.

—Todo tiene corazón, aunque no parezca. Si le buscas y sabes oír, verás que hasta las piedras laten bien fuerte. Tan quietecitas. Son los secretos pulverizados y arrejuntados del mundo. Nomás siéntelas. Cuando comas los honguitos que crecen del lado de allá, donde está ese amontonadero de rocas, te darás cuenta de la mera verdad. Te pones una piedrecita en la palma de la mano y sientes su calor, como si fuera un recién nacido. Y las mariposas. Si te fijas bien, son mujercitas disfrazadas. Canijas que son. Con ellas hay que andarse con cuidado; si las ignoras o les caes mal, se encabronan, les salen unos colmillos filosos y se te vienen encima para puro mordisquearte. Hay que admirarlas para que

22

no se encelen. Supe de una yerbera de San Nicolás que por andarlas chingando, llegadita la noche, le sacaron un ojo a mordidas y no hubo quién se lo compusiera. Bien tuerta quedó la pobre Hilaria.

Después de contarme esas historias, Mamá Lochi se podía quedar callada el resto del camino. A mí se me iba la cabeza en voltear a ver lo que no podía ver. Hasta a las sombras oía crujir. Peor tantito: había mariposas de a montones. Especialmente durante la primavera. Y aunque era difícil creer que pudieran arrancarle un ojo a alguien, mucho menos a mordidas, yo, por las dudas, les hacía la barba en voz bajita; así me quedaba tranquila de que no la agarraran en mi contra. De tanto mirarlas fijo, me parecía ver una cabeza de niña ojona por entre las alas. Sus colmillos diminutos les brillaban. Yo me quedaba bien quieta. Sólo movía los labios, apenas lo necesario, para decirles que qué chulas eran, que qué preciosísimas sus alas, o lo que fuera pasando por mi lengua para alegrarlas. No fuera a ser que se enojaran y me arrancaran un cacho de carne o me dejaran bien tuerta.

Cuando se acercaba un colibrí era Mamá Lochi la que se convertía en piedra. Ni respiraba. Sólo movía los ojos: lo dejaba detenerse cerca de ella, a veces junto a su oreja, y clarito que se oía el zumbido de las alas. Cuando se alejaba, ella le seguía el vuelo hasta verlo desaparecer entre los árboles.

—Son mensajeros —me decía—, y hay que estarse bien quietecito y en silencio para entender el mensaje que traen.

—¿Y qué le dijo ése que acaba de irse, Mamá Lochi?

—No se puede andar contando así nomás, escuincla. Cuando uno se te acerque con mensaje, entonces lo sabrás —y el retumbe de su carcajada viajaba a través de las barrancas.

Otras veces se ponía muy seria.

—Mira, Emilia, el mundo nace de puro desgarrarse —me decía. Y yo allí, oyéndola sin entender—. Una desgarradura y otra y otra. Mientras más chulas las cosas, mientras más poderosas, más cabrón estuvo.

Tomaba aire, encendía su pipa de carrizo y me contemplaba como tanteándome.

—Después del desgarre algo se junta, se une y agarra forma. No hay cosa igual a otra. Y no hay nada que, siendo de pura verdad, se repita en ningún lado por más que le busques.

Quién sabe de dónde sacaba esas ideas mi abuela. No sé si de comerse sus hongos. Si de haber recorrido desde niña su cerro. Si de la magia que llevaba en el alma. Sólo sé que empezó a pasarle después del día en que le cayó el rayo. Dicen que tenía siete. Yo creo que por eso, para recordarlo, es que una tarde, después de que yo misma cumpliera los siete, me hizo subir al monte bajo la tormenta.

—Despierta, Calandria: ora sí llegamos.

Goyo llevaba rato zarandeándola. Sumergida en su chamarra, a Emilia no le fue fácil despertar. Al levantarse, sintió que le crujía el esqueleto. Que las tripas le rechinaban. Y que la boca era un estropajo seco.

El Chato los apuró. Bajaron de la camioneta uno tras otro, tan veloces como les permitió el entumecimiento. El sol los golpeó con garrote hasta sacarles de adentro cualquier resto de humedad.

—Pinche calor culero —alcanzó a murmurar Gregorio.

—Órale, cabrones, que no tengo su tiempo —de un grito, Chato acarreó al grupo y se echaron a andar por un sendero que se adentraba en un monte seco. Unos pasos adelante encontraron un camión de redilas donde se treparon. Al volante iba un hombre con bigote espeso y sombrero de ala ancha, a su lado iba otro, tuerto y con cachucha; le brillaba un arete dorado en la oreja. Al trepar, el sombrerudo los miró a través del espejo retrovisor con ojos de lumbre. Chato se recargó en la puerta del camión y le destaparon una cerveza que se echó de un trago. El del sombrero echó un vistazo a los viajeros. Hablaron en voz baja y sonaron en alto las carcajadas.

—Ahí se arreglan con éstos; ellos les dirán qué y cuánto—les dijo a los que ya se habían acomodado atrás del camión. Y se echó a andar de regreso.

—Tengo un chingo de sed, Goyo —murmuró Emilia, sin esperar respuesta. Ya ni con imaginación podía hacérsele agua la boca. Los labios le ardían de tanto chuparlos. La lengua era puro escozor y tenía un sabor a huevo podrido; le daba asco su propio aliento.

Entonces empezó el brincoteo sobre sus pies, al paso de las ruedas por la terracería.

—Aguanta, Emilia. Ya merito llegamos —fue el susurro de Goyo, a destiempo.

—¿Adónde vamos a llegar?

—Ahoritita verás.

—No te hagas. Tú tampoco sabes.

Él le echó una de sus miradas.

—¿Entonces para qué chingaos preguntas si ya sabes que no sé? —y, sin decir más, regresó la vista al desierto, que era una boca abierta extendiéndose al infinito.

La carretera anduvo recta, pero llena de baches y escollos. Los cactus surgían como espectros cansados a mitad de la nada. Emilia Ventura tenía las pupilas clavadas en el paisaje. Como si no fuera de verdad. No reconocía. Tenía la creencia de que los paisajes eran bien iguales que aquel donde había crecido: esperaba ver aparecer sus cerros, sus árboles, sus matorrales, el cielo enmarcado por las ramas y las hojas de los ciruelos. Esperaba verlos brotar de ese descorazonamiento, pero ni un monte pequeño ni un árbol enano se asomó por el camino. Sólo tierra seca, árida como la mirada de un demente. Pues dónde se esconderían las ánimas de ese desierto, se preguntó en silencio.

—Tengo sed, Caco.

—Ya no chingues, Emilia. Yo también. Aguanta. Ya mero llegamos.

—Pues adónde vamos a llegar.

—Pues adonde nos lleven, Calandria. Adonde nos lleven. No andes de chillona. Tenemos que ir con éstos para cruzar.

—Yo no ando de chillona, pinche Caco. Deja de andarme chingando.

—Tá bueno —Goyo mejor le paró. No fuera a ponerse loca, como a veces le pasaba al encabritarse.

Demetria, una mujer del pueblo, los venía escuchando. Sacó una botella de agua de su mochila.

—Tómale un trago, chamaca. Que ya se te partieron los labios —y le acercó la botella.

Emilia bebió como si fuera lo último que fuera a hacer en su vida.

—De a poquito, niña, que hay que cuidarla —la mujer le arrebató la botella antes de que se la terminara. Le ofreció a su hermano, quien le dio dos largos tragos y la devolvió.

—Gracias, doña.

—Aquí hay que llevársela leve con el agua. De a traguito por vez —dijo Demetria, como si ellos no lo supieran—. Cuando se pueda, la rellenamos. No se sabe cuánto va a pasar antes —y levantó la botella para ver cuánto le quedaba.

El camión siguió todavía un tramo dando botes sobre la terracería. Los saguaros y las yucas de brazos abiertos aparecían lanzando sus plegarias al cielo. Emilia imaginó que a lo mejor esas meras eran las ánimas perdidas.

La tarde ya caía sobre la tierra cuando la silueta de una construcción lejana apareció en el horizonte.

El camión se metió por una senda hacia ese rumbo, hasta un galerón, que en otro tiempo había sido gallinero. A una distancia de cincuenta metros, había tres chozas desparramadas en desorden, malhechas de tabicón y lámina. De las gallinas lo único que quedaba eran plumas y un desalmado olor a rancio.

—Pos quién cría pollos en el mero culo del mundo —se le escuchó decir a un hombre.

—¿Pos no les dicen polleros? —y uno que otro soltó una risita a medias.

Más allá se agolpaban montículos de basura y los restos de un viejo automóvil destartalado. Detrás del gallinero, fuera de la vista de quien se acercara por la senda, asomaba un jeep color militar. Una mujer robusta, de rostro duro y turbio, con la cabellera oxigenada y recogida en una cola de caballo, estaba recargada sobre el marco de una puerta detrás de donde se entreveía un fogón y una mesa. Mascaba chicle con la boca abierta.

—Quiubo, Güerita chula —gritó el Tuerto, bajando la ventanilla al llegar.

La ceñía un delantal a cuadros manchado de grasa y hollín, y traía metidas las manos en los bolsillos delanteros.

Al hombre del sombrero de ala ancha, que conducía el camión de redilas, lo apodaban Vaquero. Al reír, con aquel sonido más parecido a un ladrido, los ojos le saltaban desde su rostro amarillento mientras el bigote le temblaba sobre la boca chimuela. Al otro hombre, el tuerto de cachucha, lo llamaban el Donojo. Vaquero los apuró: su voz ladradora retumbó al bajar del camión, mientras el grupo iba entrando al gallinero.

—Órale, rapidito.

Donojo encendió un cigarro y enfiló sus botas de punta metálica hacia la mujer, quien le hizo señas para que se le acercara. Al entrar al cuarto de tabicón, el hombre cerró la puerta, pero antes le gritó a Vaquero que no tardaba, que se ocupara del grupo, que iba a descansar un rato.

Emilia sintió que le brincaba adentro una alegría chocarrera. Estaban cerca de cruzar la línea, todos lo andaban diciendo. No faltaba tanto para encontrar a su padre, a sus tíos. La vida iba a ser como antes. Qué importaban la sed y el hambre si aquel viaje desparramado ya casi estaba por terminar. Lo chocarrero de su alegría lo descubrió pronto. Los viajeros susurraron, dijeron acá y allá, que ahora sí venía lo difícil. La inquietud hondeaba cerca y Emilia borró de su memoria el escuálido contento.

Ya adentro del gallinero, Demetria se instaló cerca de los hermanos. Los aconsejaba, les advertía: con suerte, hasta un taco les darían pronto.

—Agua —musitó Goyo—, de perdida un trago.

—De perdida —agregó Demetria. En adelante, no encontrarían nada. Y había que guardar energía para lo que se avecinaba.

Donojo trajo dos cubetas de agua y de ahí tomaron y rellenaron las botellas. Se distrajeron husmeando alrededor de la barraca, y no fue hasta ya bien entrada la tarde cuando un olor a guiso grasoso les recordó su hambre. La Güera repartió tortillas sobre las que echó cucharadas de una plasta de frijol y arroz grumoso. A diez pesos el taco.

El Vaquero iba cobrando mientras la mujer servía.

Goyo pagó por tres tacos. Uno era para el camino.

—Parece desperdicio para puercos —susurró Emilia, sin sacarle la vista de encima al amasijo del interior de la tortilla.

—No rezongues, Calandria. Ya oíste: no sabemos cuándo vamos a volver a comer.

La niña acercó la nariz al emplaste grasoso. El olor a aceite rancio no le recordó nada que hubiera probado antes. Nunca se había tragado algo semejante, ni en los peores momentos de hambre.

Demetria no le sacaba la vista de encima.

—Come, chamaca. No está bueno, pero vas a necesitar energía para el camino. Ándale. Y guarden algo —sugirió cuando reparó en la voracidad de Goyo, que ya quería entrarle al tercer taco y que no se andaba con remilgos para tragarse lo que fuera—. Al rato van a agradecer haber pensado en eso.

Sin disimular su asco, Emilia masticó el mazacote y tragó rápido. Tenía hambre. Gregorio separó una porción, la guardó en una bolsa de plástico y lo metió a la mochila. Rellenó las botellas de agua y bebió. Entonces notó que, parado a la entrada del gallinero, el Donojo no le sacaba de encima la pupila de capulín seco.

—Tienes que cuidar de tu hermana. Y a ti mismo. Anden juntos —advirtió Demetria, entre bocado y bocado, en un susurro disimulado, después de echar un vistazo al Donojo—. Tiro por viaje desaparecen los más jóvenes. Sobre todo las chamacas.

—Ya es la tercera vez que lo intento —siguió como si le hubieran preguntado—. La primera, me agarraron apenas cruzar. Hasta perros nos aventaron. Yo quería llegar de perdida a los cerros. La segunda, agarraron a mi marido y sepa qué le pasó. Confío en Dios que me esté esperando del otro lado.

—¿Dios?

—No, niña... el Chepe, mi marido. Que Dios nos acompañe —y allí paró de contar, pues ese pensamiento la orillaba al borde de una barranca.

Emilia miró a Demetria: quería hurgarle los pensamientos. Se dejó llevar por la luz vaga del atardecer entrando al galerón; las sombras de la noche y el rumor ajeno de rostros cansados y cuerpos esparcidos se adueñaron de a poco del lugar. La pálida luz de un foco grasiento y polvoso parpadeaba. Donojo y Vaquero se retiraron después de anunciar que había que esperar a otro grupo que llegaría en un par de horas. Intentarían cruzar antes del amanecer. De vez en cuando sus figuras se proyectaban sobre el suelo, a la entrada del gallinero.

Reinaba una calma ingrata bien cebada de inciertos.

Al empezar a trepar por la vereda que nos llevaba a la cima, se soltó el aguacero. Unos gotones de esos que duelen. Los truenos y relámpagos atravesaban el cielo y se oían ecos y retumbes hasta el fondo de la barranca. Pronto nos empapamos. Las enaguas de Mamá Lochi se le pegaban al cuerpo y por sus piernas morenas y correosas bajaba el agua a chorros. Mi cara escurría y por el huarache se me colaba el lodo. En balde mi padre trató de evitar que saliéramos.

—Pero, mamita —le había dicho él con un hilito de voz—, ¿qué no ve que va a caer un aguacero de los buenos? Usted sabe lo que puede pasar cuando cae el relámpago... —y se quedó callado un momento, como si no supiera si mencionar o no lo que nadie ignoraba.

—Si usted y los rayos, ya sabe, mamita... —se animó. Mamá Lochi le aventó una de esas miradas recias y cortantes que dejaban paralizados hasta a los espíritus más chocarreros.

—No se apure, mijo. Ahoritita volvemos las dos, vivitas y coleando, cantando como calandrias en primavera, faltaba más —y como si recapacitara en la idea de agregar algo, se detuvo mirando fijo a mi padre:

—Además, ¿qué no ve que esta chamaca está hecha de mi mismito cuero? Si le cae un rayo, nada que no me haya pasado a mí le va a pasar a ella —mi padre se quedó con la boca a medio abrir. Parecía que las palabras le revoloteaban por dentro sin ánimo de dejarse escuchar.

—Ay, mamita chula —se animó, al fin, con un susurro—. Mire que si me la mata el rayo… de veras.

Mamá Lochi ya no respondió nada. Y aunque en la panza me brincaban chapulines, cerré el pico y me eché a andar detrás de mi abuela. No había manera de contradecirla. Si se le metía una idea en la cabeza, más nos valía obedecerla sin rechistar. Cuando ya dábamos vuelta a la esquina volteé a ver. Allí estaban mi padre, el Beno, el Isidro y el Goyo; discutían entre ellos, sin sacarnos la vista de encima, sin que ninguno se atreviera a contrariar a Mamá Lochi.

Ya habíamos trepado una parte de la ladera cuando la lluvia empezó a arreciar. De las gotas gordas, espaciadas, pasaron a caer cubetadas de agua desde el cielo. Mamá Lochi iba en silencio. Aunque fuera diciendo algo, no la habría oído, pues el repicar de la lluvia, el viento que empezó a soplar luego y los truenos retumbando no me hubieran dejado. Trepamos durante un rato hasta llegar a un borde, junto a un amontonadero de rocas tapizadas de líquenes y helechos. Por efecto del musgo que las recubría, las honduras y salientes de la piedra fosforecían como si una luz secreta las iluminara desde dentro. En el cielo renegrido, se veían las víboras eléctricas con sus formas de ramas y hojas iluminando la penumbra. Los tronidos se repetían sin descanso y cuando iba a decirle que mejor nos regresáramos, un relámpago cayó cerca, dejándome ciega, sorda y con un tembleque de hoja en vendaval. Ella se paró en seco y me agarró de la mano, sin mirarme.

—¡Ándale, chamaca, no seas collona! Que hoy vamos a tentar al mero cielo, a ver si de veras a ti también te quieren allá arriba, como a mí me quisieron —dijo a los gritos y me jaló recio para que siguiéramos ladera arriba. Tuve ganas de echarme a llorar, de ponerme a piar como calandria para que se me saliera de adentro el miedo. Quise decirle que ya no siguiéramos, que nos iba a partir un rayo como a muchos del pueblo, pero me quedé callada. No quería hacerla enojar o que me creyera zacatona.

—Una mujer tiene que ser fuerte, Emilia —me decía seguido—, y saber entregarse con todo su cuerpo y su alma a lo que el destino tiene para ella.

Anduvimos en silencio todavía un buen trecho. Y ya cuando habíamos trepado alto, bien agarradas de las salientes de piedra, de raíces y ramas, ella se volteó y me dijo a los gritos, para que la escuchara, pues el aguacero nos traía sordas:

—Sé que el destino tiene algo para ti, Calandrita. Y hoy vamos a descubrir si es lo que creo.

No iba a soportar que mi Mamá Lochi pensara que yo era débil. Que se pusiera a chingarme con eso de ser collona. Ése era el peor insulto que me podía dedicar ella o cualquiera. No quería que fuera a retirarme su afecto, las consideraciones que tenía conmigo y el compartirme sus saberes. Si ella decía que había que probar bajo la lluvia de rayos si a mí me tocaba uno, pues no podía remilgar. Era un privilegio de los grandes que mi abuela me eligiera para probarme bajo el aguacero, pues ni a mi hermano, que era mayor y al que le veía tantas virtudes, ni a mi padre ni a mis tíos, a quienes quería tanto, les había tocado una prueba como ésta. Así que seguimos bajo la tormenta. Por más de una hora trepamos sin parar hasta llegar a la cima del monte. Desde allí, a lo lejos, se veían caer los relámpagos sobre los árboles, sobre las poblaciones distantes. Iluminaban el cielo y sus ramas eléctricas se encendían como un follaje hecho de lumbre, que se dilataba sobre los montes para nutrir la tierra con su energía desbocada. Soplaba un viento recio que helaba el agua sobre la piel, y seguimos andando hasta una grieta por donde apenitas cabía una a la vez. Fuimos bajando, una detrás de la otra, deslizando los pies por riachuelos de lodo, con tiento para no desbarrancarnos. Ella iba adelante. Caminaba con pisada firme a pesar de sus años. Yo iba a tropezones. Cayéndome de pompas cada vez que un pie se me iba con una roca suelta o se me deslizaba el huarache sobre el musgo. Ya podía contar media docena de raspones y chichones por donde quiera. Era un camino largo y estrecho por el que nunca había andado. Iba concentrada en no despanzurrarme, atenta a cada pisada. Echaba vistazos hacia el cielo como si vigilara los rayos y así evitar el momento en que uno fuera a caerme encima. Cuando vine a ver, Mamá Lochi había desaparecido de mi vista. Me detuve, agarrada de los bordes de la cascada de rocas por la que íbamos bajando, y vi que más adelante se abría el camino en una curva con un tramo cuesta abajo. ¿Y Mamá Lochi? Se me paró el corazón al pensar que se hubiera caído por la pendiente.

—¡Mamá Lochi! ¡Mamá Lochi! —quise gritar, pero sólo me salió el piar de calandria atolondrada.

Pronto la calandria parecía marrano en matadero. No tardó en quebrarse mi voz, como siempre que me agarraba el pánico, y me quedé muda: completamente muda. No sabía si moverme, seguir adelante para buscar o seguir gritando. Ahora sí, ya me cayó el chahuistle, pensé. Qué iba a hacer sola en el monte, en medio de la tormenta y con Mamá Lochi despanzurrada al fondo de la barranca. Quién me iba a cuidar, si mi padre andaba con la cabeza ida, sin poder componerla, desde que murió mamita Estela. Y mis tíos, nomás estaban para sus preocupaciones. Quién me iba a enseñar de hierbas y sahumerios. Quién iba a hacernos las curaciones al Goyo y a mí, quién iba a contarme historias de aparecidos. Quién iba a mostrarme los secretos del monte. Quién, quién.

—Ándale, chamaca, que te vas a enfriar —primero oí la voz ronca de mi abuela y luego la vi asomarse desde una grieta amplia, más arriba, junto a un bosque de encinos que crecían junto a una larga pendiente.

Allá voy, mamita, pensé pero ni un atragantado chiflido me salió de adentro. Igual intenté gritarle para que me escuchara entre tanta tronadera que ya empezaba a alejarse. De a poco recuperé el habla con la gracia del alivio que sentí.

Mamá Lochi estaba sentada dentro de una cueva profunda, al final de la grieta amplia, al borde del camino. Junto a la pared de roca había apilada leña seca y se veían los restos de una fogata. Un cesto grande con amasijos de yerbas, de hongos secos, una caja de cerillos, un tazón de barro, un guaje taponado con un pedazo de ocote, una panela de piloncillo, un frasquito con miel y un zarape viejo.

—Ándale, Emilia. Encuérate y sécate el agua con el zarape, que ahorita te preparo un té de yerbabuena para que no te dé tos.

36

Me quedé en chones, tiritando de frío con el zarape sobre los hombros, que olía a piscaguado. Sentía una alegría inmensa rezumar por mis poros. Ya no me importaba que el mundo se deshiciera bajo la tormenta. La tronadera y el agua caían con menos arrojo. El contento del cobijo de Mamá Lochi a mi lado, con su poderoso calor, su recio y dulce apapacho, me hicieron olvidar cualquier peligro. El contento de no haber sido alcanzadas por un rayo, de no haber caído por el barranco, me llenó de agradecimiento.

Y a pesar de ello, Mamá Lochi tenía un gesto desalentado, que no trató de ocultar.

—Pues qué se me hace que no es éste tu destino. Me he de haber equivocado. Aunque la pura verdad, se me hace raro haberme equivocado; con esa calandria que te anda revoloteando por dentro…

Me alcanzó el té y me senté a su lado con la cobija sobre la espalda. Tanto me inquietó verla decepcionada que hasta pena sentí de que no me hubiera caído un rayo.

—No le hace, mamita. Mañana, cuando empiece la tronadera, salimos otra vez, a ver si ahora sí me cae un rayo.

Mamá Lochi me miró con un gesto de sorpresa que todavía recuerdo, y de pronto estalló en una larga carcajada que hasta lágrimas le salieron.

—No digas pendejadas, Emilia —dijo al fin, recomponiéndose—. Tienes buena entraña, chamaca. Hoy fuiste muy valiente —me he de haber sonrojado de que no advirtiera el terror que sentí—. Pos ya veremos cuál es ese don que dicen las voces que tienes. Ya veremos —y sorbió de su pocillo, revisándome con sus ojos sabios, como si quisiera entender algo sobre mí que no le quedaba claro.

—Tienes que prometerme algo, Calandrita: ni una palabra a nadie sobre este lugar. Va a ser nuestro secreto —y me mostró su sonrisa reluciente de dientes perfectamente alineados.

El resto de la tarde que pasamos junto al fuego, bebiendo té de yerbas y mirando resbalar la lluvia a la entrada del refugio, Mamá Lochi no dijo una palabra más hasta que se despejó la negrura del cielo y dispusimos el regreso. Yo me mordía la lengua por saber qué don quería encontrar en mí, qué le andaban diciendo y quiénes, a qué lugar me había llevado, por qué nunca antes lo mencionó y por qué tenía que guardarlo en secreto.

Cerca de la medianoche, apagaron las luces del galerón. Los ronquidos desacompasados surcaban el espacio. Emilia sintió a su lado la respiración regular de Goyo; se había sumido en un sueño profundo, y ella quería ir al baño. No iba a despertarlo. Iría cerca. Se levantó y fue esquivando los cuerpos desparramados, se desplazó entre sombras, diálogos susurrantes, respirares entrecortados y uno que otro ronquido hasta lograr salir del barracón.

Un cielo amplio, abierto y rebosante de estrellas la sorprendió. Nunca antes vio tantas luminiscencias. Los montes que circundaban el caserío de su pueblo estrechaban el paisaje celeste y sólo permitían a unas pocas lucecitas asomarse cada noche. Bajo aquella inmensidad sintió que el universo la observaba: amplio y sin disfraz. Se echó a andar esquivando plantas espinosas, mirando hacia arriba para volver a maravillarse. Mamá Lochi repetía que las estrellas eran el corazón de los difuntos. Cuando Emilia se emberrinchaba por algo y terminaba trepada en el techo o subida al aguacate de ancho tronco y ramas acogedoras, se calmaba contando estrellas. El resplandor del firmamento terminaba por sosegarla: del otro lado de esa oscuridad repleta de agujeritos lumínicos existirían otras como ella misma, trepadas sobre árboles de ramas implorantes, mirando otros cielos e imaginando que otras tantas niñas hacían lo mismo a lo largo y ancho del universo.

—¿Dónde queda el centro de todo, mamita? —le preguntó a Mamá Lochi alguna vez. La abuela se giró hacia su nieta. Emilia no podía estar segura si la iba a regañar por andar preguntando tonterías o si le iba a lanzar una de sus miradas indulgentes. Podían pasar días antes de contestarle. Cuando la respuesta llegaba, ella ya había olvidado la pregunta. Tenía que hacer un esfuerzo para entender por qué, sin aviso, Mamá Lochi le decía lo que le decía:

—El centro está en adentro de cada quien.

Sumergida en esos recuerdos, Emilia se fue alejando del barracón y cuando vino a ver, estaba cerca del cuarto que hacía las veces de cocina: allí se detuvo, a tiro de piedra. Una línea de luz atravesaba el umbral por debajo de la puerta y también, desde lo más alto del muro, la única ventana diminuta. Un frío tupido empezó a arreciar, como si lo corretearan. Risas alborotadas colisionaron entre sí al interior de aquellos muros. Un ruido inesperado, de metal que se golpea, la sobresaltó: alrededor se movían sombras. La atravesó un escalofrío.

Ándale, chamaca. Que hay alimañas cerca.

La voz le había resbalado por la espalda. Primero un buen susto. Después miró acá y allá, sin encontrar rastro de nadie. La mismita voz recia de Mamá Lochi. Eso la calmó: mejor su fantasma que su silencio. Los bisbiseos y las risotadas brotaron de nueva cuenta a través de las ranuras del cuartucho. Emilia se bajó los pantalones, se acuclilló y orinó bien de prisa: el rumor del chorrito caliente, aliviador, fluyó entre sus tenis sin mojarlos. Mientras se fajaba, observó alrededor y la sobrecogió un apuro por regresar al gallinero lo antes posible. Eso habría hecho de no ser porque al apuro le ganó la picadura de una curiosidad canija, la que la metía en líos, en entresijos y atolladeros: la que solía sonsacarla a encajar las narices donde no. Como temiendo que su tenis maltrecho pudiera hacer sonar la aridez que pisaba, sigilosamente se acercó hasta la construcción. La risa escandalosa de la Güera retumbaba: el carcajeo inhóspito parecía salido de un dolor de panza. Emilia rodeó el cuarto sin encontrar ni agujero ni recoveco por dónde espiar. Entre los muros de tabicón se colaban minúsculos puntos de luz, pero al asomar el ojo no logró distinguir el interior. Alcanzó a oír palabras sueltas, el arrastre de un mueble. Miró hacia la ventanilla más arriba. Usó fierros arrumbados, unas cajas aventadas por ahí, para trepar una sobre otra hasta armar una base lo suficientemente alta. La agilidad y ligereza de su peso pronto la ayudaron a alcanzar la altura deseada. Asida del borde de cemento, Emilia Ventura miró hacia adentro.

A mitad del cuartucho, había un fogón donde se calentaba comida; más allá, una mesa destartalada sobre la cual había una botella, tres vasos y un cenicero. Los dos hombres y la mujer sentados alrededor de la mesa jugaban cartas, bebían, fumaban y reían a los gritos. Unos billetes bien manoseados yacían bajo un vaso sobre la mesa.

—Pinche Güera, estás bien cabrona...

—Puro chile de árbol.

—Pura verga, qué...

Una carcajada crispó el aire. Emilia quiso saber qué había sobre el catre, pero lo tapaba el cuerpo de la mujer. Le pareció que algo se movía. Alcanzó a distinguir un bolso verde militar, billetes regados sobre la colchoneta, otros apilados en montones como si se hubiera intentado un orden imposible. Había un arma, botellas aventadas. De repente lo vio: un gato gris brincó sobre un cojín despanzurrado y aquel movimiento súbito le provocó un respingo que hizo tambalear el soporte debajo de sus pies, hasta hacerla caer sobre trastos y cajones.

—Quién chingaos… —se oyó decir a Vaquero, del otro lado del muro. Hubo un arrastre de sillas, de mesa, de voces.

Emilia se levantó de un brinco sin tiempo de sobarse el golpe, se escurrió como pudo hacia un punto que no alcanzara la breve luz, con el corazón que ya era un pájaro queriéndosele escapar de adentro. Con todo, evitó ruidos y desgañites, aunque no le fue fácil entre tropezones y agachadas. Al fin se deslizó en un recoveco entre el carro aventado a unos metros y un montón de chatarra fundida en óxido: como mejor pudo se arrejuntó consigo misma para ocultarse.

Bien quieta, trató de calcular hacia dónde tendría que apurar la carrera.

—Han de ser las ratas del desierto —se oyó decir a Donojo, con esa su voz templada y recia.

—Yo no he visto de ésas… bueno: nomás al pinche Vaquero —replicó la Güera.

—Sírveme otra. Ándale, pinche güerita chula.

Ay, Calandria, dónde te andas metiendo.

La voz le venía del hombro, pero no se atrevió ni a voltear. De repente, uno de esos silencios. Como de que ahí se viene algo, pensó Emilia echa bolita en su rincón, detrás del desvencijado carro. Presintió la tensión: una alerta desenvolviendo su tiesura en el aire, en el silencio. De pronto, cuchicheos: los de adentro habían bajado la voz. Emilia cerró los ojos para atender el rumor y, al abrirlos, advirtió a su alrededor luciérnagas diminutas. Iban y venían ante sus ojos, luminosas, matraqueando sus mensajes. Cerró los ojos, se tapó los oídos: la cabeza metida entre sus rodillas era un puro dolor repentino.

—Otra vez… —y le pareció que su voz venía de lejos.

La sensación que hacía tanto no le venía estaba de vuelta: esa tibieza fluyéndole por dentro, obligándola a aquietarse. Abrió los ojos y se destapó las orejas: no tardaron en desfilar las imágenes. Allí estaban: Donojo manejando un carro. Gritaba. A su lado, Vaquero, botella en mano. Gritaba. Peleaban entre ellos. Vaquero golpeaba a Donojo, quien conducía. El carro acelerando: sacudidas, saltos, baches profundos, volteretas. De pronto, la imagen se distorsionó o se agitó: dio vuelta tras vuelta y hubo chillidos y quejas. Un instante previo a que las imágenes se esfumaran tuvo la inquietante impresión de que también ella estaba allí. En cuanto las imágenes se desvanecieron, Emilia Ventura se agarró la cabeza; el dolor era intenso y le impedía moverse. Al echarse hacia un lado, el contacto con el metal del carro viejo la devolvió a su cuerpo. Con ese dolor que no cesaba, calculó la distancia y dirección que la separaban del gallinero donde dormía Goyo. ¿Qué estaba esperando para echarse a correr? Miró alrededor para asegurarse de que no hubiera nadie. Las voces y risas dentro del cuarto habían vuelto a sonar y olió el óxido y la basura podrida. Salió del recoveco sintiendo el peso de la noche sobre su cabeza. Y cuando ya estaba afuera, miró hacia el cielo.

—Así que tú eres la pinche ratita que anda chismoseando.

Emilia sintió el jalón de pelo que le regresó el dolor de cabeza a todo lo que daba. Quiso soltarse, pero estaba presa. Aquel cuerpo apestoso a alcohol, a marihuana, a sudor rancio había alargado sus duras tenazas. Era el del bigote, el sombrerudo: Vaquero. Apareció de la nada, caído del cielo, como alimaña: maligno, espinudo, venenoso. La pepenó del cuello aferrándola con fuerza hasta dejarla sin aire, y la arrastró más allá. Ahí mero, a mitad de ese desalme de polvo y basura, la jaloneó nuevamente convirtiendo su cabeza en la de un monigote. Emilia intentó gritar, pero la calandria se apoderó de su voz.

—¡Cállate! ¡Pareces gallina clueca! —susurró Vaquero, mientras le apretaba la boca—. ¿Pues adónde crees que vas, hija de tu pinche madre? Vas a ver: Te voy a echar a las víboras venenosas para que se te quite lo ladrona. Querías robar, ¿verdad?

De un tirón, el hombre le empujó la cabeza sobre su pito, y le restregó la cara contra el cuerpo.

—Mira nomás qué viborota. Esta merita te vas a comer, por ladrona. ¡Cállate y abre el hocico, pinche pollo malparido! —y le volteó la cara de un golpe que le partió la boca—. ¡Sólo así entienden ustedes, pinches viejas!

Emilia Ventura notó cómo la sangre le hervía. La calandria enloquecida, transtornada, se golpeaba contra las paredes de su pecho, buscando la salida.

Vaquero la empujó de nuevo, forzando su cabeza hacia él, cuando la aspereza de una voz se oyó a unos pasos.

—¿Qué haces, pinche pendejo?

Un jaloneo, un revire a puño cerrado, y luego un empujón que lanzó a Vaquero al piso.

—¡No te pases de lanza, cabrón! ¡Ya te dije que ésa no te toca, culero!

La calandria de Emilia piaba locamente, dejándose oír a través de su boca abierta. Y no paró ni cuando ella logró levantarse para correr a tropezones y caídas, como alma que lleva el diablo. De la entrada del barracón ya salían algunos.

Gregorio logró salir entre empujones y alcanzó a su hermana.

—¿Qué traes, Calandria? ¿Qué te pasó? ¿Dónde andabas? —la alarma en su voz se entremezcló con el barullo. Con la respiración, Emilia resollaba espanto, y de la boca inflada por el golpe no dejó de salir ese trino exasperante, que movía a la extrañeza.

—Con razón le dice Calandria —dijo uno, y dos o tres soltaron risitas desatinadas.

Emilia daba boqueadas como pez que se ahoga. Trataba de articular palabra, aunque pronto se dio por vencida: era inútil. Hasta que no se sosegara.

—¡Ya cálmate, pues! —Goyo la agarró de los hombros y la zarandeó un par de veces. Después la abrazó con fuerza. Sólo así su hermana lograría recuperar la voz.

—¿Pos qué te pasó? —volvió a intentar el muchacho—. Mira nomás cómo traes la boca.

—Allá... —balbuceó al fin Emilia, todavía jadeando—, el del sombrero...

Echaron luces hacia el despoblado.

Donojo salió de entre las sombras. Vaquero lo seguía mientras se arreglaba el sombrero maltrecho, con la cabeza baja, sobándose el cachete que empezaba a hincharse.

—¡A ver si cuidas a tu hermana! Se quería robar algo —reclamó Donojo, mirando con su ojo capulín a Gregorio.

Goyo miró a Emilia y ella le devolvió la mirada: clarito se entendieron. Los murmullos cesaron.

—Eso no es cierto. Mi hermana no roba —a su lado, sintió la temblorina de Emilia,

—¿Me estás diciendo mentiroso? —dijo el hombre con voz recia. Gregorio sintió a Emilia a sus espaldas, acercándose a Demetria en busca de cobijo.

—Te pregunté algo. ¿Qué estás pinche sordo? —Donojo dio un paso más y, en esta ocasión, le acercó la cara tuerta.

—Ni mi hermana ni yo somos ladrones —percibió un ligero temblor en su propia voz.

—Pues qué andaba haciendo donde no. Cuida a tu pinche hermana si no quieres que me los chingue a los dos, ¿oíste?

Emilia sintió cómo le bullía la sangre: era un hervidero desparramándose por sus venas. Un hervidero que le borró miedo y entendimiento. Sin pensamiento que la aconsejara, agarró impulso y se le fue encima a Vaquero a puntapiés.

Sorprendido, Vaquero le propinó un puñetazo ágil, directo a la cara, que la lanzó lejos. El agudo dolor y la sangre escurriéndose velocísima le nublaron la vista.

—¡Hija de tu…! Da gracias que antes no te di un plomazo… —no acababa de decirlo cuando ya tenía al hermano encima, golpeándolo. El hombre reaccionó propinándole un puñetazo apurado que lo derribó, antes de que Donojo pudiera intervenir.

—¡Ya párenle, chingada madre! —Donojo se plantó entre ellos y miró recio a Vaquero y luego a los dos chamacos—. ¡Métanse ya y dejen de armar pinches pedos si no quieren salir jodidos!

Demetria se acercó a los hermanos para ayudarlos.

—Órale, levántense; tiene razón, mejor métanse.

—Si ustedes hacen pendejadas… no va a haber quién los cuide. ¿Entendieron? —advirtió Donojo, y se alejó pateando piedras y arbustos.

La Güera, recién salida de las sombras, se acercó a los hermanos:

—No quiero volver a oír chingaderas como ésta. Ya no anden buscando pinches pleitos —y dirigiéndose al resto del grupo—: ¿me oyeron bien? Ese hijo de su madre —dijo señalando la espalda de Vaquero, que ya se perdía en la oscuridad— no tiene corazón, el hijo de la chingada, porque se lo devoró un pinche coyote ojete. ¿Quedó claro?

Nadie se animó a contradecirla.

—Mira nomás cómo te dejaron —le dijo a Emilia, agarrándole la barbilla—. Tan chula que eres… así nadie te va a querer —y antes de darse media vuelta rumbo a la cocina, se dirigió a Demetria—: cura a los chamacos, ándale. Ahorita te traigo algo para que te ayudes —y regresó a las sombras.

Demetria y otra mujer se ocuparon de curarles las lastimaduras. El más jodido era Goyo. El puñetazo le voló un diente; se le había partido el labio y tenía la cara hinchada.

Un amodorre obstinado alcanzó el alma de Emilia. Se miró la camiseta llena de sangre, se tentó la nariz como si fuera de otro. Ya ni le alcanzaba para el dolor y traía un llanto rabioso atorado que se le quería trepar por los ojos.

—Ya no se anden metiendo en líos. Bastante tienen con ser tan chamacos y andar solos. Estos hijos de la chingada no se tocan el corazón para aprovecharse. No anden buscando pleitos. Ándense juntos. Y mejor sin hacer mucho ruido, por la sombrita y como que no quiere la cosa —aconsejó Santiago, un hombre ya canoso, de bigote tupido y mirar agudo.

A Goyo y a Emilia no les salían palabras.

—No fue adrede. La niña sólo fue al baño: ya sabes cómo es esta gente —Demetria ni alzó la vista, concentrada en lavar las heridas y poner emplastes.

—De veras, Caco: te prometo que no vuelvo a irme sin avisarte —le susurró Emilia, al ver las muecas del hermano cada vez que Demetria le limpiaba la herida de la boca.

—Mejor cámbiate la camiseta, Calandria, pareces chivo destripado —y empujó con un pie la mochila para acercársela.

Emilia miró la cara abultada y maltrecha de su hermano. Sentía como si ella misma lo hubiera golpeado.

—Perdóname, Goyito, de veras yo no…

—Ya, niña —la amonestó Demetria—. Estas cosas pasan y hasta peores. Date de santos que no te hicieron nada… —allí se detuvo y alzó la vista, bien fija en ella—. No te hicieron nada, ¿verdad, chamaca?

Emilia sintió los ojos de varios cayendo como piedras sobre su cuerpo. Revisándola. Buscando huellas. Le dio un espanto de esos que no avisan: por poco y la calandria se le alebresta, pero se contuvo y sacudió la cabeza en señal de negación hasta que se mareó.

La luz parpadeante del foco grasiento volvió a apagarse. Un silencio tenso, frío, desangelado, se clavó en el galerón como un mal augurio.

Emilia se acurrucó junto a Gregorio. Demetria se echó más allá y lueguito se oyó su respiración acompasada.

Pasó un rato antes de que alguno de los hermanos cerrara el ojo. El hervidero todavía les corría por dentro: la calma no tenía prisa por llegar.

—Caco, oí clarito la voz de Mamá Lochi. Y luego *vi* algo... —sintió cómo se tensaba su hermano junto a ella: sabía que las visiones de su hermana no fallaban.

—Qué viste, Calandria.

—Pues no sé bien qué era: esos güeyes... iban en un carro... se pelearon y luego chocaron y ya no supe.

—Que se maten esos hijos de la chingada.

—Pero, Caco... es que creo que yo... yo estaba ahí mero.

Gregorio Ventura se incorporó.

—¿Cómo así?

—Pues no sé... sólo lo sentí... no pude ver mucho. Casi todo lo oía.

—Calandria, prométeme que no te vas a separar de mí.

Un silencio: y ese mirarse entre ellos, profundo, de dos que se saben de cerca o de lejos.

—Te lo prometo, Caco. De veras.

—De veras, Calandria. Que por más que Mamá Lochi nos ande cuidando, si nos apendejamos, nos va a llevar la que nos trajo.

—Sí, Caco. Te lo prometo. Ya duérmete.

Goyo se volvió a acurrucar junto a su hermana: un desasosiego necio se fue acomodando entre ellos.

Se oyó arrancar al camión de redilas y alejarse por el camino. Emilia respiró hondo. Si Mamá Lochi todavía anduviera cerca. Si pudiera recordar aunque fuera un respiro del perfume de su piel. Si le hablara otra vez. Su Mamá Lochi. Su cobijo. Su calor.

Calandria, Calandrita chula, le diría. No se me achicopale, que una mujer tiene que ser fuerte: ¡ándele! Pero por más que apretó los ojos para concentrarse, por más que murmuró su nombre para llamarla, por más que inspiró con esas ganas tercas que a veces la acercaban a ella, hasta sus narices sólo llegó aquel olor a mierda rancia de pollo muerto.

Aquella tarde del aguacero fue la primera de muchas en que Mamá Lochi me dejó acompañarla a su cueva, como ella solía llamarla. Ahí guardaba los secretos de su propia vida, algunos de los cuales me iría contando muy de a poco. En mi corazón de niña, después de haberla seguido en sus correrías por el monte, conocía ya de sus andares inexplicables. Y aunque ella no respondiera a mis preguntas ni diera razones de sus actos, su mirada poderosa y rebosante de misterio me decía que su invitación a conocer aquel sitio tenía su destino, su propósito, su querer. Que más temprano que tarde las respuestas llegarían hasta mí para revelarme una verdad que me concernía.

Pasaron varios meses antes de que Mamá Lochi me volviera a llevar a su cueva. Primero tuve aquellas calenturas que me cambiaron la manera de ver a los demás. Fiebres altísimas que duraron una semana durante la cual mi abuela me cuidó día y noche.

—A ver qué dicen aquellos. Se me hace que algo te anda pellizcando el alma —así decía: *aquellos*. Y *aquellos* eran los que le susurraban noticias al oído.

No sé qué bicho me habrá picado. O qué habré comido, que me agarraron esas calenturas. En ocasiones, Caco y yo nos metíamos al buche cuanta hierba, cuanto honguito, cuanta fruta encontrábamos en el campo, al andar solos. Nos metíamos unas alucinadas de aquellas, y pronto aprendimos a distinguir cuáles sí y cuáles no. Aunque a veces nos fallaba el tino y terminábamos echados sobre el petate, entre fiebres y vómitos que no tenían para cuándo parar. Durante esas abrasaderas pasé del sueño a la alucinación, sin detenerme en la realidad. Recuerdo haber visto a un hombre entrar a la casa por una fisura entre los adobes de la cocina. Se sentó junto al fogón a fumar una pipa hecha de caña y me volteó a ver como si me conociera. La ropa blanca relucía sobre su cuerpo y tenía ojos saltones. Lo escuché carcajearse con ganas y hablar en una lengua desconocida para mí. No tuve miedo. Hablaba quedito, con una familiaridad dulce que me calmó. De a poco le fui entendiendo, aunque luego no pude recordar qué tanto me dijo. Lo había visto pasar entre los adobes, como un hilo de humo, y tomar cuerpo a sólo un paso. Aunque yo tenía los ojos cerrados, de inmediato sentía su presencia y los abría para mirarlo: esperaba alguna palabra o gesto, pero él se quedaba ahí sentado, con la pipa entre los labios, tocándose el paliacate que traía amarrado al cuello con la punta del índice y el anular. A veces, se rascaba la cabeza y ululaba igualito que tecolote. Luego luego Mamá Lochi se dio cuenta. Ningún asunto que incumbiera al otro mundo le era ajeno.

—Quién sabe qué te tragaste, chamaca. Ves presencias, ¿verdad? —ella no lo podía ver, y eso era raro, porque a cada rato veía aparecidos.

—¿Pues qué ves, Calandria? —entre escalofríos y sacudidas traté de describírselo y le dije dónde se sentaba. Medio que lo pronuncié, pues de la entraña me salían mitad palabras, mitad piar de pollo asustado.

—Qué se me hace que es don Jacinto que nos manda su espíritu para curarte. Aunque no vayas a querer que te lleve a ningún lado, no vaya a ser la flaca que viene disfrazada.

Pero esa presencia nunca me quiso llevar a ninguna parte. Sólo me hablaba en ese su idioma o cantaba como tecolote; luego se convertía en humo para deslizarse entre los adobes y desaparecer.

En esos días de fiebre, con la cabeza embotada, por el quicio de la puerta y las grietas del adobe también entraron animales que nunca había conocido. Insectos gigantes y un montonal de figuras y objetos que no podría describir. Un enredijo de imágenes, como disparos en medio de una batalla. Como si se me hubiera abierto un canal. Un canal que ya no iba a poder cerrar así nada más y que convertía los adobes en hule, aguangaba las paredes, hundía el piso y resquebrajaba el techo.

La noche que me convulsioné, Mamá Lochi se espantó de a deveras. Juraba que se me había metido un mal espíritu. Luego me contó que se me vidriaron los ojos antes de quedar en blanco, que mi cuerpo brincaba de la temblorina y que tuvo que taparse las orejas con unos algodones por mis cacareos de calandria desmejorada. Llamó a su comadre para que, juntas, me socorrieran; durante días siguió frotándome con emplastes de yerbas, alcohol y limpiando el aire con sus inciensos. La fiebre bajó. Yo empecé a despertar, a decir que tenía mucha hambre y a querer levantarme. Para entonces, la presencia de aquel hombre se había esfumado y hasta me olvidé de cómo era su figura.

En cuanto empecé a corretear como antes, Mamá Lochi me anduvo observando muy callada. Bien que intuyó o supo que algo estaba cambiando en mí. No me sacaba sus ojos inquietos de encima. A cada rato me preguntaba si veía aparecidos, si estaba sintiendo algo diferente. No fue sino hasta el día en que *vi* a mi papá cuando supe que algo me había cambiado. Pasaron sus buenos meses, o hasta el año, de haberme dado las fiebres. Era un mediodía. Mi padre andaba con prisa por irse a Temixtlán a hacer un mandado. Yo estaba metida en mi tazón de atole, le soplaba para enfriarlo, cuando mi visión se pobló de luces blancas brincando enfrente de mis narices. Pensé que me había mareado; me agarré la cabeza y la sacudí cuando, al alzar los ojos, vi entrar en la cocina una mariposa enorme y blanca. Se me hizo raro porque no era época de mariposas blancas y hasta miedo me dio que viniera a morderme los ojos. Antes de asustarme, ella se posó en la cabeza de mi padre y lueguito las luces se agitaron a mi alrededor: ahí mero me di cuenta de que no eran luces, sino insectos minúsculos que zumbaban y brillaban con tal intensidad que me entró el espanto: bajé la cabeza hasta el pecho, cerré los ojos y me tapé las orejas.

—Pos qué traes, Calandria —la voz de mi abuela venía de lejísimos. Sentía cómo me zarandeaba por los hombros. Y entonces me incorporé.

—Se metieron unos bichos, mamita —había levantado la cara, aunque no me animaba a abrir los ojos. De pronto sentí clarito cómo un aire tibio fluía por mi cabeza. Tibio y adormecedor. Entonces abrí los ojos y me destapé los oídos:

enfrente ya no tenía a mi padre, ni estaba en la cocina, ni ante el atole champurrado. Las luces se transformaron en imágenes que corrían como en una pantalla: vi a mi papá abrazando a una mujer de cabello negro y largo, muy delgada. Él le acariciaba la espalda y la llamaba "Lucre". En la panza de la mujer había un punto de luz intermitente, como un latido. Luego vi su vestido manchado de sangre: ella lloraba y mi padre la abrazaba, le acariciaba el cabello.

—Calandrita, ¿qué tienes? Hasta parece que viste a un resucitado. ¡Ándale!, que se te enfría el atole —la voz de Mamá Lochi desvaneció la imagen y volví a la cocina a encontrarme con mi abuela, que me escrutaba con sus ojos saltones de espanto, y a mi padre con el tazón a medio camino entre la mesa y la boca. La mariposa blanca y los insectos brillantes habían desaparecido.

—¿Pos qué traes, niña? —mi abuela me alzó la cara por la barbilla y me miró bien adentro—, ¿qué andas viendo? —cómo sabe, me acuerdo que pensé.

—Vi a Lucre: así la llama usted, ¿verdad, papá? —se me salió decir, como si mi boca se moviera por su cuenta, aunque mis ojos también porque lo miraron fijo.

A él se le atragantó el atole y Mamá Lochi se paró a darle golpes en la espalda porque se andaba ahogando. Tenía unos ojotes de tortilla.

—¿Qué dices, Emilia? —gritó como si le hubiera dicho una leperada. Esquivaba la mirada de mi abuela, que no se la sacaba de encima.

—Sí, Lucre. Así le dice usted… —repetí con un hilito de voz, desanimada. Me dolía la cabeza y me la agarraba con una mano, pero necesitaba decirles lo que había visto—: una de cabellos largos y negros, papá —y luego, en voz muy baja le solté aquello—: se le murió el hijo, papá, el que llevaba dentro. Está que no la calienta ni el sol.

Recuerdo que apenitas dicho eso, me arrepentí: sentía que esas palabras me las habían dictado. A mi padre le tembló el labio, y luego se lo mordió para disimular.

—¿Qué le está enseñando a la chamaca, mamita, que dice pura tarugada? Te ha de haber hecho daño el atole, escuincla mensa —dijo, atragantándose con un quejido, un llanto, un no sé qué. Aunque parecía enojado, supe que en esa historia algo muy fuerte le dolía. Se levantó echando chispas y aventó el pocillo, todavía lleno de atole, en la cubeta de los trastes, como si yo lo hubiera ofendido. Agarró su cachucha, su morral, y se fue dando un portazo igual que si lo correteara el mismísimo chamuco.

—Como si no supiéramos… —murmuró Mamá Lochi, mientras echaba agua sobre los trastes y se secaba las manos. Luego, mirándome bien fijo, se sentó a mi lado, me puso las yemas de los dedos en las sienes y las movió en círculos.

—Te duele la cabeza, ¿verdad? ¿Qué bicho te picó, eh, chamaca? Se me hace que tuviste visitas.

—Es que lo *vi*, mamita.

—¿Cómo que lo *viste*? ¿Dónde lo viste?

Me quedé pensando. No sabía qué responder.

—Lo *vi*. ¿Cómo decirle?… Había un montón de insectos que zumbaban bien fuerte, mamita. Me lastimaban los ojos y las orejas. Luego todo desapareció y lo vi… —contesté ya sin saber si lo había inventado, soñado o qué. Y a pesar de eso, no quería que mi abuela me creyera mentirosa:

56

—Mamita, le juro por todos los santitos que lo vi y que no lo hice adrede. Deben haber sido de esos que usted dice que traen mensajes.

—Pues eso mero ha de haber sido, Calandria —y sentí cómo me traspasaba con la fuerza de sus pupilas—. Ha de haber sido eso.

Busqué a la mariposa blanca, pero había desaparecido. El aire tibio se me escapó de adentro con un escalofrío. Mamá Lochi me puso una mano en la frente y luego la otra en la panza.

—No, pos no tienes calentura —y volvió a mirarme fijo, como solía hacerlo—. ¿Ya te había pasado eso, Calandria?

Negué con la cabeza sintiendo el extrañamiento. Y volví a buscar con la vista.

—Fue la canijilla, la blanca que entró volando. ¿Verdad, Calandrita?

—¿Usted la vio, mamita?

Ella asintió en silencio.

—Ésas son tremendas, ya te dije. No se andan con vueltas. Y si te eligen, pues ya te chingaste: te va a traer zarandeada mostrándote hasta lo que no. Si te vuelve a pasar, ahí me avisas.

—Creo que ya me había pasado —le aclaré y me aclaré a mí misma. De repente me daba cuenta de que hacía tiempo que esas cosas me ocurrían, pero no había distinguido claramente de qué se trataban. Aunque ésa era la primerísima vez que era así de recio.

—Es como si yo estuviera ahí mero, viendo todo, como en la tele.

—Ya sabía yo que no eras pura Calandria atolondrada. Alguna otra rareza habías de tener.

Pronto sabríamos que la tal Lucrecia era una mujer de Santiatepe que mi padre frecuentaba.

—Nomás no aprende el canijo —le oí repetir por esos días a mi abuela. Aunque no se animaba a decirle nada a mi papá, que era muy geniudo desde niño. Geniudo y mujeriego. Cuando mi mamita Estela se puso enferma, corrían los chismes de que andaba con una tal Rosina. Mamá Lochi siempre decía que aquella mujer lo había embrujado para quedarse con él, y seguro alguna malorada le había hecho a mi Mamá Estela para sacarla de su camino. Pero no logró quedarse con mi padre. No sé si Mamá Lochi habrá tenido algo que ver en eso.

—No se meta en mi vida, mamá. ¿Qué no ve que ya estoy grandecito? —le decía seguido a mi abuela, cuando ella se animaba a hacerle alguna recomendación. Mamá Lochi sólo le echaba una de sus miradas recias, y ya no decía nada más. Yo sabía que le rezaba a sus santitos pidiéndoles por él, y cada tanto echaba humo a su ropa para limpiarlo de sus malas costumbres con las mujeres.

Eso de *ver*, como llamamos Mamá Lochi y yo a lo que empezó a ocurrirme en adelante, no me pasaba muy seguido y tampoco era algo que pudiera gobernar. Lo único que lo anunciaba eran las luminiscencias que se dejaban caer, luego el zumbido y la visión de un insecto o un enjambre completo. Después venía el jalón desde adentro, aquel aire tibio fluyéndome recio. Con el tiempo, fui descubriendo que a veces eran acontecimientos del pasado, otros del futuro, y que ni la misma persona, en cuyo corazón yo podía *ver*, conocía.

Era impredecible. Mamá Lochi insistía en que tenía que aprender a controlarlo, a usarlo, pero yo creo que nos faltó tiempo para que ella me ayudara, y yo sola, con todo lo que vino después, no hice gran esfuerzo. Además creo que a mí nunca me gustó eso de andarme enterando de los secretos de los demás, pues era como si me echaran al lomo un peso que yo no quería cargar.

Podía *ver* asuntos de la vida, mía o de otros, pero a la única que nunca pude *ver* fue a Mamá Lochi. Por más esfuerzos, por más intentos de adentrarme en sus secretos, nunca lo logré.

—Ni le busques, chamaca —me aventajaba, mientras echaba las tortillas al comal. Yo, sentada junto al fogón, sólo la miraba—. Te falta harto para lograr controlar cuándo y con quién, y eso si le trabajas duro. Pero para cuando eso ocurra, yo ya habré brincado el tecorral —y después de lanzarme un vistazo fulgurante, se oía su risa cascabelera surcando el aire.

En la madrugada, los despertó el ruido de un motor: era el camión de redilas que regresaba. A Emilia le dolían el golpe en la nariz y el de la boca. A pesar de las pomadas que Demetria le untó, la hinchazón no cedía. Encendieron las luces del barracón. Acababa de llegar un nuevo grupo que fue acomodándose por los rincones desocupados.

—Pareces guajolote zarandeado —le dijo Goyo cuando la vio.

—Y tú, marrano magullado.

Y les ganó una risa de no parar, de cuando duele todo y es consuelo reír hasta no dar más. A Gregorio también se le había hinchado la cara y ahora estaba chimuelo.

—Hasta parece que un tren les pasó por encima —dijo Demetria.

Vaquero y Donojo repartieron agua y comida a los nuevos y fueron pasando a cobrar la segunda tanda. Antes del cruce, tendrían que apoquinarse con el resto del dinero.

—Sácate el varo que traes en el otro tenis —ordenó Goyo a su hermana—. Con eso y con lo que yo traigo, nos alcanza.

El Vaquero se les plantó enfrente y recibió el dinero. Les echó una de esas miradas:

—Pues de dónde sacaron este billete, ¿eh, pie chueco?

—Pues a usted qué. Le estamos pagando, ¿no? Y no me diga pie chueco, que tengo nombre.

—No te pongas al brinco, pinche pie chueco, porque te rompo tu puta madre. Si te pregunto, es porque no me gusta tratar con ladrones.

A Goyo le aconsejó el pensamiento: mejor quedarse callado. Ya llegaría el momento de contestar. Vaquero tampoco estaba contento:

—Y, además, para que te quede claro, ustedes quedan debiendo. El Chato nos dijo que les hizo el paro. Ni crean que va a ser de a gratis.

—Deber qué, si ya pagamos —Gregorio dio un respingo, pero Demetria lo jaló hacia atrás.

—Cálmate. No ves que te está buscando…

—Pinche pie chueco, estás bien pendejo —el del sombrero se embolsó el dinero y se alejó para cobrarles a los demás.

—Este cabrón nos quiere chingar —susurró Goyo, acomodándose en el rincón. Se oyó el trino de un ave: más de uno levantó la cara, como si se pudiera ver a través del techo. Al repetirse aquella estridencia, Vaquero se paralizó y salió precipitadamente del gallinero para lanzar maldiciones al aire.

—Pinche pájaro de mal agüero —volvió diciendo.

—Ya, pinche Vaquero. Ya ni la friegas —gritó la Güera, quien venía entrando—. ¿No ves que nomás es un pinche pájaro? ¿A poco le tienes tanto pinche miedo?

—Ese bicho nomás infortunio me trae cuando aparece —se quejó, acomodándose el sombrero, sin disimular su turbación.

—Ojalá se lo coma crudo el pinche pájaro —susurró Emilia, más para sí misma.

Goyo la miró fijo: se le notaba la inquietud. A ella la perturbó encontrarse con su rebusque, con esa tirantez de dime la verdad: qué te hizo ese culero. No quería. Para qué. Le daba pena y miedo que se enojara con ella por desobedecer el acuerdo. No supo si fue el tono en que lo dijo o algo que a veces se daba entre ellos: como que se leían los pensamientos o se adivinaban el corazón.

—Ya dime, Calandria. No me mientas. Qué te hizo ese pinche güey culero.

—Nada.

—Lo voy a matar a ese hijo de la chingada.

—Ya bájale, Caco. No me hizo nada, de veras: no pudo.

Goyo le dio la mano y se la apretó recio.

Aprovecharon para rellenar las botellas de agua. Ya les andaba por largarse de ahí: el olor rancio de cagada de pollo escocía las narices.

Al rato avisaron de agarrar sus chivas y encaminarse hacia afuera. Vaquero los acarreó a la parte trasera del camión de redilas y luego ya iban zarandeándose como guajolotes. Al volante iba la Güera; traía un sombrero y lentes oscuros como si estuviera a mitad del día.

La luz del galerón fue quedando atrás. El camión se adentró en el desierto por una terracería pedregosa, llena de baches profundos y sombras inciertas.

—Pónganse pilas, chamacos. Esto es como una ruleta. Al menos buzo, le toca la mala. No hay tiempo ni de pensar. Todo pasa hecho la raya —les advirtió Demetria, quien no se cansaba de aconsejarlos.

—Somos muchos. Seguro van a separarnos en grupos —nada más oírla, Emilia se pepenó como garrapata hambreada a la camiseta de su hermano. La pura idea de quedarse sin él la hacía temblar. Al rato ya no hubo rastro de luz eléctrica. La redonda y enorme noche se alzó sobre ellos, como si los mirara con una resignación maltrecha.

Un amasijo de lucecitas brilló arriba; abajo, la oscuridad hambrienta. De a poco se fueron acostumbrando a las zarandeadas; alrededor se distinguían las sombras de las grandes yucas y saguaros. Aparecían de un lado y del otro, cerca y lejos. A Emilia se le ocurrió que eran guardianes de una entrada a otro mundo: presencias cansadas de ver pasar, sin jamás irse ellas mismas a ningún lado.

El camión se detuvo y apagó el motor. El Donojo y el Vaquero se bajaron dejando al volante a la Güera.

—Órale, los primeros diez, de este lado: ¡abajo! —gritó el del sombrero al abrir las redilas traseras. Lueguito se trepó de lado para dejar pasar e indicar quién iba con quién.

Fueron bajando los primeros. Goyo y Emilia eran los últimos de esa tanda. Cuando el muchacho dio un brinco fuera del redil, Vaquero jaló de la mano a la niña para que soltara a su hermano, y la retuvo.

—¡Ella se queda! Se va en el grupo de Donojo. Luego se encuentran del otro lado —ordenó y, con señas, apuró al resto para que siguiera bajando.

Emilia se aventó para liberarse, pero el Vaquero la mandó al fondo de un empujón.

—¡Goyo! —gritó, y volvió a arremeter para tratar de bajar.

Gregorio, a quien habían alejado del camión, trató de abrirse paso. Vaquero se apresuró a cerrar las redilas que hacían de puerta.

—¡Mi hermana viene conmigo! —volvió el grito, que ya era ruego, como si el alma se le fuera por el gaznate.

—¡Déjenla bajar! —se interpuso Demetria, adelantándose para que la escucharan los de arriba—. ¿Cómo creen que los van a mandar separados? Además, ¡estos niños vienen conmigo! ¡Órale, Emilia, baja pues! ¡Échate un brinco!

A pesar de que Vaquero le cerró el paso, con ayuda de los que quedaron adentro, se trepó como pudo a la redila para saltar, aunque no logró salir.

—¡Déjenla bajar! —seguía el descompás de gritos, uno después del otro, entreverados en la noche oscura.

—¡Aquí mando yo, chingada madre! —gritó Vaquero—. Si digo que no va, no va. ¿Entendiste, pie chueco?

El portazo en la parte delantera del camión y la voz recia de la Güera aproximándose detuvieron la discusión.

—¿Qué pasa, pues, carajo? ¿Otra vez estos pinches escuincles?

—Que no quiero que vayan juntos. Ya te dije, Güerita: además no pagaron completo —afirmó Vaquero mientras se miraba las uñas sucias.

—¿Cómo que no pagaron completo? —la Güera los observó por encima de los lentes.

64

—Pues por una chamaca de esa edad y uno con el pie chueco como él, se debería cobrar más, ¿o no? Hay que andarlos cuidando.

—¡A nosotros nadie nos tiene que andar cuidando! —gritó Goyo con furia.

La Güera los miró de arriba abajo. Un silencio denso se volcó por el aire

—No digas pendejadas, pinche Vaquero. ¡Da igual! ¿Qué no piensas? ¡Piensa, cabrón! —y volteándose hacia Emilia, la Güera arremetió a grito macizo:

—¡Bájate, escuincla! ¡Órale, en chinga, antes de que me arrepienta! —y antes de que alguno respirara, Emilia ya estaba junto a su hermano.

—De veras que me hacen pasar corajes, chingá —soltó, dándose media vuelta la mujer—. Como sea, ¡vámonos! Pinche tiempo que me hacen perder, jijos de…

El Donojo dio un paso hacia adelante y encendió un cigarro. Después su capulín seco rebuscó la mirada de Vaquero, le hizo una seña y se trepó a la caja del camión.

Emilia y su hermano se apretaron uno junto al otro para echarse a andar. La noche era oscura y el desasosiego no tenía para cuando largarse.

—No tengo buen sentimiento. Algo se trae ese tal Vaquero —oyeron decir a Demetria, a su lado—. Mejor cuídense, chamacos. Ustedes vayan cerca: no se separen.

Las luces traseras del camión se fueron achicando a lo lejos.

—Por si las moscas, véngase conmigo. Y con ese señor —y señaló a uno del grupo que siempre la rondaba— que me anda cuidando.

65

Y los dos se echaron a andar junto a Demetria.

—Pinche Calandria. Nomás te separas de mí... y vas a ver. Prométeme que no vas a ningún lado sin avisarme.

—Te lo prometo, Caco.

El Vaquero encendió su linterna y se plantó frente al grupo.

—Éstas son las reglas: yo llevo la luz, nadie más. Vamos en fila. Sigan al de enfrente. Hay que ir callados por si se acerca Zopilote o Perro. Si se acerca Zopilote, nos separamos a las carreras y se echan al suelo para ocultarse. Si viene Perro, también. Si encuentran víbora, no vayan a hacer movimientos bruscos porque se los carga la chingada. ¿Queda claro?

Un *sí* descorazonado. Y lueguecito el echarse a andar con su silencio.

—¿Zopilote o Perro? —susurró Goyo a Demetria.

—Guardafronteras que pueden andar cazándonos después de cruzar la línea.

—¿Y las víboras?

—Ésas son las de a de veras —rio—. Las que se arrastran por la tierra. Abusados si escuchan un cascabel o si divisan una por ahí. Se me quedan quietecitos y mejor ni moverse. Pueden brincar hasta dos metros las hijas de su madre.

La figura de Demetria osciló, caminando unos pasitos adelante. Puro animal salvaje, pensó Emilia. E imaginó lo que diría Mamá Lochi. Que los animales salvajes eran menos salvajes que los hombres. Que nunca le harían nada si ella no los atacaba.

Gregorio iba ocupado en pasar la lengua por el hueco que dejó el diente. Le dolía la boca. El arrastrar del pie chueco, con su pasito descompasado, buscaba sostener el ritmo de la caminata.

Emilia quiso sacudirse el enmarañe desasosegado. Pensó en su papá Milo. Lo extrañaba. En qué felices iban a ser cuando le cayeran de sorpresa. Cuando volvieran a mirarse de a de veras, y no sólo en pensamiento o en sueños, como ella acostumbraba en últimas fechas.

La fila, con el Vaquero adelante iluminando el camino con una luz intermitente, era de ocho hombres y tres mujeres, ya contando a la chamaca de paso ligero. Sólo cuatro venían de los mismos rumbos, del mismo paisaje de montes quebradizos, de hondos barrancos poblados por viejos amates aferrados a la piedra. Traían dentro el mismo río, el mismo cielo y el mismo aire que Gregorio y Emilia Ventura. El mismo mundo que iba descaminándose mientras avanzaban en medio de aquella nada maltrecha.

Pasaron meses antes de que Mamá Lochi me llevara de nuevo a su cueva. No me cansaba de pedirle y pedirle: se lo decía bajito, para que nadie nos oyera. Ella me lanzaba una de esas miradas recias, repletas de palabras. Con sus ojotes serios me advertía que si seguía enchinchándola, no me iba a llevar ni al jacal de junto. A mí me quemaba la lengua por decirle que quería seguir visitando su lugar y conocer sus secretos, que ya presentía eran muchos. Pero mejor me quedaba de boca cerrada. No fuera a ser que se enojara y ya no me dejara acompañarla nunca más.

En un pueblo como aquél, salvo los días de fiesta cuando llegaban los carromatos de la feria, los puestos de pan y dulces, de quesadillas y tamales de pollo, los carros de tiro al blanco y canicas llenos de peluches y baratijas de cerámica para los ganadores, los vendedores de utensilios de cocina y muebles, no había mucho con qué distraerse. Estaba la televisión, eso sí. La que tenía la comadre Tomasa, porque nosotros ni a televisión llegábamos. Algunas tardes, Goyo y yo tocábamos a su puerta: nos hacía pasar y encendía la tele sin decir esta boca es mía. Y allí nos quedábamos un rato viendo las caricaturas. Pero yo siempre fui rara porque, en cuanto aprendí a leer, bien pronto empecé a preferir los libros y cómics que mi padrino, José Clemente, el esposo de Tomasa, me traía de la capital y que yo atesoraba como si fueran oro en polvo. Los leía y releía hasta aprendérmelos de memoria. Ése fue el contacto que tuve con mi padrino, con el que hablaba sólo para contestarle de qué se trataba el cómic que me había regalado. Mamá Lochi también me pedía que se los leyera, porque ella nunca fue a la escuela y no conocía las letras: a duras penas medio garabateaba su nombre. En ocasiones, prefería que le recitara los cuentos, como platicados, que así le gustaba más. Yo sabía que eso me otorgaba un poder sobre ella: me paraba a su lado y de corridito se los decía, hasta quedarme sin aire. Aunque, a decir verdad, no había nada mejor que cuando Mamá Lochi contaba sus historias de aparecidos, de duendes, de ánimas y magia derramada por donde quiera. Casi siempre soltaba la lengua durante los paseos por el monte. Las largas caminatas le sacudían la memoria y en cualquier parte del trayecto, incluso las subidas más escarpadas o sinuosas del camino, se entregaba al cuento. Como si se tratara de una larga historia contada en capítulos, que retomaba donde mejor le pareciera.

—… y estábamos echándonos un atole cuando se oyeron los ruidos afuerita. Clarito se oía el rechinido de suela de huarache. Pero eran pasitos cortos, rápidos, como de niño. Y entonces mi comadre que me dice: quién será, tú. Ya todos los escuincles están dormidos. Porque era media noche, y Tomasa me pidió que le diera unas refriegas para el mal de riñón que andaba trayendo… Las dos sentimos como que no era de este mundo. Y cuando nos asomamos…

Y así, como empezaba, de repente le daba por callarse y no había poder humano ni ruego que la hiciera terminar el relato.

—Ándale, mamita. Dígame qué pasó. De quién eran esos pasos.

Cuando estaba de buenas me decía:

—No seas tan desesperada, Emilia. Que todo tiene su tiempo. Y hoy, hasta aquí llega la historia.

Y se sumergía en ese silencio tan de ella, tan apretado de sensaciones: allí mero me cobijaba mientras andaba a su lado.

—… cuando la comadre abrió la puerta para ver quién andaba allí, que pega un brinco y un grito lleno de espanto. Y que corro a su lado y me asomo. En la puerta había un enano. Uno como de los que vienen con el circo. Tenía una cara enorme y nos miraba con unos ojotes. Venía vestido de blanco, traía una corbata de moño y hasta zapato de lustre. Allí estaba paradito, mirándonos fijo. Me animé a preguntarle: ¿Qué se le ofrece? Y como era de esperar, no abrió la trompa. Sólo siguió allí parado, mirándonos. Yo ya sabía que no era de este mundo, pero me hice la mensa para no espantarlo a él, no fuera a hacernos algo malaconsejado por el miedo. Tampoco quería que a mi comadrita, muy dada a sufrir harto con los aparecidos, le diera el malaire del susto.

De nuevo, el silencio. Y yo, como siempre, tragándome las ansias para que siguiera contando. Pero bien que sabía que era mejor no pedirle nada. Solita terminaría de contármelo cuando ella estimara conveniente. Claro, podía tardar semanas en relatar una sola historia. Yo tenía que ir tejiendo las partes en mi memoria y, a veces, me tardaba en entender a cuál se refería. Porque no relataba una a la vez, sino un titipuchal, siempre por partes, como rompecabezas, pieza por pieza.

Seguido andábamos bien calladas. También seguido le daba por cantar mientras nos atareábamos cortando un pedazo de corteza de ocote, recogiendo vaina de colorín o juntando las semillas rojas que brillaban sobre el polvo, regadas por dondequiera. Cantaba con esa entonación honda, de calandria, que igual ella traía por dentro, nomás que sabía disimularla mejor que yo: la usaba sólo para alegrarse el alma.

Cuando aprendí las letras, Mamá Lochi lueguito supo que también en esos dibujos del papel, como ella llamaba a la escritura, se revelaban mundos desconocidos. A veces, después de una de nuestras largas correrías, nos sentábamos junto al comal donde echaba sus tortillas y me pedía que le leyera partes de algún libro que yo guardaba bajo el catre donde dormía. Me gustaba sentarme a su lado para leerle la historia o recitársela mientras ella hacía bolita la masa entre sus manos, para luego apisonarla con las palmas de donde la despegaba hecha tortilla, bien redonda... luego la echaba al fuego, la volteaba en el momento exacto y salían calientitas y perfectas. Decía que ya no sentía nada en la punta de los dedos. Había una cazuelita con sal sobre la piedra donde amasaba y, aunque yo le estuviera contando el cuento, se interrumpía para decirme:

—Ándale, Calandrita: échate un taquito con sal. No hay nada mejor cuando hace hambre —y me juntaba al fogón y abría mis manos esperando que me entregara la tortilla caliente para echarle sal, enrollarla y darle una mordida—. Ahora, síguele, que ya me dejaste picada con tu cuento.

71

De a poquito, leerle y contarle historias que me sacaba de la mera manga me dio un poder sobre Mamá Lochi. Un poder que ninguno de sus hijos, ni siquiera mi padre, que era su consentido, tuvo nunca. Yo podía revelarle cosas que a ella le interesaban y eso me daba el derecho de preguntarle cosas que a nadie, más que a los otros curanderos que venían a aprenderle sus secretos, ella podía contar. Aunque no era así de fácil. Había que irse con tiento, encontrar el momento preciso para aventar la pregunta.

A veces le daba por contarme sobre mi mamita Estela: de sus ojos tristes, de su voz cantarina. De cuando me empezó a decir Calandria: desde bien mocosa, cuando todavía chupaba chichi, me daba por silbar cuando estaba alegre, cuando estaba triste. Todavía tardó en salirme el trino loco que me venía de la entraña cuando me espantaba. Ya para ese entonces, decía Mamá Lochi, sospechaba que algo especial traía yo. Sospechaba. Pero no era suficiente con la purita sospecha. El trino de calandria era para ella un asunto muy íntimo, muy de su propia médula. Que yo silbara bonito no era bastante prueba de que de a de veras algo le hubiera yo heredado de sus magias.

Cuando volvimos a visitar la cueva, yo ya tenía cumplidos los ocho. Acababa de pasar la temporada de lluvias, y nos tomó más de una hora llegar a la cima más liosa de una montaña alta. Después hubo que andar más de media hora por un sendero entre grietas formadas por peñascos, y al final del pasaje entre dos peñones allí estaba. El paisaje había cambiado por completo. Y es que eso pasaba de un mes al otro en aquellos cerros. Como si los árboles, la tierra y las plantas se desplazaran. Yo sola no hubiera recordado el camino, además que aquel día de lluvia en que me llevó por primera vez, el miedo por la tronadera y el agua que apenas me dejaba ver mi propia nariz me impidieron grabarme el terreno que íbamos pisando. Pero eso sí, lo que fuimos hablando vereda arriba y lo que me contó ya estando en la cueva, eso no puedo olvidarlo.

Durante aquella segunda visita iríamos a mitad del camino cuando le dio por seguir la historia del enano:

—Pues ahí estaba parado el chaparro aquel, muy vestidito y hasta con zapato de lustre. Los ojitos, habrías de ver, le brillaban como si tratara de comunicarse sólo con ellos. Como si quisiera mandar mensaje nomás de puro mirar. Dígame, qué se le ofrece, le dije. Como que quería oírle la voz. A ver si de a de veras era de otro mundo. Ya ves que luego dicen que los aparecidos no tienen voz. Y entonces mi comadrita que se pone rece y rece, adentro, con un crucifijo en las manos. Se la estaba cargando uno de esos sustos. Pues no era para menos. Hasta yo que le sé a esas cosas sentí no sé qué bien feo con ese chaparro. Pues, dígame, señor, de veras, qué se le ofrece, volví. Qué tal que nos traía un maleficio. Y él, así sin dejar de verme bien fijo, sin pestañear ni un poco, que le da por señalar hacia el monte, más precisamente hacia la milpa que había junto al terreno. Y entonces que volteo a ver para allá. Alcancé a divisar unos destellos. Apenitas. Apenas empezaba el fuego, allí mero, a mitad de la cosecha. Alcé la cara y, entonces, le grité a mi comadre: ¡Comadrita, que se quema la milpa! Y que bajo la vista para agradecerle al enano, pero pues nada. El méndigo ya había desaparecido. Ora sí que ni sus luces. Ni tiempo de pensarle ni asustarse más. Se nos fue todo en acarrear cubetas de agua para apagar el incendio. De no ser por el aparecido aquel que nos vino a avisar, no hubiéramos cosechado nada. Hasta la casa se hubiera terminado quemando.

La lluvia seguía cayendo cuando ya íbamos alto. Yo iba volteando para atrás, no fuera a ser que el chaparro del zapato de lustre nos viniera siguiendo.

La entrada a la cueva estaba medio oculta. A primera vista, no parecía que su abertura llevara a ninguna parte, hasta que uno no andaba unos pasos hacia un ladito. Olía a moho y un par de murciélagos salió volando cuando pusimos un pie adentro.

Encendida la leña, Mamá Lochi dio fuego a la pipa de carrizo en la que solía fumar.

—Cuéntame algo del cuento que andas leyendo, Emilia —dijo, y removió con una vara un leño que se andaba yendo de lado—. O invéntate uno. De a tiro sílbame una cancioncita, de esas que luego andas chiflando.

Y fui contándole lo que me acordaba de lo último que había leído. Eran fábulas cortas, que yo mezclé con invenciones propias, de largos pasajes para sorprenderla, buscándole el rostro para tantearla. Pero ella ni se inmutó, aunque parecía escucharme con atención, sin sacar la vista de la lumbre, fumando la pipa, y removiendo de tanto en tanto los leños. Temí que mi relato la estuviera aburriendo, y cuando se me agotó el aire, con su voz recia y llena de humo, soltó aquello:

—¿A poco todo eso dice en ese libro que andabas trayendo? No le entiendo cómo le hacen para meter tanta cosa en un lugar tan chaparro —y me echó un vistazo, como tanteando la verdad o la mentira en mí.

—De veras, mamita. Todo eso dice, y hasta más —y nos quedamos un rato calladas mirando un tizón echar chispas.

Después de dar largas boqueadas, removió los leños y continúo:

—Pues ahora me toca a mí hablar y a ti oír. Vas a saber cómo es que vine a dar a esta cueva por primerita vez, hace ya más de cincuenta años —respiró hondo, tal vez para animarse. Miró en silencio la leña arder durante un buen rato, antes de soltarse a hablar. Y no paró hasta que los pájaros anunciaron la llegada de la tarde.

Todavía era de noche cuando llegaron a la valla. Emilia y Gregorio se pararon frente a los altos bloques de lámina gruesa y miraron hacia arriba, después a un lado y al otro. La vista se les perdía en el absurdo sinfín de aquel obstáculo que partía el paisaje en dos. No era así como la habían imaginado. Imaginaron una línea marcada en algún punto. Con eso que se decía que al cruzar la línea, esto; antes de cruzar la línea, aquello; después de cruzar la línea, lo otro. Por más que hubieran visto fotos, por más que hubieran escuchado historias, era una línea lo que traían en mente. Una línea que dividía el mundo y que había que atravesar para llegar a aquel otro. Gregorio sintió ganas de decir una palabra, o dos. O las que le salieran. De nombrar lo que estaba esperándolos más allá. Intuía que era grande ese paso. Pero no le vino nada a la mente. Sepa la chingada qué nos espera, fue lo único que atinó a pensar y mejor se quedó callado. Emilia pensó en Mamá Lochi; en una de ésas ella no quería seguirlos. Dejar su tierra. Sus espíritus y sus andares allá en sus cerros. A lo mejor nada más los había encaminado. Mamá Lochi, susurró la niña, no vaya a quedarse. Véngase con nosotros. Ándele, mamita. No sea gacha.

Vaquero los apuró. Que qué hacían ahí como pendejos, parados frente al muro como si fuera cine. Los fue llevando por el borde, agachados, silenciosos, hacia una pendiente en el terreno. La inclinación desembocaba en un túnel apenas recubierto con piedras y restos orgánicos que, entre varios, destaparon velozmente. El aire estaba frío y la noche cerrada. Se arrastraron, uno a uno, a través del túnel sotaco y salieron del otro lado, como animales recién paridos por la tierra, rebosados de polvo, piedrecillas y plantas secas.

Vaquero ordenó que, recién salidos del hoyo, se echaran a andar a pie ligero, escurriéndose como mejor pudieran, hasta cierto punto que señaló a lo lejos. Las rondas de los guardafronteras estarían pasando. Era necesario avanzar en alerta.

De los hermanos, Gregorio cruzó primero; a la salida del boquete, esperó a Emilia, pecho tierra. Una camioneta de policía pasó lentamente, iluminando los bordes del camino. Goyo advirtió a los que venían atrás que se detuvieran. Quedaron al acecho. Respirando tensamente. La vieron alejarse y entonces dio luz verde con un gesto que apenas se alcanzó a dibujar en la penumbra.

Emilia salió escupiendo tierra y siguió el andar chueco de su hermano; corrieron en la dirección acordada. Las figuras de los caminantes se elevaban y desaparecían a la distancia. Tropezaron con plantas y con piedras invisibles en la oscuridad, sin atreverse a mirar hacia atrás. Cuando alcanzaron el punto de reunión a un poco más de medio kilómetro del cruce, jadeaban; esperaron a Vaquero: había cruzado último y al rato llegó caminando como si nada. Ordenó seguir

adelante un tramo más, hasta quedar lejos de la línea fronte-
riza. Anduvieron bajo los tintes rosados y amarillos del amanecer que fue creciendo sobre los bordes del mundo. Con la
llegada de la luz, Emilia se sorprendió al contemplar las formas que los rodeaban: cactus, espinas, arbustos. Pensó en
Mamá Lochi, en su último suspiro, en su ternura recia. Pensó en sus montes, en su río, en su padre caminando, sombrero en la cabeza, machete en mano, saco vacío para guardar la
leña colgado al hombro. Una tolvanera inflada de un sentimiento impertinente la revolvió por dentro.

—¿Qué traes, Calandria? —Goyo la presentía.

La miró de reojo.

—Nada —respondió ella, sin dejar de contemplar el rubio amanecer.

Las espinas de los cactus los entrampaban atorándoles
los pies, los pantalones.

Un pájaro surcó el cielo, en un vuelo bajo y un piar
agorero.

—Pinche pájaro —Vaquero se detuvo para sacarse el
sombrero, se rascó la cabeza y luego se santiguó.

—¡Órale, a apurarle! —dijo, antes de arreciar el paso.

A un lado y al otro se alzaban los saguaros, con su quietud. Después de andar un largo tramo a paso firme, los caminantes empezaron a dar muestras de cansancio.

—Diez minutos —ordenó el Vaquero—. Tomen agua,
descansen. Tenemos que aprovechar las horas sin sol recio.
Ya mero nos cae encima.

Se dispersaron: buscaron dónde acomodarse y extender
el cuerpo. Bebieron y comieron. Goyo y Emilia se juntaron
a Demetria.

—Se supone que una camioneta nos tendría que estar esperando. No veo ni una.

La voz de la mujer arrastraba el cansancio.

—No se preocupe, doña. Ya cruzamos. Verá cómo todo sale bien —Gregorio se sintió optimista. Ya estaban del otro lado, lo que seguía no podía ser tan complicado.

El paisaje se fue abriendo como un abanico de figuras peregrinas: los saguaros, las yucas gigantes y las nubes retozonas se fueron dibujando al encuentro con la luz. Aves mañaneras surcando el cielo, cantando al amanecer. Y el incisivo frío nocturno retirándose como apenado frente a la llegada del sol. Hacia el norte, lejanas, se alzaban las montañas como gigantes desentendidos de lo que pasaba a sus pies.

Al retomar la marcha, les sobraba cansancio.

Caminaron hasta que el calor despiadado del mediodía los obligó a detenerse. Apelotonados bajo un grupo de arbustos de sombra flaca, algunos se desprendieron de zapatos, chamarras y mochilas: bebieron, dieron un bocado triste e hicieron lo posible por ponerse a salvo de la inclemencia del calor. Gregorio sacó del plástico el taco con arroz y frijol que ya empezaba a apestar. Lo devoraron, a pesar de las náuseas que a Emilia le dio su sabor a comida para puercos.

—Este cabrón nos está llevando por el camino largo. Y dónde está la pinche camioneta que nos tendría que venir a traer —soltó de repente Demetria con un susurro inquieto, como pensamiento indeseado que escapó de su boca.

—Qué quiere decir, doña —el optimismo chocarrero de Goyo iba desinflándose.

—¡Shh! No hables alto que aquí las piedras oyen. Para estas alturas ya tendría que estar aquí la camioneta o de a tiro haber llegado a las faldas de los montes. Como que va abriéndose. No me da buena espina.

Los hermanos intercambiaron un mirar descompuesto, y Gregorio intentó recuperar la buena estrella:

—No se haga mala sangre, ya verá que llegamos con bien.

A una señal de Vaquero retomaron la marcha. Los pies dolían más después del descanso. Vaquero iba despacio, sacaba una botella del bolsillo y daba un trago. Después escupía, se limpiaba los labios con el dorso de la mano, volvía a taparla y la guardaba.

Antes del anochecer se detuvieron. Allí estaban los mismos montes. Los mismos saguaros. Las mismas piedras calientes. El cielo con sus rayas de nubes blancas se tornó naranja y los sobrevoló un águila.

—Hasta parece que no nos hemos movido de lugar —se atrevió a decir Emilia.

—Sí. Eso parece. Se me hace que la doña tiene razón —confirmó su hermano, secándose con la camiseta el sudor que le iba escurriendo por la frente y, de paso, sacándose de encima los restos de optimismo.

Se sentaron a comer con hambre, pero despacio para alargar el gusto: un breve bocado de atún que Demetria les compartió.

—Pues qué tanto falta, Vaquero. Ya se nos hizo largo —se aventuró uno de los hombres, sentado más allá.

Vaquero estaba de pie, haciendo círculos con la suela de la bota sobre la tierra. Apenas alzó la vista. Un silencio recio se amarró al aire. El calor ondulaba en olas salvajes.

—Te estoy hablando, Vaquero. De veras que queremos saber cuánto falta.

Antes de levantar la cabeza, el hombre dejó pasar unos segundos hostiles. Al fin alzó la frente, sacó del bolsillo la botella, la destapó y se la empinó hasta el fondo.

—Te estamos preguntando, nomás por saber.

El del sombrero eructó. Luego volteó hacia el hombre que le había hablado y se le acercó lento, sin sacarle de encima un mirar inhóspito y desacomedido.

—Qué no quieres que los lleve por lugar seguro o qué, chingada madre.

—No, no es eso, no, Vaquero. No entiendas mal. Sólo que queremos saber si ya mero llegamos a donde tenemos que llegar.

—Qué no ven, están ciegos o qué chingaos.

Los caminantes miraron en la dirección que señalaba Vaquero. A la distancia, haciendo un esfuerzo, se veía un resplandor.

—¿Y qué es eso? —se animó a preguntar otro.

—Es el punto de encuentro con el carro. Hay que alcanzarlo cuando oscurezca, para que no nos detecten —y terminando de decir, se recostó con su mochila bajo la cabeza, se puso el sombrero en la cara y se echó a roncar.

El sol ya rozaba los bordes de la tierra cuando se entregaron a la incomodidad de un respiro sobre piedras y cansancio a esperar la entrada plena de la noche.

A Emilia y a su hermano aún les quedaba tantita agua: la boca reseca les escocía. Goyo sacó del fondo de la mochila un pedazo de tamal y una tortilla que se habían ocultado entre la ropa y parecían de hule.

—Calandria.

—Qué pasó, Caco.

81

—Si nos llegamos a desencontrar por algo, por lo que sea, prométeme que como sea nos encontramos en los cerros.

—Pero cómo vamos a saber por dónde.

—Pues yendo hacia los cerros. Allí, donde se ve que se parten. Y dejándonos señales, ya sabes, como le hacíamos cuando andábamos por el monte. Así segurito nos encontramos. ¿Me lo prometes?

Emilia, con la cabeza entre las rodillas, siguió marcando la tierra con la piedra puntiaguda que traía en la mano. No olvidaba las corretizas por las montañas de Amatlán. Goyo tenía un radar oculto para encontrarla. Trepaba árboles y macizos de piedras, era astuto como cacomixtle. Donde quiera se metía, ligerito, silencioso, para encontrar lo que buscaba o llegar hasta donde tuviera que llegar.

—¿Me lo prometes, o qué? —insistió el hermano.

—Sí, Caco. Te lo prometo. Pero no quiero que nos separemos nunca.

—No nos vamos a separar. Nada más es por si las moscas.

—Pero Goyo...

—Qué pasó, Calandria.

—¿Y si nos agarra la migra? ¿Si nos regresan? ¿Qué vamos a hacer?

Gregorio le echó un vistazo a Emilia. No quería que advirtiera su inquietud.

—No, Calandrita, eso no nos puede pasar. Verás que no.

Ella se arrejuntó a su hermano y dejó que el cansancio la fuera venciendo. Acurrucados uno junto al otro, no pudieron resistirse a la caída en un dormir incómodo, entre sueños alebrestados por los temores.

Le ocurrió durante las lluvias de septiembre, cuando las pozas se llenan y crecen hasta el borde de las rocas altas, en la barranca donde corre el río. Mamá Lochi era una niña entonces y, junto con sus hermanos y otros chamaquitos del pueblo, se había ido a bañar. Ya su mamá Goyita, que vendría siendo mi bisabuela, les había advertido a sus hijos que no tardaran, que se venía la tormenta a pesar de que a esas horas brillara el sol.

—Éramos chamacos —recordaba Mamá Lochi—. Cuando el juego y la alegría se juntan en el alma de un escuincle, el miedo y el peligro se hacen de lado y no hay espanto que venga a traer su mala cara.

Al correr de las horas, entre clavados desde la punta de una roca y ponerse debajo de las caídas de agua de las pozas, el cielo se ennegreció y, cuando vinieron a ver, ya se habían formado ondas sobre el espejo de agua por los goterones que caían. El primer tronido los agarró en calzones y antes de que Mamá Lochi, la más pequeña de sus hermanos, acabara de meterse el vestido por la cabeza, los demás ya corrían cuesta arriba para salir de la barranca y llegar a salvo bajo techo, no fuera a ser que los agarrara el rayo. Dice Mamá Lochi que no sintió miedo. Conocía el camino de regreso. Y aunque la habían aleccionado para temerle a los relámpagos, se sintió extrañamente protegida. Pero las gotas se convirtieron en diluvio y una densa neblina descendió tan rápidamente que, cuando se dio cuenta, caminaba por un sendero penumbroso, desorientada y sin ver más allá de la punta de sus huaraches. Los relámpagos iluminaban cada tanto el camino que se llenó de espectros, de destellos con formas desconocidas. Mi abuela, a sus siete años, se dijo que lo único que tenía que hacer era seguir subiendo para salir de la barranca. Y hacía un buen rato que había empezado a andar la montaña a ciegas, dejando atrás no sólo la barranca, sino el camino de regreso a su casa. Guiada por los ojos de sus pies, bordeó los precipicios que se iban volviendo más profundos. Percibió los ramalazos del espanto, y se convino a dar voces a sus hermanos que seguramente la estarían buscando. Gritó, pero su voz se dispersó entre la niebla, entre el ruido furioso de los truenos y la caída densa del aguacero.

De pronto, tropezó con un ciruelo viejo, de amplio tronco. Sintió que el árbol la detenía, como si le impidiera el paso, y lo abrazó fuerte: pensó en su padre. Que no se dejaba abrazar, pero que tenía manos correosas como la corteza de aquel árbol. Encontró una rama y empezó a trepar. Pensó que desde lo alto podría ver el camino que la baja neblina le impedía divisar. Subió ágilmente y estaba por acomodarse en ancas sobre una rama cuando sintió un duro golpe en el hombro, un tronido ensordecedor y un frío caliente recorriéndole el cuerpo hasta llegarle a los pies, que la lanzó al suelo. Mamá Lochi quedó boca abajo, tirada sobre la tierra.

Decía que a pesar de su desmayo no olvidaba aquel retumbe vagando por sus venas, por cada poro de su carne, y el dolor clavado en el brazo que se le expandía por los huesos y la piel. Quién sabe cuánto tiempo habrá pasado así, bajo la lluvia recia, sorda e insensible de la zarandeada que acababa de recibir. Al despertar, sintió el dolor claro y abierto; también una profunda extrañeza. Estaba mareada, confundida. El zumbido en las orejas era incesante. El cuerpo le ardía y percibió el olor a chamuscado. No podía mover muy bien el brazo izquierdo, y cuando se lo volteó a ver, advirtió el dibujo que traía marcado sobre la piel, desde el hombro hasta la mano: líneas rosadas, perfectas, como si hubieran sido trazadas con un pincel. Dice que estuvo contemplando las hojitas de aquel helecho impecable y temió que su Mamá Goyita se encabritara por andarse marcando la carne.

Le ardían las manos, los brazos, la cara, y trató de levantarse, con trabajos, por el mareo. Aunque le costó dar las primeras pisadas, poco a poco sintió una gran fuerza en sus pies. Se echó a andar, aturdida, con aquel zumbido que fue decreciendo de a poco, dejando a su paso un olor vivo a chamusquina, y como aún llovía, siguió andando sin saber bien hacia dónde ir.

En ese punto del relato, Mamá Lochi guardó un silencio espeso. Yo sabía que no debía interrumpir sus pensamientos, que debía tolerar que ella no quisiera seguir contando o que lo hiciera cuando fuera su conveniencia. Levantó la mirada que había depositado hasta entonces sobre el fuego y clavó sus ojos negros y luminosos en los míos. Después de levantarse a buscar otro leño, echarlo al fuego y esperar a que encendiera, regresó al relato, como quien vuelve a una tarea difícil.

Aquel día del aguacero siguió caminando como si los pies tuvieran su propia voluntad y una fuerza invisible les dijera por dónde. Todo le pareció distinto, como si el cerro se hubiera transformado. Lo que veían sus ojos le hizo olvidar el dolor que sentía en el cuerpo. Las hojas de las plantas brillaban intensamente. Percibía las carnosidades de los troncos y la savia corriéndoles por dentro. Los agujeros trazados por el rayo o por el hacha del leñador eran heridas abiertas, sangrantes, supurando un dolor silencioso que se le clavó en la entraña. Las piedras latían bajo sus pies, llenas de secretos que escuchó susurrar. La tierra mojada exhalaba alientos profundos, contaba sus historias. Podía ver animales e insectos andar a la distancia. Intercambiaron miradas y los vio detenerse a su lado, como si la reconocieran. Le murmuraron, con sus voces de animales, y se estremeció al entenderlos. Tuvo que armarse de valor para seguir los hilos dorados que iban y venían alrededor y la conectaban con cada ser que poblaba el monte. Cada sonido trasmitía su historia. Mamá Lochi me dijo que fue como si ya sus orejas, su piel, sus ojos hubieran perdido los velos para ver el universo como es. Y, aunque fuera bien chamaquita para explicarlo, lueguito supo que algo bien adentro se había transformado por completo en ella.

Anduvo hasta que la agarró la noche, sin cruzarse con nadie de este mundo, sin buscar el camino de regreso. La preocupación de volver a su casa era algo lejano, perdido en un rincón de sus pensamientos, más ocupados en percibir lo que los brillos de la oscuridad le ofrecían a su paso como regalos de bienvenida. Muy de vez en cuando le cruzó el temor de encontrarse un ánima de las que andan por el cerro, un ánima maliciosa de esas que, decía su Mamá Goyita, le roban el alma a los niños mal portados. Pero luego se le borró porque, a pesar de la negrura que la abrazaba, los árboles, las sombras y las ánimas que vagan por el monte se le revelaron como poderes de los que nada había que temer. Bajó y trepó por lo más escarpado del cerro, hasta que le entró un cansancio de no poder dar un paso más, y después de hacerse bolita entre unos matorrales, junto a una roca, se quedó esperando que viniera un coyote a comérsela.

Las primeras luces del alba le ganaban a las sombras, cuando sintió que unos ojos le cayeron encima, como atravesándola. Al principio no alcanzó a ver con claridad si era un coyote u otro animal. Al rato descubrió que era una persona que la observaba con mucha atención. Mamá Lochi trató de levantarse, pero le dolían hasta los pelos de la cabeza, que traía requemados por el rayo que le había caído encima. Ahora sí que se sintió asustada, con el pensamiento de que aquella presencia fuera uno de esos espíritus malosos acostumbrados a andar por el monte acarreando a los vivos para llevárselos al otro mundo. Deseó con todo su corazón que fuera Mamá Goyita, aunque viniera a regañarla y le diera sus reatazos por desobediente, por andarse perdiendo. Hasta eso iba a saberle dulce comparado con que un ánima se la llevara para siempre de este mundo. Y cuando la figura que tenía enfrente se dibujó con claridad, vio que no era Mamá Goyita ni nadie que ella hubiera visto antes, pero había algo familiar en el rostro de aquella mujer, en su porte, en su manera de mirar. Unos ojos negros la recorrieron como si ella misma se hubiera convertido en un animal que la anciana no atinaba a reconocer. Una larga trenza canosa le caía por la espalda, tenía piernas delgadas y correosas y cargaba un morral de yute sobre el hombro. De pronto alargó un brazo para ayudarla a ponerse en pie. Y Mamá Lochi, con sus siete años, con mucho esfuerzo, trató de levantarse, pero el dolor pegado a la piel no la dejó. Las piernas se le doblaron. La anciana intentó sostenerla y mi abuela niña se dejó caer, esta vez, para irse hasta el fondo de un agujero oscuro que se abrió bajo sus pies, y del cual no salió hasta horas después.

Cuando terminó su relato, Mamá Lochi guardó un silencio tan elocuente que imaginé que ahora sí ya nos íbamos de la cueva, de regreso. En otra ocasión seguiría con la historia, como era su costumbre, y mejor me consolé escuchando el rumor de los árboles. A los más viejos les crujían los troncos y las ramas: para poner la carne de gallina. Con el viento sonaban como río en temporal. El aire se arremolinaba entre las ramas llevándose las hojas secas o los frutos maduros, como si se fueran a echar a volar. Los pájaros que andaban por el cielo soltaban sus trinos y mi abuela gorjeaba con ellos, como si les contestara. Yo misma les silbaba para animarlos a cantar. Hasta el sonido de las sombras podía oírse, murmurando entre ellas. Si el miedo no me detenía, trataba de abrir el corazón para ver lo invisible. Buscaba presencias entre los matorrales, al fondo de las cañadas o entre las nubes que corrían por encima del mundo. Sólo lo conseguía si me mostraba menos temerosa. Una negrura atravesaba un claro y cuando volteaba, ya se había desvanecido. O me encontraba de repente con los ojos acristalados sobre una forma parecida a un animal, que se esfumaba entre los macizos de plantas o atravesaba el zacatal sin que pudiera reconocerlo.

Sentía a las presencias acercarse. Me tocaban el hombro o respiraban en mi cuello, en mi cara. Por las noches, después de una de esas caminatas o visitas a la cueva, llenas de ánimas y seres invisibles, solía dormir inquieta. Me despertaba gritando sumida en la penumbra, sudando y aterrada porque clarito había sentido cómo me caía encima un peso que no me dejaba mover ni abrir los ojos: un peso que me iba aplastando por más que luchara contra él. Era cuando mi abuela, al despertarse con mis gritos, me decía:

—Ya se te subió el muerto. Ahorita lo mandamos lejos, Calandrita. Respira tranquila, que a ésos les gusta el miedo y mientras más miedo, más se te pegan —y me untaba pétalos de jazmín silvestre en el cuello y las manos, me hacía beber té de tila y me hablaba quedito en su lengua para que me volviera a dormir.

Aquella tarde en la cueva, al oír su silencio rumoroso, su manera de mirar las llamas, de remover los leños, presentí que a lo mejor y se animaba a seguir con su relato. Me acurruqué sobre el zarape. Me invadía un sueño al que era difícil resistirme, pero Mamá Lochi me volteó a ver justo cuando estaba haciendo almohada mi morral.

—¿Qué no quieres oír lo que pasó luego?

—Sí, mamita. Es que pensé que ya había terminado de contar por hoy. Como luego así le hace…

—Cómo crees. Si para eso te traje —y removió un tizón que se había salido del fogón—. Lo que te voy a decir ahora, Emilia, es para que lo guardes en tu corazón —y echó un manojo de hierbas en el pocillo donde preparaba el té—. Lo que te quiero contar es lo que te voy a dejar de mí, del misterio, mi herencia. Sólo te va a servir cuando estés lejos.

Cuando aprendas requete bien a dibujar las palabras sobre el papel. Sobre todo, lo vas a recordar cuando te sientas bien perdida en mitad de ningún lado.

—Si yo no voy a ir a ningún lado, mamita —le dije convencida.

Ella regresó la vista al rescoldo.

—Eso es, chamaca: vas a ir a ningún lado, por así decir. El destino te puso chapulines en los pies. Alas en la espalda. Vas a cargar contigo la historia de tu familia, la mía, la del cerro mismo que es tu casa. La de tus ancestros, aunque no la sepas. Y un día, cuando me extrañes y sientas que vas a olvidarme, te vas a sentar a dibujarla en papeles, para que otros la conozcan. Para que ni tú misma la olvides. Cuando vengas a ver, eso va a ser todo lo que tengas: tu historia dibujada con palabras. Así que más te vale guardarla bien dentro, para cuando sea tiempo de recordar. Va a salir solito, ya vas a ver, sin necesidad de que lo llames —y sin dejar que le llovieran mis preguntas, volvió al momento en que le cayó un rayo, justo cuando la despertó una sensación fría.

Al abrir los ojos, la espantó el rostro de la anciana de larga trenza. Se inclinaba sobre ella, cubriéndole el brazo izquierdo con una tela humedecida. Miró alrededor. Estaban adentro de una cueva y escuchó caer la lluvia. Sintió la tibieza del aire y la luz de una hoguera encendida a unos pasos. El crujir de los troncos al ser abrasados la tranquilizó, como si fuera la evidencia de estar viva. Volvió a poner la vista sobre la vieja. ¿Y si fuera un ánima llegada directito del más allá? A lo mejor ya se había muerto y allí era el cielo, y aquella mujer sería la mismísima Virgen. Aunque se le hizo raro que la Virgen se apareciera como anciana. A lo mejor era una santa, de esas que son muy buenas mientras viven y a la hora de morirse se van al paraíso. Mamá Lochi optó por no moverse demasiado, como si la quietud le asegurara que nada malo podía pasar. La anciana humedecía un trapo en un pocillo lleno de un agua olorosa a yerbas parecidas a la manzanilla, al hinojo, a la yerbabuena: lo exprimía y despuesito lo recolocaba en el brazo, en la frente, en distintas zonas del cuerpo de mi abuela niña. Tan adolorida que estaba. Le escocía la piel de pies a cabeza: le daban ganas de arrancársela entera para librarse del ardor. La anciana hacía su labor en silencio. Sólo la miraba con sus ojos lustrosos, y mi abuela niña rebuscaba en aquel rostro algo para aclararse. Por qué le resultaba tan conocido. Sería una finadita, una antepasada que bajó del otro mundo para ayudarla. También ella tenía ese lunar zancudo bajo el ojo izquierdo que caracterizaba a algunas mujeres de la familia. Por eso le resultó tan familiar. A lo mejor era la bisabuela Rigo, o su tatarabuela Carmen. Su Mamá Goyita hablaba seguido de ellas, del titipuchal de años que vivieron, de las cosas que sabían, de sus poderes, que no se dejaban de nadie. Pero no fue hasta que la anciana de larga trenza tomó un cuchillo para abrir a la mitad una hoja de sábila, cuya baba fue untándole sobre la piel, cuando Mamá Lochi reparó en el helecho que recubría su brazo izquierdo. Las líneas no eran tan rosadas como las que ella misma tenía en su pequeño brazo y los helechos dibujados eran más pequeños que el suyo. Mamá Lochi recordó haber levantado la mano para tocarlo. La anciana, como si esperara aquel gesto, no se inmutó. La dejó hacer y, ella misma, con sus dedos arrugados, aunque suaves al tacto, acercó una yema hasta el dibujo tatuado por el rayo, sobre el brazo de mi abuela niña. Así se quedaron un rato, tentándose una a la otra. La anciana reconociendo lo que ya sabía. Mamá Lochi adivinando lo que, en algún rincón de su alma, empujaba para revelarse.

Él y Emilia flotan por encima de la tierra: traen pegadas a la espalda unas cuerdas que los sostienen. Las cuerdas se van aflojando: si no logran agarrarse de otra que se mece más allá, el agujero abierto a sus pies los succionará hasta tragárselos. Emilia abre la boca para gritarle a su hermano; su voz no se escucha, aunque él ve cómo se agita su garganta y la mira alejarse sin alcanzarla. Una fuerza que sale del hoyo negro la jala hacia abajo y Goyo agita los pies para darse vuelo y agarrarla, pero ella se va apartando hasta precipitarse y desaparecer hacia el agujero…

—¡Emilia! —a Gregorio lo despertó su propio grito: la respiración agitada, el sollozo atorado en el pecho—. ¡Emilia! ¡Calandria!

Su hermana no estaba a su lado. Alrededor se oían voces de alerta.

—¡Corran! ¡Corran! ¡Zopilote, Zopilote!

Las sombras iban y venían desparramándose, diseminándose por el terreno en busca de un lugar dónde ocultarse. Más allá el helicóptero lanzando oleadas de luz potentísima, alumbrando por segmentos la oscuridad circundante.

El alboroto de la desbandada ya se perdía pero Goyo aún no daba con su hermana: el rumor del helicóptero venía de regreso hacia él. Escuchó la voz que caía desde arriba, amenazando con disparar. Distorsionada, se oía como un dios malévolo vociferando desde los cielos.

—¡Emilia!

Recorrió los alrededores, sin suerte. El grupo era ya un hormiguero diseminado en la lejanía, mientras el Zopilote seguía sobrevolándolos. La mochila de su hermana estaba abandonada en el mismo lugar donde se habían acostado a dormir.

—Carajo. Pinche Emilia. Te dije que me avisaras —la zozobra fue agarrando su lugar bien adentro. Le mordisqueó las tripas, con ese gusto tan suyo de acomodarse a sus anchas.

Alcanzó a ver figuras correteadas, iluminadas a mitad de una carrera inútil. A lo lejos, los vio echarse por tierra, manos en la nuca. Un haz de luz lanzado desde el cielo iluminó fugazmente un carro estacionado a la distancia. En un parpadeo, Goyo alcanzó a ver la silueta de un hombre acarreando gente: una corazonada lo empujó a echarse a correr en esa dirección. Corrió a lo que le dieron sus pasos chuecos, tropezando con piedras, plantas y ondulaciones del terreno invisibles a esas horas. A pesar del esfuerzo, antes de darle alcance el coche arrancó y fue tragado por la noche.

Se quedó solo a mitad de aquella nada sin corazón: con su desasosiego y una tolvanera de pensamientos desconectados, hechos de puro desespero.

El helicóptero sobrevolaba, sin detener su cacería. Goyo lo vio venir, acercándose con esa precipitación del cazador:

lo habían visto. Se acuclilló junto a un macizo de gobernadoras, hundió la cabeza y los brazos bien metidos entre las piernas y se quedó inmóvil acompasando la respiración para sumirse en esa zona de su espíritu que él conocía bien. La luz le pasó por encima sin detectarlo.

—Ay, Calandria, que no te agarren. Voy por ti, no te apures… —murmuró y sintió el apretón, bien en el mero centro del pecho. Y si fuera ella a la que iban acarreando… la que echaron al carro. Y si la agarraron. A lo mejor los Perros. Se sacudió ese destripamiento de ideas que no le servía de nada. El helicóptero volvió a sobrevolarlo. No en vano Mamá Lochi le enseñó sus mañas. No de a gratis lo llamaban Caco: su cuerpo elástico, flexible y esa posibilidad de volverse invisible donde fuera. Pero Emilia. Deseó encontrarla agazapada en algún rincón, como él: con la cabeza metida entre las rodillas dobladas, con el pensamiento y el corazón lejos de la tierra, respirando serenamente y borrando las fronteras entre la piel y el mundo. Su abuela lo llamaba volverse aire. Pero a Emilia nunca le salía bien, no le daba el cuerpo, ella podía hacer otras cosas, pero eso no.

—Tú echa todo hacia adentro, así te confundes con lo invisible y no hay quien te encuentre, aunque quiera —solía repetir la abuela cuando les enseñaba cómo hacerle. A Gregorio, con sus articulaciones de chicle y esa capacidad para pasar desapercibido hasta borrarse, no le costó nada aprenderlo. Mamá Lochi repetía que tenía un don particular y él encontró ganancia en utilizarlo con más frecuencia de la que su misma abuela hubiera deseado.

—Nomás no vayas a quedarte de ese otro lado para siempre, chamaco. Hay que saber regresar —le decía, cuando él, frente a la exigencia de una tarea indeseada, desaparecía y pasaba horas oculto mientras los demás trataban de encontrarlo en algún rincón de la casa o afuera en el patio.

El alumbrón le pasó por encima varias veces más. Finalmente cesó, junto con los gritos, las voces de huida, las sirenas. Aguzó el oído: en una de esas escuchaba a la Calandria trinar. Pero nada. Luego el relámpago fugaz: aquellas lámparas tan poderosas las usaban los gringos para mandar señales a los extraterrestres, pensó desde aquel su flotar en la invisibilidad. Dónde se habría metido su hermana. Calandria rejega. E hizo memoria: antes de acurrucarse a dormir junto a él, se había quitado los tenis para aliviar el dolor de pies, sobarse y sanarse las ampollas. Ella se había dormido primero. Goyo intentó darse ánimos: en cuanto pasaran los Zopilotes, seguro se encontrarían.

—Ay, Emilia, espero que no te apendejes.

Una intuición vaga fue dándole paso a la certeza. Su hermana iba en ese carro que vio arrancar: la habían agarrado. Pero cómo estar seguro, por más farolazo del Zopilote, había sido difícil distinguir lo que ocurría a lo lejos. Una certeza se le incrustó bien adentro, como garrapata hambrienta.

Desde su invisibilidad, Gregorio Ventura alcanzó a escuchar disparos lejanos y estuvo tentado a levantarse, pero presintió que era mejor quedarse quieto. Dejándose llevar por el ritmo pausado de su respirar volvió a hundirse en su invisibilidad, sumergido bajo su piel arrejuntada, y flotó en ese lugar vacío, fuera del mundo, que era su descorazonado refugio. Cuando al fin regresó y abrió los ojos, percibió la densidad del silencio. La oscuridad envolvente era desalmada.

Le pareció oír cómo lo llamaba su hermana: alzó la cabeza de entre las piernas y echó un vistazo. No tenía idea cuánto tiempo había pasado. Alrededor, la tensión de la calma. Oyó los latidos de su corazón, el escándalo de sus vísceras hambrientas y, venida desde otro lado, la voz de ella, llamándolo. Se sacudió el ensimismamiento, se levantó y caminó en círculos.

—¡Emilia! —temblaron las letras en cuanto sonaron en su boca; su nombre surgía cargado de malos presagios.

—Me lleva...

Sacó del fondo de una mochila abandonada una botella con agua, unas tortillas reblandecidas, algunas prendas de ropa enrolladas y con olor a piscaguado, una navaja, un par de billetes y monedas sueltos. Juntó todo en la mochila más grande. Volvió a llamar a su hermana, dando vueltas por la zona, hasta que comprendió que estaba completamente solo.

—Ora sí ya me cargó la chingada.

Sintió cómo su propia voz, al salir, se perdía en la noche prieta y fría para recordarle lo solo que se había quedado. Se echó a andar hacia los cerros, los de la hendidura en medio. No olvidaba la promesa que se habían hecho: pasara lo que pasara, ése era el rumbo que habrían de tomar en caso de separarse o perderse de vista. Imaginó a su hermana trepada en una patrulla, siendo devuelta a la frontera, del otro lado. La imaginó en manos del Vaquero y ahí paró de imaginar, pues se le desbordó por dentro un río desalmado en cuyas aguas sombrías iba a ahogarse si se dejaba ganar por el descorazone.

—Ojalá y estés con Demetria —deseó Goyo y, sin dejar de andar, se preguntó si no sería mejor hacerse agarrar para encontrarla.

Un ruido lejano lo sacó de su ensimismamiento. Inmóvil, solitito en medio de la penumbra abierta del desierto, escuchó. Parecía un rugido. Imaginó un animal salvaje acechándolo.

—Nomás eso me faltaba.

Se sacudió esa idea. Era un ruido más parecido a una máquina, tal vez una sirena. Los Zopilotes vienen de regreso, vienen por mí, se dijo y lo agarró el apremio; se quedó quieto buscando rincón donde ocultarse. Y volvió el ruido aquel, venía de lejos y lejos se quedaba. No tardó en identificarlo, tal vez un claxon o una alarma resonando quién sabe dónde. Buscó alrededor. Un par de puntos luminosos titilaba en la dirección de los cerros. A lo mejor una construcción. O alguien con una lámpara. Difícil reconocer qué. Observó la luz detenidamente para ver si se desplazaba y pronto descubrió que permanecía quieta. Estaba lo suficientemente lejos como para que le llevara un trecho alcanzarla. Sacó la navaja de la mochila, la metió dentro de la chamarra apretándola con una mano y se echó a andar en dirección al destello en medio de aquella nada.

El frío cortaba la piel y aceleró el paso para entrar en calor. Calculó: debían faltar un par de horas para el amanecer. ¿Y si la luz lejana fuera algo que lo ayudara a salir de allí o le diera noticias de su hermana? ¿Y si fuera una esperanza? Se animó y así anduvo hasta el alba. Adentro de sus zapatos las ampollas y rozones lo mordieron como un mal bicho. Iba bajando y subiendo cuencas, la respiración agitada, apurado a llegar a quién sabe dónde. Así anduvo hasta que el sol empezó a colorear la noche. Y entonces lo vio. A lo lejos, bien lejos: un carro que brilló con la alborada.

Lo estuvo mirando, como si se tratara de un raro animal varado a mitad de esa nada. Con calma, sopesando las posibilidades del encuentro. No parecía haber movimiento alrededor, pero cómo saberlo si estaba a mucho caminar todavía. Un vago presentimiento se le encendió por dentro. Aceleró su paso cojo percibiendo el escozor de la noche helada que apenas huía, cuyos restos aún vagaban por el aire.

A Mamá Lochi el rayo no sólo le marcó la piel, sino que le dejó una huella profunda. Cuando logró retomar el relato del encuentro con la anciana del lunar bajo el ojo, su voz atiplada pasaba trabajos para hacerse escuchar. Estábamos en la cueva y Mamá Lochi no le sacaba la vista al fuego: se le notaba lo difícil que era regresar a esos recuerdos, que a nadie le había contado nunca. No podía saberlo pues era muy chamaca, aunque a decir verdad lo presentía: al contarme aquello, mi abuela me hacía su olla de barro, su cacerola de peltre para que se los guardara. Después de haber sido rescatada por la anciana, Mamá Lochi recordaba haber pasado horas dormitando al interior de la cueva. Entre sueños veía entrar y salir a la vieja, con su morral de yute al hombro, reavivando cada tanto el fuego y cantando en una lengua que mi abuela conocía por oír hablar a sus propios abuelos. A ratos, la anciana se sentaba de espaldas, en el umbral de la entrada a la cueva, echando humo sobre su cabeza mientras fumaba una pipa cuyo tabaco olía a hoja de plátano. No dejó de hacerle curaciones. De darle sorbos de un té de intenso dulzor, pedazos de piloncillo y huevos cocidos. De untarle sábila y tepezcohuite para las quemaduras. De ayudarla a levantarse para hacer sus necesidades en un recipiente que después sacaba de la cueva y devolvía limpio a su rincón.

Mamá Lochi recordó haber visto pasar la luz del día y la oscuridad de la noche varias veces a través de la entrada hasta sentir fuerza para incorporarse por sí sola. Cuando lo hizo, la anciana ya no estaba a la vista y mi abuela niña se allegó hasta afuera y divisó alrededor. Estaban en la cima más alta de una montaña. Era temprano. Reconoció el paisaje. Los mismos árboles que siempre había visto. El mismo olor de la tierra. Los mismos sonidos. Aves trinando, el rumor del viento como un río a través del follaje. Pero la sensación de que el mundo se había transformado seguía acompañándola. Percibía con claridad cada minúsculo movimiento, sonido, aroma, silencio o vacío cercano.

Al girar la vista hacia la derecha, al borde del acantilado, mi abuela niña descubrió a la anciana sentada en cuclillas. Se mantenía inmóvil como piedra, de frente al barranco. Pasados unos segundos entonó un canto, tan ligero como un murmullo que se confundió con el rumor del monte. De tanto en tanto, la vieja alzaba el rostro, dirigiéndose al aire, para después bajar la vista sobre el recipiente a sus pies. Se trataba de un guaje hondo, sobre el cual se inclinaba, como si adentro hubiera algo atrapándole la mirada. Mi abuela niña pensó que podía haberse tratado de algún animalito recién nacido, aunque no alcanzó a verlo pues la mujer se inclinaba hasta casi meter por completo la cara al recipiente. Mamá Lochi sintió como si un espíritu codicioso de saber la estuviera sonsacando. Se fue acercando lentamente y, cuando estaba a unos pasos, de improviso la anciana se giró. Tenía los ojos encendidos por una llamarada, como si no fueran de este mundo. La mujer hacía un gesto para mandarla de regreso a la cueva mientras, con la otra mano, tapó el recipiente. Adentro del guaje algo se movía, pero la enjundia con la que la vieja le exigió alejarse la hizo volver sobre sus pasos. La siguió con una mirada y, cuando la perdió de vista, se giró y regresó a sus cantos.

Descubrir qué guardaba la anciana al interior del guaje se le clavó en el pensamiento a Mamá Lochi como aguijón de chilpán. Esperó a que la mujer regresara a la cueva para atizar el fuego que permanecía encendido día y noche. Esperó a que le untara el cuerpo con el tepezcohuite y la sábila, que pasara sus yemas por el tatuaje de helecho, que le diera a beber las infusiones y a comer el alimento que le ofreció. Esperó y esperó, alerta como tecolote, hasta llegar el momento en que la vio cruzarse el morral y salir de la cueva. Mi abuela niña ya había tenido tiempo de comprender sus ritmos, así que en cuanto la vio salir se puso en pie y se asomó. Era cerca del mediodía. El calor había arreciado. Las piedras rezumaban bochorno. Las sombras apenas se dibujaban y, a pesar de la frescura adentro del recinto, algunas gotas de sudor perlaron su frente. Había de ser del nervio, recuerdo que me dijo al contarlo. Ya presentía que su desobediencia iba a traerle un mal difícil de extirpar, me explicó luego, mirándome bien fijo, como para que yo lo entendiera bien y no se me fuera a ocurrir ninguna desobediencia parecida.

Desde la entrada de la cueva, mi abuela niña miró alrededor. La idea de que los ojos llameantes de la mujer la descubrieran en su desobediencia la asustó. Percibió la calma chicha del mediodía. Una calma clara. Sintió los ojos de los pájaros sobrevolando la montaña, en círculos, atisbando sus movimientos. Sintió la quietud alerta de los insectos entre las piedras, detrás de una hoja, sobre su propia cabeza.

Mamá Lochi se encaminó hacia el recipiente, que yacía a la orilla del abismo. Al acercarse, sintió cómo el vacío, en toda su inmensidad devoradora, se iba abriendo ante ella. Un vacío que parecía querer tragársela.

Una piedra plana cubría el guaje que, ahora podía verlo, estaba incrustado en la tierra. Un ligero viento comenzó a soplar cuando tomó entre sus manos la piedra para alzarla y colocarla a un lado. El agua contenida dentro del guaje ondeó, dándole la bienvenida. Allí no había ni animal ni nada extraordinario, recordó haber pensado Mamá Lochi. Sólo agua. Un guaje con agua de lluvia: nada más. Acuclillada ante el recipiente, mi abuela niña contempló su reflejo. Susurros, voces distantes como traídas de la mano del viento, llegaron hasta sus oídos. Una brisa fresca, tranquilizadora, venida de lejos para llevarse su temor.

Asómate, Eloísa.

Al principio no entendió de dónde venía la voz. Al voltear, sólo vio arbustos, piedras: la cueva oscura y fresca donde no había nadie.

Ándale, niña. Agáchate y mira, que ella no tarda en volver.

Mamá Lochi se inclinó un poco más sobre la superficie del agua. La voz venía del interior del guaje. Al fondo del recipiente vio el cielo de nubes blancas y un ave atravesándolo. Se inclinó más y reconoció su propio rostro. Allí estaban sus ojos negros y saltones, que brillaron como chispa de bengala al mirarse a sí mismos. El lunar zancudo abajito del ojo izquierdo. Allí estaban sus pelos ralos por la chamusquina, colgándole junto a las orejas, la boca cerrada como asustada, sin saber qué decir. Pues qué tanto había visto la anciana dentro del guaje, que parecía haberla encandilado como fuego artificial, que hasta los ojitos se le encendieron, se preguntó Mamá Lochi. Y la voz que seguía dejándose oír.

Que mires, niña: no dejes de mirar. Sigue, sigue mirando, pues. Que si no, nada habrás de ver.

Dice Mamá Lochi que lo que ocurrió después pasó en un segundo. Un segundo que duró toda una vida. La cara de mi abuela niña empezó a desdibujarse en el agua y las líneas de sus facciones fueron cobrando formas diferentes, y con ellas, ciertas figuras empezaron a correr dentro del guaje. Dice que allí dentro vio pasar imágenes de su vida. Me imagino que como si fuera un cine, porque ella nunca fue a uno. Ella era la que andaba allí adentro: con su Mamá Goyita, su padre, sus abuelos, sus hermanos jugando en el río, con los chamaquitos en la plaza mayor del pueblo, en la iglesia, correteando por las calles de tierra. Y se vio en el cerro caminando bajo la lluvia, y el rayo que le cayó encima y le encendió ramas lumínicas por dentro. Y vio a la anciana que la cargó cerro arriba, la cuidó, la curó. Y se vio a sí misma frente al guaje, y fue ahí cuando las imágenes se aceleraron: vio pasar su vida, después de ser encontrada sin conciencia al fondo de una barranca. Una vida que corrió como río en temporal dentro del guaje. Se vio chamaca, se vio señorita, se vio hablando con una iguana, con una víbora, con un ciempiés. Vio el día en que murió su padre atravesado por una bala, otro cuando se la raptó el abuelo Güero, cuando murió Mamá Goyita, el día en que parió sus chamacos, el día en que se le murió su primer hijo y luego otro más, hasta que nació su preferido, Emilio. También vio a Jacinto Estrella apareciéndosele en sueños, en las esquinas, diciéndole en cada ocasión que no fuera necia, que tenía que aceptar el don que se le había otorgado. Vio sus dudas, sus sueños, su sufrimiento y su goce. Miró el momento en que el curandero Jacinto Estrella le pasó sus instrumentos, entre la humareda y un ave que volaba sobre su cabeza. Se vio caminando por el cerro, ya mayor, con sus piernas correosas, su larga trenza blanca, su morral de yute, hablando con las plantas, con los espíritus, con el viento. Vio mi nacimiento, la muerte de mi mamita Estela y me vio caminando por un paraje árido, desolado, muerta de sed junto a mi hermano Goyo. Y no fue sino hasta que al fondo del guaje apareció la cara de la anciana que la había estado curando hasta ese día cuando mi abuela se echó para atrás de un sentón, de puro susto y, al voltear y no ver a nadie alrededor, comprendió, con un espanto que la dejó muda, quién era la mujer que la había estado cuidando todo ese tiempo. Dice Mamá Lochi que sintió que le jalaban las patas desde el fondo de la tierra, que de repente se vio a sí misma cayendo por un agujero oscuro. Cuando abrió los ojos, tenía encima la cara espantada de su Mamá Goyita, de papá Emilio, que así también llamaba a su padre, y la de sus cuatro hermanos. Del otro lado del petate la miraban los ojos de tecolote de don Jacinto, el curandero.

—Después de eso, Emilia, la ignorancia me abandonó —dijo mi abuela a la niña de siete años que era yo entonces y que escuchaba su relato con la boca abierta—. Desde entonces, los sueños no me han dejado en paz con sus verdades y no puedo desatender los dolores del mundo.

Quise hablar, preguntarle sobre eso, que me explicara, porque no había entendido bien o no quería entender. Pero justo al llegar a ese punto de su historia, Mamá Lochi cerró la boca y le echó tierra a la lumbre para apagarla. Eso sólo quería decir que volveríamos al pueblo. Que su relato hasta ahí llegaba, al menos por ese día. Me andaba por preguntarle, pero mejor me quedé callada, no fuera a arrepentirse de contarme sus secretos.

A Emilia Ventura no le fue simple despegar los párpados. En cuanto lo consiguió, todo fue un deslizarse a ciegas. La cabeza, la panza: volcanes desacomedidos de náusea y dolor. Dónde estaba metida. Percibió el contacto rasposo de la tela que la envolvía: el olor a puerco. El mundo giraba, la zarandeaba: tenía ganas incontenibles de vomitar y las sacudidas no la ayudaron. Ese ahogo desangelado. Las ganas de gritar. Bien adentro algo la aconsejó: mejor calladita. Dónde estaba metida. Escuchó los rumores. Impresiones y revolturas apachurrándole la entraña y el entendimiento. Quería aclararse el recuerdo; no estaba fácil. Y esas voces. Los quejidos. Reconoció el apeste en la risa de Vaquero. Reconoció la voz, los bufidos de Donojo. Y los quejidos: un llanto de a dos que no conseguía silenciarse a sí mismo, cuando Vaquero ya estaba arremetiendo:

—¡Cállense, hijas de su pinche madre! —y se escuchó el ruido de golpe.

Emilia sintió el temblor que le venía de adentro.

—¡Buena lana le vamos a sacar a la carne que traemos atrás! —el Vaquero y su chillido aguardentoso congelaron el corazón de la niña—. Hubiera querido quedarme sólo para verles la jeta que pusieron cuando les cayó encima el Zopilote.

—No mames, pinche Vaquero, tiene razón la Güera cuando dice que un pinche coyote te comió el corazón.

Emilia intentó moverse adentro del saco para buscar salida, pero estaba muy amarrado.

—A la escuincla ya la tengo apalabrada: va directo para el jefe, ¿cómo ves? Ese Chato tiene buen ojo. Él sí le sabe de a cómo las quiere. Nos va a tocar un billetón. A las otras dos hay que ver en el yonque qué nos dicen.

—En una de esas también las quiere el jefe... aunque están reteviejas para él —Donojo sonaba cansado.

—Ya sabes que le gusta la carne tierna, para tronarlas bien sabroso —la risa de Vaquero parecía hipo—. Luego las coloca bien colocaditas. No las deja sin qué hacer. Hasta eso es buena gente el pinche jefe... ¿o no, Donojitos?

—Pues cada quien sus gustos. A mí eso de darle a los escuincles pues como que no me parece. La verdad que aquí ando porque no me quedó de otra —un dejo triste se coló por la voz seria de Donojo. Conducía atento al camino quebrado: montículos arenosos, hondonadas, piedras en el trayecto.

—No te hagas el santo, pinche Donojo. ¿A poco no te gusta la carne fresca? —Vaquero le acercó la botella que llevaba entre las piernas—. Ándale, échate un traguito —y soltó una carcajada, antes de empinarse la bebida.

Emilia percibió la agitación de su calandria; que se quede quieta, que no empiece, rogó. El látigo del miedo le andaba azotando el pecho.

Los quejidos cercanos le hicieron comprender que además de los hombres iban al menos dos mujeres más en aquel carro y se preguntó si también iría Goyo.

Un silencio repentino le hizo albergar un presagio, acercándose a pasos de gigante.

—Oye, cabrón, ¿y si les damos su probadita? Sin estropear la mercancía… como que ando ganoso. ¿Cómo ves, tú? La pinche Güera no me las quiso prestar. Y la verdad a mí me gustaría entrarle a la chamaca… como que le traigo ganas…

—No, cabrón. Nada de probaditas. No chingues. Además, ¡es una niña, pendejo! ¿Qué ni un poquito de compasión te da la escuincla, cabrón?

—¡No mames, pinche Donojo! Qué compasión ni qué mamadas. ¿Qué con que sea una niña? ¡Las niñas también son para cogérselas! ¿O no? Por eso te quedaste tuerto, cabrón: por pendejo. Además, ¿quién se va a enterar? ¿A poco tú vas a rajar? Mira, que sea rápido… que me la mame y ni quién se entere.

— Ya te dije que no. Y ahorita yo mando. Mientras esté yo enfrente, ni madres, culero —la voz de Donojo sonó seca. Dura.

—¿Y cómo le vas a hacer con el jefe cuando se la quiera echar, pendejo? ¿Le vas a decir como a mí? ¿Vas a sermonearlo con tus mamadas de que es una niña y la verga? ¡Te va a dar dos plomazos, cabrón!

La rispidez de un silencio. Una tensión: la que antecede al desplome, al desbarrancadero.

—Eso es otra cosa. El jefe es el jefe. Ahí él manda y se hace lo que él dice. Y no es tan mala gente. A su modo la va a cuidar. Además, aquí yo mando, culero, porque a mí me encomendaron. Así que cállate el hocico si no quieres que te lo parta.

—Ah, pinche Donojo, de veras. Quién te entiende. Si serás… O sea que si el jefe te dice que te cojas a la chamaca, tú te la cojes.

—El jefe no me va a decir algo así, culero. Él me respeta. Sabe que a mí no me gustan las niñas y no me anda chingando como tú.

Vaquero dio un trago a la botella y hubo un breve silencio.

—Entonces me cojo a una de las otras. Éstas ya no son niñas —y pasando la mano al asiento de atrás, Vaquero metió los dedos en la entrepierna de una de las mujeres amordazadas.

—Ya te dije que no, cabrón —Donojo le dio un codazo para detenerlo—. Ya estate sosiego si no quieres que te saque un pinche ojo para que estemos iguales.

Lo último que Emilia recordaba antes de ese momento era cuando se acurrucó junto a su hermano para dormir. Luego le vino el retortijón de panza.

—Pinche comida para puercos —se fue diciendo, esquivando piedras y gobernadoras, en busca de un lugar privado para aliviarse y sin tiempo para avisarle a Goyo que no se tardaba.

Cuando iba de regreso a donde estaba Gregorio, alguien la agarró por detrás tapándole la boca con un trapo húmedo que olía feo y hasta ahí llegaba la memoria. Después sólo un hoyo negro como nido de víbora.

El jeep avanzaba a tropiezos: brincadera de cuencas, hondonadas y piedras en el camino. A través de los agujeros del costal, Emilia buscó ver: no se colaba luz ni de rebote. Intentó reventar los hilos para respirar mejor y mirar. Era difícil porque el apretuje no la dejaba moverse. Con fuerza estiró los pies contra la panza y logró que la tela se rasgara un poco. Luego vino el golpe de las botellas y la voz estridente de Vaquero que insistía en detenerse y tomar a las mujeres.

Una oleada de sudor frío la recorrió, le tembló el cuerpo, de la nuca a las plantas de los pies. Apretó los párpados.

—Mamá Lochi —musitó. Como si pudiera oírla. Ni siquiera consiguió imaginar su cara. Pensó en su hermano. Dónde, cómo andaría. Ay, Caco. Se repetía, y sólo de pensarlo se le anudó el llanto. Y de repente, el ave. Su chillido de advertencia le caló las orejas.

—Pinche pájaro de mal agüero… —gritó Vaquero, con un ladrido aún más destemplado—. Seguro que me los mandan esos indios hijos de su madre a los que me chingué. ¡Ya lárgate de una vez! ¡Frénate, pinche Donojo! Voy a sacar la fusca. ¡Me voy a chingar al pinche pájaro!

El jeep aceleró.

—Cállate, cabrón. Qué indios ni qué indios. Sólo es un pinche pájaro. Traemos prisa.

—¡Que te pares, cabrón! ¡Me lo voy a chingar antes de que me chingue a mí! ¡La verga! ¡Párate, te digo!

Siguieron discutiendo; acelerones, sacudidas. El tono elevándose y el ave que no paraba su estridencia.

—No seas culero, pinche Donojo —aulló Vaquero—. Me la debes y me la tienes que pagar… ya me estás llenando el bote, cabrón.

Un volantazo, la sacudida y un golpe contra la puerta reventó los chillidos de las mujeres, de la misma Emilia y de su calandria desorbitada. El jeep aceleró entre gritos y la niña que se golpeaba contra las paredes de la cajuela entre sus ay, ay, inaudibles para el resto.

—¡Ya cállate, pendejo! ¡Deja de chingar o te boto aquí mero para que el pinche pájaro te saque los putos ojos!

—¡A ver, atrévete pinche tuerto, hijo de tu…!

Un golpe fuerte, hacia un lado, un tronido y el salto del carro a una cuenca honda, que abrió la portezuela trasera. Emilia experimentó el vacío, luego la caída hasta el golpe seco contra la tierra rocosa. Del saco desgarrado por el trancazo se le salió medio cuerpo: un recién nacido que no sabe por dónde asomarse al mundo. El vuelco del automóvil más allá, con un estruendo de rebotes y volteretas. Y cuando al fin se detuvo, un claxonazo largo. Muy largo. No tenía para cuándo parar.

Golpeada, enredada en el saco desgarrado y espantada hasta los huesos, Emilia se quedó inmóvil, metida entre un amasijo de plantas recias. Se quiso mover, pero sólo consiguió quitarse el trapo apestoso que la amordazaba. El claxon seguía sonando, reventaba los oídos. Entre el desgañite escuchó voces, un llanto. Quizá su nombre o un llamado. Pero estaba lejos y revuelta en su propio atolondre. Adolorida hasta los huesos.

Me tengo que mover, se dijo. Sólo de pensarlo sintió cómo se le clavaban las piedras, la rudeza de las ramas secas atravesándole la carne. Y un mareo, una voltereta del alma la aventó en un desmayo profundo. Cuando volvió al mundo, no reconoció dónde estaba, aunque no tardó en salir de la amnesia. Con esfuerzo logró zafarse del saco y los arbustos donde estaba enterrada. El claxon se había silenciado y alrededor ni una mosca.

Seguía desorientada. No tardaba en amanecer y miró alrededor: puro desierto. A unos metros, dentro de una cuenca no muy ancha, estaba el jeep volcado y la agarró una nueva oleada de terror: qué tal si esos cabrones salían del carro y la volvían a agarrar. Se echó a andar buscando escondite. No sentía dolor porque tampoco sentía el cuerpo. De la frente le escurría sangre: se limpió con la mano como si fuera sudor.

—No la amueles —cuando vio la oscuridad pegajosa pegada a su palma—: ora sí que ya me llevó la flaca.

En una de esas era mejor morirse de una vez. Y ese pensamiento la calmó.

—Pues qué más da. Mejor me voy con mi abuela.

Y se agazapó junto a unos arbustos. Ahí metida, hecha bolita, temblando, sin atreverse casi a respirar pasó un rato que no tenía ni cómo contarlo; nada que se escuchara. Nada que se moviera. Y mirándose los pies se dio cuenta de que le faltaba un tenis.

—Mi tenis —susurró y alzó la cabeza.

El cielo: pura inmensidad. Las luces del alba apenitas se insinuaban. Y adentro, aquel llanto rejego que se le trepó desde la entraña.

Emilia: Órale, no se me achicopale, nada de andarse brincando el tecorral que tienes que buscar a tu padre.

Se levantó con un respingo. Se giró para mirar allá y más allá. Pero nada. Hubiera querido abrazarla. Sentir el calor de su piel: hundirse en su olor a jazmín silvestre, a leña, a lluvia, hasta que le desapareciera la pena. El llanto se le agolpó, pero estaba tan seca que no le salió ni el recuerdo de una lágrima.

Ándele, no chille: vas a despertar a los muertos.

—Ay, mamita. Si usted está muerta —susurró—. Mejor lléveme con usted. Es que se siente bien gacho estar sola aquí. Y para qué le miento, tengo harto miedo.

Nada más decirlo se tragó las lágrimas invisibles. Pensándolo bien no quería que su abuela pensara que era una collona.

—Mamita, ¿dónde está? Quiero verla…

La sombra del ave volvió a surcar el aire y la obligó a levantar la cabeza. Miró hacia el jeep. Pura quietud y silencio. Y Goyo dónde se había quedado. Y las mujeres que lloraban. Sería Demetria. Alguna otra. Y el tenis. Tenía que encontrarlo a como diera lugar. Y esa sed canija. Observó alrededor: nada se movía. De a pasitos se fue acercando. Como lagartija, como bichito rastrero que no quiere que lo vean para que no lo pisen. Cuando ya estaba junto al carro que había quedado de cabeza, se asomó por las ventanillas, todas estrelladas. Un quejido: sólo un quejido que parecía venir de otro mundo. Tenía que apurarse: no estaban muertos y la iban a querer agarrar para meterla al saco. Y el tenis. Tenía que recuperar el tenis.

No alcanzó a ver nada y rodeó el carro hasta la puerta trasera por donde había salido volando. No fue difícil meterse, andar de rodillas por el techo que ahora era piso. Había objetos regados en el asiento de atrás sobre el cuerpo de una mujer. Estaba muerta, y Emilia reconoció a una de las migrantes que iban en el grupo. Y la otra. Dónde. Estaba segura de que iban dos.

A las carreras, echó fuera del coche las cosas que encontró: una chamarra, una mochila, un manojo de cuerda y una botella llena de agua. De su tenis, ni la agujeta. Se asomó al asiento delantero: los cuerpos de los hombres eran un amasijo de ropas y enredo en la parte delantera. Un quejido le interrumpió el pensamiento y la hizo brincar hacia afuera. Metió las cosas en la mochila y se la echó al hombro antes de lanzarse a correr detrás de un macizo de arbustos. Desde allí, sin atreverse a ir hacia ningún lado, siguió espiando: uno de los hombres empujó una puerta y reptó hacia afuera. Emilia no logró distinguir quién era. Se quedó quieta, esperando el momento de echarse a correr. Aunque a dónde, y miró a lo lejos.

Ándale, chamaca. Muévete. ¿Qué quieres que te vuelvan a agarrar?

La voz le subía desde sus propios pies.

Tenía razón. Qué estaba esperando. Abrió la botella y tomó un trago: agua. Fresca. Volvió a mirar a lo lejos: los montes ya empezaban a delinearse con los fulgores del alba. Pero Goyo. Dónde estaría. Escudriñó un punto a la distancia con el cual guiarse: la división entre dos montes. Ése y no otro sería su rumbo. En eso había quedado con su hermano. Buscó piedrecillas y ramas con las cuales señalarle el camino. Por si la alcanzaba: él las entendería.

Emilia Ventura se cargó la mochila al hombro. No pesaba mucho, y tampoco esa segunda vez prestó atención a lo que traía dentro. Se encaminó rumbo a los montes para alejarse de ahí lo más rápido posible, mirando hacia el suelo por si de puro churro encontraba su otro tenis y así no tener que andar cojeando. A unos pasos, encontró a la otra mujer, aventada sobre unos pedregones, y se acercó para escucharla respirar: de su pecho no salió ni un ligero resople.

—Está bien muerta —se dijo con el descorazone anidándole por dentro, y se echó a andar con los pies y el cuerpo que ya empezaban a dolerle.

Se decía que Jacinto Estrella no había envejecido desde su llegada a Amatlán. Que era el curandero más poderoso de la región. Que había revivido a algunos muertos. Que no sólo hablaba con los animales, como suelen hacer los curanderos, sino que hablaba con los insectos, con los árboles, con las plantas y hasta con la hierba. Sobre todo, se aseguraba que venía de otro planeta. Más de uno juró, frente a la imagen de la Virgen, haberlo visto llegar al pueblo en una nave espacial, aterrizada a mitad de una milpa, vestido con un traje dorado y un casco lumínico, sacudiéndose las cenizas que había levantado el incendio tras el aterrizaje. Que el traje dorado luego cambió por un pantalón y camisa blancos, se puso un paliacate también blanco en la cabeza, un sombrero de ala ancha y, después de descalzarse las botas de acero inoxidable, se calzó los huaraches de cuerda, con los que andaba siempre. Jacinto Estrella se revolcaba de risa cuando oía contar esas historias. Solía exclamar, a pulmón abierto, con su voz ronca y decidida:

—Si serán pendejos. ¿Por qué nunca creen que lo bueno es de aquí mero?

Mamá Lochi recordaba su cara morena, la nariz inmensa como un tamal, y esos sus ojos de tecolote trasnochado que la miraron sin pestañear, largamente, el mismo día en que, a sus siete años, la encontraron desmayada, al borde de una barranca, con el pelo chamuscado y aquellas marcas en la piel. La llevaron corriendo a la casa, la acostaron en un petate y trataron de despertarla sin conseguirlo. Cuando Mamá Goyita lo mandó llamar, tronándose los dedos, estaba segura de que su chamaca no sobreviviría. En cuanto el curandero entró al cuarto, mi abuela niña se despertó y no le sacó la mirada de encima. Vio cómo alrededor del hombre brincaban chispas azules y amarillas: igualito a fuegos artificiales. Ojos y bocas que, a ratos, le hacían señas o le hablaban al oído. Mamá Lochi oyó la misma lengua extraña que le escuchó a la anciana del cerro, y que yo misma, años después, le escucharía cuando ella hablaba con sus espíritus. Aunque con sus siete años cumplidos y frente a don Jacinto, quien no le sacaba sus avispadas pupilas de encima, ya Mamá Lochi comprendía el sentido de esa lengua que habían hablado sus abuelos y que no le habían enseñado, pues casi nadie la usaba, pero que a ella le caminaba por las venas.

Aquel día de sus siete años, cuando Jacinto Estrella la revisó pasando sus dedos recios por la textura de helechos rojos grabados sobre su piel, mi abuela sintió cómo le recorría la electricidad por el cuerpo. Y a pesar de ello, a lo mejor por el respeto y una porción de miedo, lo dejó olerle la cabeza, mirarle largamente las plantas de los pies, observarle la boca, volver a revisar una y otra vez sus cicatrices de hojas y, al final, arrimarle las pupilas gigantes, tan de cerca, tan de querer mirarla adentro, que Mamá Lochi sintió cómo la sangre le bullía reavivando la temblorina que había estado sintiendo.

—A esta chamaca le cayó un rayo —dijo Jacinto Estrella, con su voz cruda—. Debe haber sido apenas: el cuerpo todavía le huele a chamusquina.

—Ay, María Santísima —se persignó Mamá Goyita, quien era muy creyente y vivía rogándole a la Virgen y a todos los santos.

—No fue hace un rato —le salió de adentro a mi abuela niña—. Fue hace días.

—No digas tarugadas, chamaca —la regañó Mamá Goyita, sin parar de persignarse—. No ves que no hace ni dos horas cayó la tromba. Dios quiso que sobrevivieras. Bendito sea.

Mamá Lochi la miró como se mira a un desconocido que habla de un secreto íntimo que nadie sabe y sintió un ligero temblor recorriéndole el cuerpo. Los ojos de don Jacinto se le clavaron, atentos: esperaban que revelara la mera verdad de su experiencia. Nada. No iba a contarles lo que había vivido así como así. Iban a pensar que estaba loca como el bisabuelo Ildefonso.

—Pues parece que para ella fue más tiempo el que pasó en el cerro —dijo al fin el brujo.

Mamá Lochi se adentró en su silencio.

—Dele unos tés de tila para que descanse. Esta niña se va a curar sola —dijo don Jacinto antes de irse. Y echándole una mirada significativa a Mamá Goyita, agregó—: Su hija tiene un don de los buenos, doña. Déjela dormir cuanto quiera. Los sueños van a terminar de componerla. Tiene el don, y se lo mandan de allá arriba —repitió como si

119

no lo hubiera dicho, y señaló con el índice hacia el techo—. Nomás que no la deje andar bajo la lluvia: a los rayos les gustan las cabezas como la de ella. Llévemela cuando la vea mejorcita —concluyó antes de echarle un último vistazo a Mamá Lochi, a quien se le pararon los pelos de punta de oír su pedido, como cuando a uno lo zarandea un espíritu que lleva prisa.

Apenas don Jacinto desapareció por la puerta, Mamá Lochi con su vocecita de niña, pero con el carácter que siempre tuvo, aún de pequeña, le anunció a su madre:

—Yo con ése no voy a ir nunca —y se tapó hasta la cabeza con el zarape, se durmió y no volvió a despertar hasta dos días después. Mamá Goyita le contó que le cuidó el sueño durante todo ese tiempo, sin moverse de su lado, y que, dormida, la oyó decir palabrerío en la lengua de los ancestros. En dos ocasiones se levantó como si estuviera poseída, dio varias vueltas por el cuarto, sin que su madre pudiera despertarla; sonámbula, tomó dos cucharadas de caldo de gallina y después volvió a acostarse, tapada con la cobija hasta el cráneo.

Mamá Goyita se prometió llevársela a Jacinto Estrella apenas se despertara. Pero en cuanto Mamá Lochi abrió el ojo, repitió que no quería y no quería, por más sacudidas y jalones que le dio para obligarla.

—Ya le dije que con ése no voy. No me gusta cómo mira. Y además quién sabe qué tanta cosa le hace a los niños y a los animales —sentenció, con esa fuerza de carácter tan de ella.

—Ésas son puras habladurías, chamaca. Vas a lograr que se encabrite y ahí sí ni quién se libre de su mal de ojo.

—Pues que se encabrite. Yo con él no quiero nada.

Y frente a su necedad, mi bisabuela Goyita, al final, se dio por vencida.

Don Jacinto fue a buscarla un mes más tarde, y al siguiente y al siguiente. En cada ocasión él le recordó a Mamá Goyita su promesa de llevársela para iniciarla en los conocimientos, y ella le aseguraba, temblando para no enojarlo, que no tardaría en cumplírsela. Aunque Mamá Lochi se negó con tal fuerza que mi bisabuela terminó por aventar la toalla.

—No quiere ir con usted, don Jacinto —se atrevió a decirle uno de esos días—. Dice que no quiere aprender a hacer curaciones. Que ella sólo quiere aprender a cocinar. Y yo no tengo corazón para obligarla.

Jacinto Estrella miró reciamente a Mamá Lochi, que no le bajaba la vista, ahí de pie junto a su madre.

—Allá ella —dijo al fin y se fue por donde había llegado.

—Esa vez que le dije que no, mirándolo a los ojos, sentí peor que cuando me cayó el rayo, Calandria —me aseguró Mamá Lochi cuando me lo contó una tarde, mientras cosía el trapo donde envolvía los instrumentos para sus curaciones.

—Ese Jacinto tenía clavos ardientes en lugar de ojos. Un corazón tejido de pura fibra recia, sepa de qué estaba hecho ese hombre. De algo sí estoy segura, Emilia: él sabía los trabajos que estaba yo pasando para cerrar lo que mis ojos, mis orejas y mi piel toda no se cansaban en percibir, desde el minuto después de que aquel rayo me atravesara la carne y el alma.

Don Jacinto le advirtió a Mamá Goyita que si su hija no se entregaba a su don, el destino se iba a encanijar con ella. Que lo de menos era el rayo. Ése iba a seguir buscándola hasta que los mismos espíritus le retiraran su protección y, entonces, la cosa se iba a poner fea como cara de difunto: los mismos espíritus, enchilados, podían terminar matándola. Por necia, por negarse a cumplir lo que el destino le ordenaba.

Desde entonces, apenas caer una gota de lluvia o ver iluminarse el cielo a lo lejos, Mamá Goyita metía a su hija en el coscomate: no fuera a ser que volvieran a corretearla las viboritas de lumbre que ahora les daba por seguirla dondequiera. Allí Mamá Lochi pasaba las tormentas contando las semillas, que ella veía como puntos de luz, pues conseguía visualizar la vida que llevaban dentro. Y las separaba por grupos. Según la cantidad de vida que se estimaba tendría cada una, según la intensidad de luz en su interior. Al tocarlas, percibía claramente el cosquilleo de las palpitaciones vitales, de la magia oculta dentro de la cubierta que las envolvía. En ocasiones, ya pasada la tormenta, cuando Mamá Goyita se acordaba de sacarla del coscomate, su hija se negaba a salir, pues prefería seguir jugando allí.

—¿Y por qué, mamita, usted no quería ser curandera? —le pregunté la tarde en que me lo contó. Ella siguió con la mirada pegada al pedazo de tela donde iba metiendo aguja e hilo. Sólo su voz se levantó: una voz que le salía de la entraña.

—Creo que por puro necia, Emilia. Por querer llevarle la contra a don Jacinto y mostrarle quién era más poderoso. De soberbia y de necedad he pecado siempre, aunque la vida me ha enseñado a no andar llevando esas cargas. Además corrían muchas historias de don Jacinto. De lo que les hacía a los niños mal portados. Se decía que los echaba a una olla de agua hirviendo para derretirlos y luego se los tomaba como atole. También se decía que les hacía cochinadas a las niñas o que la nave en la que había llegado volvía cada tanto y se llevaba a los escuincles ya bien destripados a otro planeta. Pura habladuría. Puritito miedo que le tienen los hombres a lo desconocido. Yo mismita tenía grabada la imagen de una vez que lo anduvimos espiando cuando era bien chamaca. Andábamos de metiches, la Rosa, una vecina, y yo, chismoseando por los huecos de los adobes de su casa. Lo vimos desplumar una gallina viva, abrirle las tripas sin romperle antes el pescuezo, mientras le cantaba. La gallina apenas y soltó dos cacareos, como si la hubieran hipnotizado. Después se comió sus tripas una por una, y quedó todito embarrado de sangre. Lo estábamos viendo, cuando escuchamos a nuestra espalda una voz:

—Así les voy a hacer a ustedes si siguen espiando —¡el susto que nos metió! Era él mismito. Nos quedamos paralizadas del espanto. Lo estábamos viendo apenitas y quién sabe cómo también, a la vez, estaba atrás de nosotras. Te podrás imaginar que volamos como zopilotes hambreados cada una a donde Dios le dio a entender, sin querer saber nada más de ese brujo jijo del chamuco.

Una larga risa, como si el espanto de entonces se hubiera convertido en gracia, inundó el cuarto.

—Pues de qué se ríe, Mamá Lochi. Eso no es para reírse —le repliqué espantadísima, nada más imaginar a ese hombre comiendo tripas crudas.

Mi abuela paró de reír, pero no soltó su sonrisa.

—Pues ¿qué tiene de malo comerse las tripas de un pollo? A ver, dígame usted, chamaca, ¿qué nunca las ha comido?

—Sí... —confesé, pues me gustaban mucho los corazoncitos fritos con chile— pero no me los como crudos, mamita.

Yo había visto a mi abuela comiéndose las tripas de algún animal, al preparar una curación. Y no sólo de pollo, hasta de cerdo y de víbora. Así que mejor no dije nada más.

—Al principio no me gustaba eso de andar escuchando cada cosa que decían los animales, las plantas. Eso de leerles los pensamientos a las personas, de ver en sueños las calamidades próximas. Pero a todo se acostumbra una, Calandrita. Y ya ves: he aprendido a vivir con eso.

El sol apareció en el horizonte cuando Gregorio Ventura distinguió con nitidez el jeep a lo lejos: a tiro de piedra, imaginó. Pero no. Tardó todavía más de una hora, con los pies latiéndole, como corazones agitados adentro de sus zapatos. El pie chueco, necio en llevar la punta hacia adentro, le molestaba más que el izquierdo.

—Pinche lugar engañoso —se escuchó decir, como si le hablara a su sombra.

Ya próximo, dio pasos cautos, medio agachado, más lento de movimientos. No quería ser sorprendido. No podía saber qué lo esperaba, menos confiar. El carro estaba volteado en una cuenca. Creyó reconocer el jeep visto en los gallineros, y una esperanza se entrometió en su angustia. La Calandria podía estar allí mismo. El carro parecía animal patas para arriba: muerto o malherido. Una zozobra maltrecha le mordió la tripa. Y si estuviera adentro del jeep. Tal vez malherida. O muerta. Corrió. Y antes de alcanzar el automóvil, a escasos metros, lo sorprendió un cuerpo, bocabajo, tendido sobre la tierra. En cuanto le dio vuelta, supo que el hombre estaba vivo. Demoró en reconocer a Vaquero.

—Hijo de tu chingada —musitó y le vino a la mente un bicho rastrero. Sintió los reatazos despiadados del sol que ya iniciaban sus incursiones sobre el mundo. Aquel rostro inflado por los golpes se agitó con un ataque de tos que lo hizo escupir sangre.

—Ya te llevó la que te trajo, pinche güey culero —susurró Gregorio, acuclillándose cerca del hombre: miró sus ojos turbios, que se entreabrían apenitas, repletos de una súplica.

—Ayúdame... —carraspeó el hombre y, entre tremores, volvió a cerrar los ojos. Goyo sintió unas irrefrenables ganas de patearlo. Ese cabrón seguro era culpable de la llegada de los Zopilotes, de la desaparición de su hermana y hasta del pinche sol despiadado que ya golpeaba con tubo.

—Dame agua... —la voz rasposa y como venida de otro mundo lo irritó aún más.

—Dónde está mi hermana... —Vaquero entreabrió sus capulines. Goyo sintió otro ramalazo de esas ganas de patearlo hasta desgajarle la carne: tronarle los huesos hasta convertirlos en diminutas astillas que lo punzaran por dentro.

—Dónde está Emilia, hijo de la chingada. Seguro sabes, cabrón —lo agarró del cuello de la chamarra repleta de manchas de sangre.

—No... —el hombre hizo un intento inútil por levantarse; el muchacho lo devolvió a la tierra con un empujón rabioso. Vaquero lanzó un quejido. A pesar de eso, se recompuso rápido, se limpió la boca con la manga de la chamarra y, concentrándose en hacerse escuchar, como si se jugara la vida, susurró con esa voz de cuerdas lastimadas por el tabaco:

—En el carro.

Goyo aventó la mochila y corrió hasta el jeep. Invadido por el espanto de encontrarse a su hermana muerta, malherida, fue asomándose con esa bola de angustia royéndole la tripa.

—¡Emilia! ¡Emilia! ¿Dónde estás?

Estaría despanzurrada: los sesos embarrados, la calandria aplastada y bien muerta.

—¡Calandria! ¿Dónde estás?

Primero vio que en el asiento delantero había un cuerpo. Demoró en reconocer a Donojo, con su única pupila quieta, fija, sorprendida en la nada que lo agarró sin avisarle. Gregorio de inmediato comprendió: los Zopilotes los tuvieron que haber visto. Habían alumbrado el jeep y no hicieron nada por detenerlos. Vaquero y Donojo habían sido parte de los cazadores.

—Hijos de su pinche madre. Eso te pasa por ojete, cabrón —y le dio un porrazo al cristal del coche. Pero Donojo, nada. Estaba hecho bolas, con el cuello torcido como guajolote sacrificado. Con su único ojo parecía estar viendo un espanto que lo hubiera sobrecogido. El rostro repleto de cortes y la lengua de fuera.

—Espero que estés quemándote en el infierno, hijo de tu pinche madre —dijo el muchacho antes de persignarse. Más valía: no fuera a ser que a ese espíritu malogrado le diera por andarlo siguiendo.

Al asomarse a la parte trasera, se encontró con el cuerpo inerte de una mujer: apenas la reconoció de la cara maltrecha que tenía. Los ojos abiertos de espanto lo miraron desde una lejanía inalcanzable. Como pudo, la arrastró fuera del carro, le cerró los párpados. Donde estaría. Y dio una vuelta sobre sus pies mirando a la distancia.

—¿Dónde estás, Calandrita?

Volvió al jeep y atrás encontró botellas rotas, basura. Junto a una llanta halló la pacha metálica de Vaquero, abollada y a medio llenar: dio un trago para agarrar ánimo.

El calor quemante lo recorrió. De pronto se sintió envalentonado: mataría a Vaquero, ese hijo de la chingada, si no le decía dónde estaba Emilia.

Al regresar a donde estaba el hombre, vio que había intentado arrastrarse: gusano inválido y ciego bajo los resplandores del sol. Se paró a su lado:

—¿Dónde está mi hermana, hijo de tu pinche madre?

Y lo pateó, con ganas. Al hombre ya ni para quejas le quedaba fuerza.

Goyo alzó la cara: el ánimo descolorido, la cabeza vaciada. Miraba a quién sabe dónde cuando un deslumbre más allá, a unos metros, lo hizo atender un punto y allí se encaminó.

—Por aquí anduviste, carnalita —dijo al recoger el tenis huérfano—. ¡Emilia! —oyó su voz diluyéndose en esa vastedad desalmada.

Se había ido. O se la habían llevado. Y si se la llevaron… Ese pensamiento fue un retortijón de espanto. Buscó por los alrededores hasta asegurarse de que ella no estaba. Lo que encontró fue otro cuerpo inerte, una mujer aventada sobre los pedregones, con la cabeza abierta del trancazo. La recordó, estaba en el barracón y casi no la oyó hablar.

—Pues ya nunca la he de escuchar —y se santiguó nuevamente.

Volvió a donde estaba Vaquero:

—Pues qué le hicieron a mi hermana, cabrón. Aquí merito te mueres si no me dices.

El hombre lo miró desde una penumbra reseca.

—En el carro…

—¡No está, hijo de tu pinche madre! —y dejó que su pie volara hasta el estómago del caído, sintiendo una alegría fiera al oír el alarido de dolor.

—Si no me dices ahoritita mismo dónde está Emilia, te voy a reventar —ni él mismo reconocía el crujido de esa rabia que aullaba desde adentro. Volvió a levantarlo de las solapas. Y vio en él las ganas de matarlo. Si pudiera.

—O me dices ahorita mismo dónde está mi hermana o te mato aquí mero, me vale madre, cabrón.

—No sé…

Gregorio ardía. Reventaba. Esa furia sin pensamientos, ácida, venenosa, perra.

—¡Te voy a matar aquí mismo si no me dices qué le hiciste!

Ahí mismo lo hubiera matado. Sin importarle aquel llanto de inválido miserable. Aunque Dios lo castigara mandándolo al peor de los infiernos. Ahí mismo lo hubiera destrozado, de no ser porque esa intuición aguda, una señal de alerta, lo obligó a levantar la cabeza: a lo lejos, un punto apenas visible. Acercándose. Y el ruido de motor también imperceptible todavía para cualquier oreja, no para la suya.

Gregorio Ventura se echó a correr, agachándose, cual perro que persigue el diablo. Se deslizó en una cuenca a unos cien metros del jeep y, pegándose a un terraplén, se agazapó sobre sí mismo, metiendo sus brazos entre las piernas, haciéndose bolita, y se quedó quieto buscando que la respiración se calmara. Sus ojos se cerraron y sus oídos se abrieron para percibir lo que ocurría a lo lejos. Una camioneta descapotable se frenó a un costado de donde estaba echado

Vaquero. Tres hombres con ametralladoras y trajes militares se bajaron y rodearon al caído. Uno de ellos echó un vistazo dentro del carro volcado, abrió las puertas, sacó el cuerpo de Donojo, dejándolo caer sin miramientos: hurgó en sus bolsillos, en la guantera, adentro del jeep.

Una bota militar se plantó sobre el cuerpo de la mujer muerta sobre las piedras. Con la punta del zapato le levantó la blusa. Y así estuvo un rato. Mirando la carne inerte.

Vaquero contempló a los recién llegados con un espanto seco.

—Vaquero, pagar favor —el caído sintió cómo se movía la bota sobre su costado. Los huesos rotos lo mordían por dentro. El pelo rubio del de arriba brilló bajo la cachucha verde militar. Unas manos grandes, blancas, de uñas bien trabajadas, fueron hasta su chaqueta para sacar un cigarro del bolsillo. Otro gringo, más colorado y pecoso, apresuró el encendedor.

El tercer hombre se acercó desde el carro. Traía en la mano ropa interior de mujer, que mostró como un trofeo.

Todos rieron.

El del cigarrillo, con gesto rápido, señaló al caído. Entre los otros dos le dieron vuelta. Revisaron bolsillos, entrepierna, zapatos.

—*Nothing at all.*

Y coronaron la búsqueda con un pisotón.

—*Honey, you have a debt to pay...*

—En el carro... ahí está tu parte —aulló el Vaquero con un hilo de voz. Dos de los tres rubios volvieron al jeep, hurgaron y regresaron con las manos vacías.

—*No money.* Estar muerto, mexicano.

Sin prisa, y con cierto desgano, el pelirrojo sacó un arma pequeña del bolsillo con la que apuntó al moribundo.

Vaquero tosió. No quitaba el ojo del arma que lo apuntaba.

—Ok —dijo el jefe. Y se dio la media vuelta para no oír el disparo que le reventó la cabeza al del sombrero caído.

Un charco de sangre se derramó alrededor de su cara.

—*Fuck you* —dijo el colorado antes de lanzar un escupitajo al muerto.

Venidos de un más allá remoto, llegaron hasta Gregorio los rumores de lo que ocurría a unos pasos, al otro lado de la cuneta: el disparo, las risas. Levantó tantito la cabeza, echó un vistazo, sin perder la conexión con su invisibilidad, con ese estar donde los límites entre la piel y el aire se desdibujan. Los Perros pasaron a su lado un par de veces, se subieron al techo del jeep, pelaron la zona con los binoculares, vaciaron su mochila, rasgaron las llantas, deshicieron el motor, sin reparar en la presencia del muchacho. Tuvo suerte de que no lo hubieran visto antes, mientras se acercaban. Al fin subieron a su camioneta con sendos portazos, arrancaron y se alejaron.

Cuando Goyo sacó la barbilla sudada de entre las piernas y regresó de su otro lado, sintió que el cerebro le hervía. Un sol desalmado le cayó encima con tal poder que pudo oír el resuello del calor salvaje. De los Perros no quedó ni el aliento. Un riachuelo carmesí rodeaba a Vaquero.

—Eso te pasa por ojete.

El jeep era un animal destazado. Los muertos, aventados. Le entró un desalme. Un desmejore de lo ya desmejorado, de ver tanto destripamiento.

—Pues quiénes son esos malos que se echan a los malos —le preguntó al cuerpo inerte de Vaquero, como si de él pudiera obtener respuesta.

El temor de que volvieran le revivió el espanto. Pensó en Emilia. No se fuera a encontrar con ésos. Y si fueran ellos los que se la llevaron. Devolvió a la mochila las cosas aventadas por tierra, rescató la botella olvidada entre las ramas de un arbusto y le dio un trago. Al voltear hacia los cerros, vio el talego. De mecate. Rasgado. Y lo olió. Detrás del olor a establo aspiró el aroma a flor de azahar al que olía su hermana. Le buscó por dentro, como si no lo creyera. Allí había estado. Le dio más vueltas, miró su desfonde: agujeros y rasgaduras con tenues manchas de sangre. Como si ella hubiera desaparecido entre sus desgarros. Dónde estaría el hilo para sacarla de allí.

—Ya sé que estás viva, Calandria. Y te voy a encontrar, así sea lo último que haga en esta pinche vida culera.

Se echó la mochila a la espalda, le dio un nuevo trago a la pacha y se encaminó rumbo a los montes. No llevaba ni diez minutos andando, cuando descubrió la huella de un tenis. Unas gotas de sangre. Y unas piedras y palos que lo obligaron a levantar la vista hacia el lugar que indicaban, en ese lenguaje que sólo él y ella sabían descifrar.

—Igualito que como le hacíamos en el monte, Calandrita. Yo siguiendo tus huellas. Tú dejándome rastros de por dónde. Con mi nariz de caco y mis ojos de tecolote, ahorita verás cómo te alcanzo.

Y le echó leña a su paso chueco, sin sacar los ojos del despoblado, buscando engañar, al menos en pensamiento, a la sed canija y al calor hijo de la chingada que ya lo torturaba.

Contaba Mamá Lochi que, después del día en que le cayó el rayo, nada fue igual. Su mundo se lo cambiaron por otro que le costó reconocer. Era de temperamento rebelde mi abuela y no quería aceptar esa novedad que le llovía a través de los sentidos, como tormenta de agosto. Le chocaba que don Jacinto Estrella le recordara lo que ella misma quería negar. Le chocaba sentir el calor de esas presencias rozándole la espalda, los brazos, que se le aparecieran esas sombras chismosas que, al oído, le adelantaban próximos acontecimientos. Mamá Lochi no quería saber nada de eso. Hacía lo imposible por arrancarse del alma esos sentires, por hacerlos perdedizos a su memoria. No era fácil ignorarlos. Se le entrometían, llenándola de espanto. Podía pasar noches en vela mirando cómo hablaban dos sombras entre ellas; buscaba la manera de conjurarlas, de apartarlas para que la dejaran en paz. No quería espantar a su Mamá Goyita ni a su Papá Emilio y mejor no los enteró. Halló la manera de evitarlas. Se echaba a cantar a voz en cuello, a piar como guajolote provocando la risa de quien la oyera. Prefería la burla a la revoltura de estar en contacto permanente con ese otro mundo inquieto. En cuanto se le aparecían, echaba a volar los gallos de su desafinada voz y no paraba hasta que los espíritus se estaban sosiegos y le daban su tiempecito de paz. La familia entera terminó por pensar que el rayo no sólo la había atolondrado sino que la había dejado orate: escuchaban con espanto sus gritos desalmados a los que se entregaba sin respiro cada noche y se sobrecogían al verla ahuyentar sombras invisibles para ellos o murmurándole a un difunto que, decía, andaba merodeando. Muchos fueron los intentos que hizo su Mamá Goyita para convencerla de visitar a Jacinto Estrella. Pero mi abuela no quiso saber nada en varios años. Aunque en sueños él no dejaba de frecuentarla. Se le aparecía él mismito en persona o los otros, que pronto entendió, eran sus mensajeros. La anciana que la salvó después del rayo, y en quien ya reconocía su aspecto futuro, también le insistía en sueños: que no fuera necia, que tomara los instrumentos, que no se tardara tanto. Insistía en mostrarle el camino hasta la cueva oculta en las honduras del cerro.

Cada vez que se le aparecía, a la mañana siguiente, mi abuela niña tenía la tentación de ir a buscar la mentada cueva. Le chocaba que la llamara collona. Cuantimás, necia. En eso Mamá Lochi y yo nos parecíamos. Una vez se lo contó a su madre, mi bisabuela, pero ella, mirándola con evidente espanto, le advirtió que nada de andar sola por el monte. Que ya sabía lo que iba a pasarle si desobedecía.

—Otro rayo de esos y ahí mero te petateas.

Bastaba con que le dijeran que algo tenía o no tenía que hacer para que se obsesionara con lo contrario. Pero a los rayos sí les tenía su respeto. No dudaba en meterse al coscomate en cuanto arreciaba el aguacero. Fue recuperando de a poco el recuerdo de lo sucedido aquella tarde en que le cayó uno. Más que la requemada, lo que de veras temía es que, de caerle otro, las voces que oía y las visiones que tenía no dejaran de atormentarla ni poniéndose a los gritos.

Después de uno de esos sueños con la anciana, al fin decidió ir a buscar la cueva. Tenía doce años y el miedo al rayo, aunque no se le olvidaba, había amainado. Esperó a que fuera época entrada de secas, cuando ni una nube perdida atravesaba el cielo. Sin advertir a nadie de sus intenciones, echó al morral una caja de cerillos, una veladora, un guaje con agua y una naranja. Tenía idea de que iba a tardar mucho y no quería pasar trabajos. Tempranito dejó la casa, diciéndole a Mamá Goyita que iba a traer unas hierbas, y se adentró en el cerro. Luego luego empezaron las voces a hablarle. Sentía la fuerza del corazón de los árboles, derramada por sus ramas y hojas, concentrada en sus troncos, soltando incandescencias a su paso. Terminó por soltar sus resquemores y se dejó tomar por el contacto inquieto de los insectos, de las plantas, de los animales, de la tierra misma. Fuera de la vista de otros seres humanos, le costaba menos relajarse.

Se dejó llevar por sus pies y anduvo cerro arriba durante una hora. Sus pasos la llevaron a trepar, fuera del sendero marcado por plantas humanas; anduvo escalando las rocas, hasta tomar una brecha cubierta de zacatal y pedregones. En un pestañeo, se descubrió parada frente a la cueva. El canto del zorzal le hizo levantar la cara. Se posó en una piedra cercana, en silencio, con su pecho amarillo y la cresta alzada, sin sacarle de encima sus ojitos atentos. Mamá Lochi comprendió que le daba la bienvenida, y entró al socavón para descubrir que adentro no había rastro de haber sido ocupado antes.

Fue como un sueño o una aparición, dice haber pensado, pues no comprendía lo que no es posible entender con la razón.

Pasó un par de horas en el refugio: observó las hendiduras de la roca, los pliegues sobre los muros de piedra, contempló mecerse las copas de los árboles que, allí donde empezaba la barranca, crecían desde lo bajo.

Mamá Lochi hizo el hábito de trepar a su madriguera cada vez más seguido. Fue dejando allí sus cosas: un zarape, un morral, una veladora, su caja de cerillos bien metida entre las salientes de un muro, para que no se mojara. Y su guaje. Lo encontró de subida, en una de sus caminatas, le talló inscripciones en la corteza externa y lo limpió bien por dentro. Lo enterró a la orilla de la barranca, frente a la cueva, desde donde se divisaba un paisaje de árboles frondosos repletos de aves y el camino de cerros a la distancia. A veces veía imágenes dentro del agua acumulada al interior del recipiente, pero prefería no mirar adentro más de lo necesario, mejor lo usaba para recolectar la lluvia —lo dejaba allí durante su ausencia— y así beber cuando le ganara la sed. Solía extender el zarape dentro de la cueva y recostarse a mirar hacia afuera, dejándose llevar por el ondular de las ramas a la distancia, el trino de los pájaros, hasta que la entumecida de los agüeros, como no tardó en llamarlo, iba apoderándose de su ser y terminaba por caer en un sueño profundo y reparador. Los sueños que tuvo en aquella cueva solían ser claros, como si ella mismita estuviera en ellos, mirando. Podía tratarse de anuncios de sucesos que, tarde o temprano, ocurrían. Soñó con grandes bolas de fuego que salían de una montaña, antes de que se enterara por radio de la erupción devastadora de un volcán lejano. Vio resquebrajarse la tierra, tragándose árboles, casas, gentes, un par de días antes de que la radio anunciara que un gran terremoto había asolado a un país vecino. Pronto los sueños se hicieron menos distantes en sus anuncios y empezaron a advertirla de acontecimientos catastróficos muy cercanos. Soñó con el temblor que tiró la torre de la iglesia, pero por más que lo anunció, su madre no le dio importancia. Soñó con la granizada que tumbó techos, acabó con la siembra y mató a cuanto animal agarró inadvertido: una noche entera cayendo granizo grande como piedra, que no dio respiro y arrasó con todo. Al día siguiente, el paisaje de montañas nevadas, de hielo que tapizó de blanco calles y jardines, convirtió al pueblo en un lugar desconocido para sus habitantes. Tardaron días en recomponer el desastre y la población estuvo oliendo a cadáver durante semanas. Después soñó con los ladrones que entraron a robar a doce casas. Mamá Lochi advertía a su madre de lo visto en sueños, pero Mamá Goyita, al ver que de verdad ocurrían aquellas cosas, le exigió que dejara de soñar, segurito tenía una mente tan poderosa que ella misma provocaba esas desgracias. Y por más intentos, mi abuela no consiguió ponerle freno.

La tarde en que Mamá Lochi soñó que su padre estaba lleno de agujeros y le crecían ramas dentro del cuerpo se desató un aguacero feroz mientras ella estaba en la cueva. Con el tiempo, tanto ella como su madre, olvidaron su preocupación por mantenerse a resguardo de los rayos. Era plena época de aguaceros y, aunque había trepado el cerro desde temprano confiada en que llovería hasta por la tarde, la tormenta la agarró desprevenida. Se había adormilado a la entrada de la cueva, cuando vio en su mente que el cuerpo de su padre era atravesado por bolas de fuego que lo recorrían incendiándole las tripas. Antes que la imagen misma, la hizo brincar del zarape el tronido de un rayo. Desde su refugio, Mamá Lochi vio con espanto que a la distancia se incendiaba un árbol. La tromba se precipitó lueguito, y una seguidilla de relámpagos la obligaron a arrinconarse al fondo de su refugio, tapándose las orejas y entrelazando los dedos a una veladora de llamita oscilante. Rogó a los santos que los rayos no la alcanzaran y suplicó que su sueño no se hiciera realidad. Aunque adivinó bien pronto que sus súplicas serían inútiles: el cuerpo agujereado de su padre visto en sueños no auguraba nada bueno.

El aguacero cesó después de unas horas, y cuando Mamá Lochi llegó al fin a su casa, resbalando por los barrancos enlodados, temerosa de la azotaina que iba a ponerle su madre por haberse tardado tanto, se encontró con que, lejos de que estuvieran preocupados por ella, en su casa no había un alma.

—Se llevaron a tu papá de urgencia al hospital de Santiatepec. Le dispararon unos foráneos que venían encapuchados.

Contaba mi abuela cómo sintió abrirse, bajo sus pies, un agujero interminable que se la tragó por horas, aunque sólo hubieran pasado segundos, pues regresó al mundo cuando doña Matilde, la vecina, volvió a hablarle.

—Mírate nomás cómo estás toda enlodada. Pásale, ándale, para que te seques y te laves; te invito un atolito.

138

Mamá Lochi dice que fue como si un millón de chilpanes le picotearan el seso y las tripas. Ella era la culpable. Lo había soñado. Si lo soñaba, ocurría.

Nada más ver la cara que traía su madre, mi abuela supo. Al rato llegó un carro con el cuerpo todo agujereado de don Emilio Ventura, y por la tarde fue el velorio. Mamá Goyita nada más echarle una mirada, entre lágrimas, reconoció su culpa:

—No me vayas a decir que también esto lo soñaste. Porque de ser así, te me largas de esta casa ahorita mismo. ¡Cuánta desgracia, dios mío! —se fue dando voces mi bisabuela.

Mamá Lochi se quedó ahí parada, más sola que un cactus, moviendo la cabeza para un lado y el otro como máquina descompuesta. Ya no estaba allí ni en ninguna parte. Fue como si el sudor frío que le recorría el cuerpo la hubiera ido borrando completita. Como fantasma, anduvo por los rincones, sin hacer ruido, esperando que nadie notara su presencia, penando por ser la asesina de su padre, pidiendo al cielo que la perdonara. Me contó cómo le dolía sentirse invisible, hasta creer que de veras nadie la veía; ni en la misa ni en el entierro le dirigió alguno una palabra. Aunque por momentos percibía ojos encendidos de odio recordándole su culpa. Tenía doce años y fue don Jacinto el único que la miró distinto, adivinando sus pensamientos, el único en hablarle cuando se allegó a la casa para acompañar al muerto.

—Mírate nada más, niña, cómo te has puesto. No has venido a verme. Ya va siendo hora —le dijo.

Contaba Mamá Lochi que, a pesar de haber sentido el agradecimiento de la compasión que sintió don Jacinto por ella, desde adentro le reventó aquella palabra sin siquiera pensarla:

—¡Nunca! ¡Nunca! ¡Nunca! —le gritó mi abuela, empujada por su vieja creencia de haber sido él mismo quien la había embrujado el día que le cayó el rayo. Estaba convencida de que él le había provocado esas percepciones torturantes, sólo para obligarla a irse con él y luego comérsela en atole, destriparla o mandarla en una nave espacial a otro planeta.

Mi abuela pasó más de cinco noches sin dormir, espantada con la pura idea de volver a soñar una desgracia. Los ojos hundidos en sombras viendo pasar a las ánimas que no hacían por ocultarse. No comía ni tomaba agua. Le dieron unas fiebres altas y andaba como sonámbula por la casa o por el pueblo, ojerosa y enflaquecida, diciendo que ella había matado a su padre. Después se puso a hablar en su idioma que sonaba *paualtyolcameizcuintlimistlitinakan...* y andaba tan perdida que no opuso resistencia a que su madre la llevara con don Jacinto para ser curada.

—Déjemela hasta mañana —dijo el hombre, mordiendo su pipa de carrizo. Yo aquí se la arreglo.

Contaba mi abuela que, al abrir los ojos, pensó que la había alcanzado la pelona. Estaba en un espacio desconocido. Las paredes repletas de máscaras, de guajes, de imágenes de santos, ondeando a la luz de las velas encendidas, nada que ella hubiera visto antes. La cubría un zarape y tenía alrededor plumas de gallina bataraza y huesos de animales. A pesar del espanto que sintió, la invadió una tranquilidad profunda, relajada. Algo muy desde adentro se le había apaciguado.

Un canto suave la hizo levantarse y cuando vio la figura de don Jacinto sentado a unos pasos, meciéndose mientras entonaba aquel canto, ella, impulsada por un profundo temor, pegó un brinco y, como si hubiera visto al mismísimo diablo, se puso a gritar como puerco en matadero, antes de echarse a correr por el pueblo a mitad de la noche.

Dice que corrió y trepó el cerro a oscuras hasta llegar a su cueva. Allí esperó el alba, tiritando de frío, viendo cómo se sucedían las sombras alrededor, aunque bien pronto se dio cuenta de que no había ninguna ni escuchaba las voces resollar sin freno. Ya no podía ver el corazón de los animales, de los insectos como si fueran transparentes, ni correr la savia sangre por el tronco de los árboles. Se sentía un ser de otro mundo sin eso. Como si le hubieran extirpado una parte de su cuerpo. No pasaron ni dos días para que le regresaran, y hasta unos nuevos, como si sólo se hubieran ido de paseo y de regreso hubieran traído visitas.

Metida en esa turbulencia, mi abuela, a sus doce años, ya había tomado su decisión: no volvería jamás a su casa. Tenía que alejarse de los suyos, no fuera a terminar matándolos a todos.

Emilia anduvo un buen trecho alejándose del jeep y sus muertos, hasta que el mediodía distorsionó las formas del mundo. Se detuvo a tomar aire junto a un macizo de gobernadoras, alzó la cabeza cansada de sí misma y contempló las ondulaciones retorcidas del calor. Pasó la yema de los dedos por su cara: siguió la forma de raspones y cortadas que la recubrían. La sangre repegada a la piel era un mapa de caminos inciertos. Se quitó el par de calcetines del pie derecho y, luego, el tenis del izquierdo. Con los calcetines había intentado simular un zapato, pero no funcionó como supuso. Las ampollas reventadas eran puro pellejo sucio de pollo viejo, y con él se entretuvo rasgándolo hasta la carne viva. Cuánta magulladura. El recuerdo de su abuela diciéndole que tenía pies de muñeca de cerámica, como las que venden en los mercados, cuando le masajeaba con alcanfor y romero para apaciguar los dolores del crecimiento o para aliviarla del cansancio de días andando en el monte, fue una ráfaga de consuelo.

—Si vieras ahorita mis patas de puerco chamuscado, Mamá Lochi, hasta risa iba a darte.

Su voz le sonó desconocida: allí, sorda, a mitad del erial. Como si fuera de alguien más que nunca antes hubiera oído.

Varias horas caminó con un solo tenis: contaba cien pasos antes de cambiar el calzado de pie. Se distrajo con eso. Terminó por ser tan incómodo como andar de cojito. También probó andar en puro calcetín. Luego otro intento, completamente descalza; acabó por desgraciarse las plantas. Las espinas y piedrecillas no le perdonaron el paso. Regresó al método de intercalar calcetines y tenis cada cierta distancia. Los párpados se le cerraban pero más le valía seguir adelante. Cuando al fin paró, cerró los ojos y se vio a sí misma: tan flaca, tan sedienta y tan sola a mitad de esa nada.

—Flaca pero correosa —oyó decir a esa voz suya que era de otra.

Cuando andaba con Mamá Lochi por la montaña, no había el ya no puedo, Mamá Lochi, por más que trajera los pies recocidos.

—Ándale Calandria, no sea chillona —le decía cuando se quejaba—. Para que el callo te salga recio y puedas trepar hasta las cimas.

Emilia pronto aprendió que con ella no valían las quejas. Que le dijera collona era peor que un correazo. Por eso se aguantó ampollas, magullones, dolores de músculo o huesos, hasta que de veras no le dolían. A veces pasaban cinco, seis horas andando por los cerros, hasta que la noche las regresaba a su casa. Al día siguiente y al otro, lo mismito. Especialmente cuando su abuela no encontraba la yerba o animal que necesitaba para sus ungüentos. O cuando comía sus hongos, ahí sí que no tenía para cuándo.

Entrecerró los párpados. Los ruidos alrededor se le hicieron más claros, y también una voz. Parecía traerla el viento de quién sabe dónde.

Emilia, dónde andas. Primero fue una sombra difusa rondándola.

—No sé. Voy hacia los cerros —se oyó decir.

Emilia. Dime dónde estás. Pisa fuerte. Deja algo en el camino.

—Te veo borroso. Te voy dejando cosas en el camino.

Pisa fuerte, Emilia.

—Caco, voy para los cerros.

Algo me dice que estás cerca. Que lueguito te voy a encontrar, Calandrita.

—Caco, tengo hambre y sed.

Aguanta, Calandria. Y aguas: algo te anda rondando.

Goyo se diluyó y ella abrió los ojos, con cierto espanto. Su calandria le aleteó fuerte por dentro. Se alzó y miró alrededor: una chicatana a mitad del universo. Sentada sobre la tierra dura y seca vio cómo el sol retorcía las figuras del mundo, y una alegría despistada por haber contactado con su hermano en sueños le supo dulce. Que algo la andaba rondando, le había dicho Goyo. Pues qué podría ser. Se levantó y dio vueltas sobre sus pies; alrededor, sólo el desalmado desierto.

Se sobó raspones, moretones, cortadas. Una y otra vez se tentó la cara con las yemas de los dedos. De la frente a los cachetes tenía restos de sangre seca que removió con la poca saliva que le quedaba. No le dolía tanto el descalabre: sólo ese desarreglo maltrecho que se le acomodó por dentro.

Se acordó de que traía agua y bebió. Se remojó las yemas y se lavó la cara. Luego se untó la baba de un cactus sobre los raspones de la cara. El cactus se parecía a uno que Mamá Lochi usaba seguido. Chupó la pulpa amarga: tenía hambre. La embadurnó en las ampollas reventadas y se envolvió los pies con dos pedazos de tela que arrancó del forro de la chamarra.

Un ave la cubrió con su sombra: alzó la vista para seguir su vuelo hasta verla achicopalarse sobre un mezquite brillante y lejano. Si se apuraba, podría alcanzarlo, antes de que arreciara el calor. Colocó piedras y ramas para indicarle a Goyo hacia dónde; por si venía en camino, que agarrara hacia el mezquite. Se echó a andar con sus zapatos hechizos y no miró hacia atrás ni una sola vez. Mamá Lochi siempre lo advertía: nunca voltees a ver el camino que dejaste cuando tengas que andar largo. Si lo que quieres es alejarte de lo malo. Alguna vez Emilia le preguntó qué podía pasar si uno volteaba, sin darse cuenta, y ella sólo se encogió de hombros:

—Quién sabe, pero nada bueno ha de ser si así dicen las sombras.

Caminó un trecho y se detuvo a mirar los cerros lejanos. ¿Dónde sería *atrás* en ese desierto sinfín? Había viajado adentro de un jeep, amordazada, vendada, metida en un saco, sin saber destino ni origen. Había volado por los aires con el choque, sin entender de dónde venía. Llevaba horas caminando, ya sin saber si lo que estaba enfrente era lo que había estado antes a sus espaldas. Si miraba sobre su hombro, no podía estar segura de estar viendo atrás, así que se arriesgó: dio una vuelta en círculo, como ya había hecho antes de recordar la advertencia de su abuela. El calor dibujó hondas en el aire. Había un rumor afligido y güevón aplastando las cosas del mundo con su aliento. El mezquite con su sombra se veía cerca y echándole lumbre a los pies. Aguantando el dolor de la descarnada piel, apuró el paso para alcanzarlo.

Los destellos sinceros de la luz, colándose entre las pequeñas hojas del árbol, la recibieron amistosamente. Era como llegar a la casa de algún vecino que llevaba tiempo esperándola: aventó la bolsa que venía cargando, tomó aire y se recargó en el tronco para sacarse las telas de los pies y el tenis. La carne le latía por debajo de la piel. La sed le apachurró la boca y el hambre le mordió las tripas. Las llagas de los pies daban de gritos. Sacó la botella de agua de la mochila y echó un vistazo adentro: al fondo había una enorme bolsa de plástico negro que ocupaba casi todo el interior. A un lado, una caja de cigarros, un encendedor, una pluma y una bolsa llena de mota. Lo aventó a un lado y rasgó con cierta prisa la bolsa de plástico deseando que fuera comida. Eran billetes verdes. Un montón de dólares. La decepción dio paso a la idea de que con eso podría comprar comida y agua. Los miró de cerca, los olió: billetes de cien, de cincuenta dólares. Miró alrededor. De qué iban a servirle: allí no había dónde comprar ni un vaso de agua, mucho menos un taco de huevo. Los aventó adentro de la bolsa y hurgó entre la mota, qué tal que hubiera una tortilla seca. Pero nada. Y la aventó a un lado. Alzó la cara, la espesura acalorada del aire hondeó. Una soledad inmensa se desparramaba por donde fuera. Parecía lejos ese momento. El de comer. El de encontrar a su hermano. A su padre. Y sintió ganas de llorar. Qué le importaba que le dijeran collona, chillona. Se destrenzó

146

en llanto. Cuando al fin se alivió, regresó a la mochila, con una renovada esperanza de que, además del dinero, la mota y los cigarros, adentro hubiera algo de tragar. Metió la mano hasta el fondo, por debajo de la bolsa de plástico y sintió el metal duro y frío. Del fondo, entre los pliegues de la tela, sacó una pistola. Salvo en las películas, o cuando su padre andaba con un rifle de perdigones para cazar palomas, no había visto una de a de veras, y echó atrás la cara como si esa cosa estuviera viva y pudiera dispararse sola. Le dio vueltas tomándola con ambas manos. Estaba cargada. La tentó por todos sus ángulos, mientras pensaba que mejor hubiera sido encontrarse con una bolsa de galletas, unos tacos de frijol o unas quesadillas de papa. De perdida un taco podrido de la comida para puerco que se habían tragado en el barracón. Hasta agua se le hizo la boca de acordarse. Pero ahí no había ni la sombra de un pellejo. Para qué chingaos le iba a servir una pistola. Agarró un puñado de mota y se la echó a la boca. Aunque fuera eso, a ver si engañaba a la tripa. La masticó lentamente. Como tantas veces vio hacer a su abuela al preparar sus ungüentos para la reuma. Siempre decía que le quitaba el hambre con sólo masticarla. Aunque ella la escupía en un pocillo de agua caliente. Emilia se la tragó y luego hasta otro puñado se echó: bien seca, amarga, rasposa. La pistola a su lado parecía estar mirándola. ¿Qué iba a hacer con esa cosa? Y así, mirándola, advirtió cómo se acercaba una mancha de insectos que le revolotearon frente a los ojos, emitiendo aquel brillar insólito que no desconocía. Luego el aire surcándole las venas, abriéndole los poros de la piel. Y allí estaba, infalible, la imagen frente a su vista: el arma aventada sobre el erial, entre arbustos espinosos y la luna creciendo sobre el cielo. Luego una mano sucia, de uñas abrillantadas, levantándola, acercándole los ojos para mirarla. Luego, entre fierros y el polvo por donde quiera: otra mano, disparando, pac, pac, pac, y la sangre derramándose del cuerpo de uno, dos, tres hombres. Se vio ella misma: corriendo entre fierros viejos, carros deshechos, llantas ponchadas, aventadas por todas partes. Y un grupo de niños corriendo como si los persiguiera el mismísimo chamuco, que terminó por ponerle la carne de guajolote.

Emilia quiso ver más, pero sobrevino el conocido e intenso dolor de cabeza y de pronto la imagen se diluyó. Se agarró las sienes con ambas manos, protegiéndose de la luz, sin moverse para que se calmara el desgarramiento que sentía en el cerebro. Al fin empezó a amainar y, al alzar el rostro, miró el arma. La agarró con la punta de los dedos: flacos, sucios, de uñas negras.

—Antes de meterme de nuevo a un saco, esos cabrones van a probar plomo —oyó su voz, entre vueltas y vueltas al arma, y le dio un ataque de risa, hasta quedar sin aire.

—Probar plomo —y volvió a reír—. A qué sabrá.

Se levantó con el arma apuntando a lo lejos y dio vueltas en círculo. Estaba lista para matar a quien se le plantara enfrente. Notó el cosquilleo que le subía desde los pies, llenándole el cuerpo de un ánimo risueño.

—A ver, ahora sí, vengan por mí, a ver si logran llegar hasta aquí, hijos de su madre —y de nuevo la risa hasta el dolor de panza.

Entre carcajadas, le vino el recuerdo de una película que vio en casa de la comadre Tomasa: una detective, a la que seguían unos mafiosos que se la querían echar, sacaba una pistola de su bolsa y les disparaba a las piernas dejándolos patichuecos, con las bocotas abiertas, retorciéndose como gusanos sobre el asfalto.

—Eso mero les voy a hacer a los que me quieran robar.

Y sintió alivio, hasta alegría al sentirse segura.

Se recargó en el tronco del mezquite: sentía correr la vida del árbol por su espalda. Y aquel cosquilleo que la fue adormeciendo. Alrededor no se movía ni una sombra. Entre las pequeñas hojas del árbol se entrometieron los rayos del mediodía proyectando en la tierra figuras inmóviles, envueltas de misterio.

—Dónde estás, Goyo —se oyó decir, y su voz cayó en un pozo vacío.

La chaparra alegría de haberlo escuchado en sueños ya se le había derretido completita. Seguro iba a morir antes de encontrarlo, y suspiró con desgano.

Contempló los montes tan lejos todavía. Cómo era posible que si llevaba tanto andado, esas montañas no terminaran de acercarse. A lo mejor sólo se las estaba imaginando.

A Mamá Lochi no le duró mucho su decisión de fugarse. Primero anduvo vagando por el monte hasta que recordó la cueva y se allegó hasta ahí, no fuera a ser que la agarrara el trueno a cerro pelón. Recolectó agua en el guaje, almacenó leña para hacer su fuego y estuvo comiendo yerbas y hongos cuando el hambre arreciaba. Había dejado de oír las voces de los insectos y animales. Por una temporada, creyó que volvía a ser la de antes del rayo y sintió alivio de no oír más palabras del otro mundo ni sonidos de éste, que no pertenecen a los hombres. Pero le duró poco el gusto porque el hambre la llevó a comer los honguitos de las lluvias, unos que les dicen pajaritos, otros que son derrumbe, y sus sentidos volvieron a alocarse. Aunque había sus diferencias: cuando los comía, se le presentaban animales desconocidos, y lejos de ser sólo sombras las que le hablaban, ahora se le aparecían figuras de facciones monstruosas. Quién sabe en qué honduras del alma anduvo mi abuela niña en esos tiempos. Cuando lo trataba de contar, no le era simple hallar palabra, ni gesto, para nombrar su experiencia.

No supo el tiempo que pasó metida en su cueva; lo que sí supo fue que una tarde cayó una tormenta de esas que hacen sentir que el mundo se va a acabar. Bajaban torrentes de agua frente a la entrada del refugio, deslizándose hacia la barranca y formando ríos de lodo alrededor. No parecía que fuera a parar nunca y, envuelta de oscuridad, pensó que merecía morir. Por qué no dejarse abatir por un rayo: mejor que de una buena vez la matara, decía haber pensado. Así no sufriría esos sueños malditos que acarreaban tanta desgracia. Y así mero hizo. Salió del refugio en medio de la tormenta y se trepó a una cima amplia de árboles, donde podía tocar el cielo. Y ahí se entregó, con brazos abiertos, el rostro hacia las nubes, implorando que de una vez por todas cayera sobre su cabeza un rayo lo suficientemente poderoso para convertirla en petate calcinado de un reatazo de fuego. Y así estuvo un buen rato. Implorando, gritando, llorando hasta que sus piernas cedieron y cayó de rodillas, exhausta. Al fin regresó al refugio, arrastrando sus pasos.

Después de varias horas de lluvia el hambre arreció y con los hongos y las raíces recolectadas se preparó un caldo sabor a tierra. Llegaron las visiones. Vio correr frente a la cueva, por los chorros de agua de lluvia, barcos enormes cargados de gente. Vio cómo un árbol paría un arcoíris. Vio entrar bandadas de murciélagos con rostros de personas, hasta que finalmente ella misma se convirtió en una bala acercándose al pecho de su padre. Fue una marcha lenta y dolorosa. Primero le atravesó la piel con un sonido áspero y recorrió su carne por dentro, mientras sentía en su propio cuerpo una quemazón de achicharrar el cuero. Decía mi abuela que se sintió herida por sus propios gritos: era como si al salirle de la boca, le atravesaran la carne. Cuando la mente le volvió al cuerpo ya con el dolor apaciguado, se asomó a los agujeros sembrados a lo largo de su piel. A través de ellos vio a su padre solo, caminando por el cerro para trabajar la milpa. A su padre con su madre, comiendo en silencio un caldo de frijoles. Se vio a sí misma con él, cuando iban al panteón a dejarle flores a su abuela. Sus pupilas recorrieron las hendiduras de su piel y lloró por cada poro, hasta quedarse dormida.

—Ya estate sosiega, chamaca. Que tú no tuviste nada que deber ni contraer en esto. Me morí por pendejo. Por andar metiéndome donde no me llaman.

Su Papá Emilio, quien se llamaba igual que el mío, estaba a mitad de un espacio vacío, como si flotara. Su voz traía eco, estaba encuerado y tapaba sus vergüenzas con ambas manos.

—Ya regrésese a su casa, que su mamá nomás está chillando porque cree que también usted se petateó.

Mamá Lochi vio los agujeros en el cuerpo de su padre. Le iban brotando ramas doradas repletas de hojas pequeñas y muy verdes. Con el fondo blanco, el verde se volvió fosforescencia alegre y fue como si de pronto eso le sosegara la tristeza.

—Le prometo que voy a volver. De veras perdóneme por andarlo matando —le dijo entre berridos mi abuela niña.

—No digas tarugadas, chamaca. Que a mí me mató mi propia pendejada, ya se lo dije —alcanzó a gritar, antes de desvanecerse.

Cuando abrió los ojos, comprobó que amanecía. Olía a tierra húmeda, fresca, viva. Eso sí, hacía un frío de la chingada, y se enredó un rato más en el zarape para ver las gotitas resbalando por la roca. Todavía traía la ropa húmeda. Antes de dar un brinco para acomodar sus chivas, arrejuntarlas en un rincón y echarse a andar de regreso a su casa con el alma aligerada, bebió del agua de lluvia y sintió cómo se le aclaraba el pensamiento.

Mamá Goyita la recibió con un abrazo. La familia entera la rodeó para besarla y tocarla, dando gracias al cielo de que hubiera vuelto vivita y coleando. La habían ido a buscar por los cerros, de día y de noche con antorchas, hasta darla por muerta. Después de las últimas tronaderas, seguro yacía chamuscada al fondo de un barranco, enterrada en el lodazal, y no sería hasta las secas que encontrarían sus huesos. Mamá Lochi devoró los tamales, elotes, tacos que le pusieron enfrente, y pasó el resto de la tarde vomitando la tragazón que su cuerpo no podía aceptar tan de pronto, después de más de una semana de puro caldo de hongo estercolero. Al día siguiente se fue derecho al camposanto y dejó un ramo de flores en la tumba de su papá. Le prometió que cuidaría de la casa, de sus hermanos y de su madre, para que él no se preocupara.

Yo creo que desde esos tiempos a Mamá Lochi le dio por visitar seguido el camposanto. No tenía que ser fiesta de muertos para que se diera sus vueltas. Muchos años más tarde también a nosotros nos llevaría, cada quince días, para limpiar las tumbas, poner flores frescas y cantarle a los difuntos. Después de una de nuestras visitas al camposanto, poco antes de que mi padre se cruzara al otro lado, le pregunté si ella había visto a los muertos venir por las cosas que les dejábamos en el panteón. Especialmente en fechas de difuntos, cuando se ponía tanta comida, bebida y todo tipo de cosas en las tumbas, cuando nos visitaban desde el más allá. Al hacerle esa pregunta, me refería a los muertos

153

conocidos, a nuestros muertos, porque yo no dudaba ya que ella veía a otros desconocidos que venían a visitarla. Hasta donde yo podía entender, a esos que la visitaban sin avisar ella nunca los vio cuando vivos. En cuanto hice mi pregunta, me clavó una mirada recia, como si le molestara mi duda.

—Claro que los he visto, Emilia. No tan seguido como a los otros, pero los veo cuando hay algo que tienen para decirme. Y en fechas de santos difuntos, veo a más de uno a la vez. ¿Qué no ves que es su única oportunidad en todito el año de volver a disfrutar lo que más les gustaba? ¿De ver a los que más querían cuando todavía les corría sangre por las venas?

—No se disguste, Mamita, pero ¿a poco usted los ve, así de a de veras, como eran cuando estaban vivos? —insistí y noté un temblor en mi voz, yo creo por el miedo de que ella se enojara por andarle dudando a esas cosas.

—No, Calandria, cómo crees. Se ven diferentes. Como si fueran de humo. Como que se les ve pálidos, descoloridos.

—¿Y usted cree que yo algún día llegue a verlos, Mamita? —me animé a preguntarle. Ella siguió arreglando el altar que estábamos levantando, y sin quitar la mirada del cirio encendido junto a la foto del abuelo Güero, me dijo:

—Pues eso está por verse, Emilia. Está por verse —se puso de pie y se quedó en silencio contemplando fijamente la llama que titilaba.

—Un espíritu nos ronda, Calandria… ha de ser mi Güero… vamos a ver si podemos escucharlo.

Y se puso a cantar en ese su idioma que ella hablaba: *paualtyolcameizcuintlimistlitinakan.*

A saber qué tanto le habrá dicho ese día.

Cómo hacer para seguir las huellas de su hermana, con ese ambicioso calor que no paraba de arreciar: Gregorio iba con la cabeza hundida entre los hombros y su paso, que al principio llevaba fuerza a pesar de la cojera, se fue enlenteciendo. Caminaba con el pensamiento atolondrado por los tragos que iba dando a la pacha de Vaquero, que terminó por vaciar. Después de andar un tramo, se detuvo bajo el sol candente. En cuclillas esperó unos minutos para recuperar el ánimo. La arenisca que recubría el suelo iba delineando las formas de una mano, de una pierna, de un cráneo, en cuanto soplaba un poco de aire. Los huesos del desierto, atinó a decirse después de haber temido que el exceso de calor, el alcohol y el agotamiento lo hicieran ver fantasmas. Aquellos muertos desconocidos, enterrados por la erosión, se asomaban por tramos como una advertencia.

—Qué culero morirse y ni a tumba llegar. Me lleva la chingada.

Aquí y allá se encontró con un pantalón, una camisa, un zapato. Pedazos de una vida, abandonados en el camino.

Una liebre blanca se atravesó unos metros adelante y le robó la atención, distrayendo el cansancio y esa sensación de muerte que se anunciaba entre aquellos huesos. A Goyo, que era un buen cazador, le bastaba una piedra, una resortera, un palo, incluso las solas manos para atrapar a una presa. Había aprendido con su padre, con quien pasaba noches enteras al descampado, persiguiendo tlacuaches, cacomixtles, conejos o buscando las aves de carne suculenta que anidaban en lo alto. Hubo una temporada en que algunos patos salvajes sobrevolaron la zona, justo cuando aún no vendían el rifle de perdigones. Aquella vez se dieron su agosto volviendo del cerro con dos o tres presas que cocinaron en un mole picoso de chuparse los dedos. A Goyo se le hizo agua la boca al recordarlo. Después, Emilio Ventura se deshizo del rifle cuando esa crisis en la que no hubo ni dinero ni caza ni siembra: temporada de comer raíces, hierbas, hongos, viviendo de fiado, aunque ya ni los que fiaban tenían para fiar.

Una liebre. La escasa saliva que aún le quedaba le recordó su hambre. Imaginó al animal atravesado por un palo, tostándose la carne, dorándose la piel sobre las brasas. Imaginó la piel crujiente, grasosa y tragó en seco. Y fue como si el animal adivinara sus intenciones: se echó a brincar extendiendo sus patas esbeltas para avanzar más rápido. No habría quien la alcanzara, pensó Gregorio, al calcular su escasa fuerza. No obstante, animado con el encuentro y la posibilidad que guardaba, se echó a andar en la misma dirección del animal, sin perderlo de vista.

Entonces recordó más: cuando su padre vendió el rifle, desarmados, de igual manera subían al cerro a cazar. Había que poner alimento a la mesa: el hambre arreciaba y la carencia no tenía para cuándo terminar.

—Aunque sea con las uñas, pero vamos a cazar algo —advertía Emilio Ventura—. No bajamos del cerro hasta que no carguemos alguna carne en el morral —y dicho y hecho: trepaban hasta las cimas, penetraban los senderos y podían pasar dos o tres días vagando por aquellas colinas, durmiendo bajo los ciruelos o los cazahuates, acechando los ruidos de los roedores, de las aves. Las trampas colocadas en árboles o a ras del suelo sólo funcionaban con paciencia. Goyo era experto en lanzarse sobre la presa después de haberla perseguido un rato y, cuando la tenía entre sus manos, no dudaba en tronarle el pescuezo de un solo golpe.

—De veras que pareces cacomixtle… o gato del monte —le decía el padre, sorprendido de esa habilidad que contrastaba con su cojera.

Cazaban teporingos. Y unas aves pequeñas de poca carne pero jugosa. También víbora. A Emilia la engañaban para que comiera. Le decían que era pollo; ella lo devoraba con hambre, pero ya saciada fruncía el entrecejo y sospechaba:

—Se me hace que esto no es pollo… ¿verdad que no, Mamá Lochi? —y miraba a su abuela, pues a ella no había quien pudiera engañarla.

El bulto blanco, a lo lejos, siguió avanzando entre las ondulaciones del sol a rajatabla. Cuando vino a ver, Gregorio se había desviado del punto que se propuso seguir: un mezquite lejano, rumbo a los cerros que señalaba una de las torrecillas de piedras y palos hecho por Emilia.

—Pinche animal, nomás me distrajo.

La lengua seca se le pegó al paladar apenas abrir la boca. Los últimos tragos de alcohol arreciaron la sequedad y revolvieron la cabeza. Tenía náusea, sed y hambre a la vez. Le atormentaba no haber podido cuidar a su hermana; se sacudió la idea de haberla perdido, de no volver a verla, y advirtió un vacío desasosegado, panteonero, jalándole las ganas de vivir. Se hincó un rato con la vista clavada en la tierra rajada y se echó a llorar sin que las lágrimas acudieran a refrescarlo. Al fin alzó la cara y miró hacia los cerros. No tardaba en caer la tarde. Vendría la noche, fría, y nada más imaginar a Emilia sola, o en manos de algún hijo de la chingada, se le retorció la tripa y lo doblegaron las ganas de desaparecer. Para qué tanto andar. Para qué tanto cruzar la línea. Para qué seguir adelante. Para qué. Para qué. Que la noche que borra al mundo, lo borrara a él también. El polvo flotaba como despedazando el aire, y allí seguían los montes. Quietos. Mudos. Ellos lo sabían todo: el mundo entero bajo sus pies, dominado desde sus cimas. Pinches cerros culeros, pensó.

Entonces recordó: Emilia dejaba su rastro. Y mientras dejara su rastro, ella estaba haciendo su lucha. Y mientras eso ocurriera, él la iría siguiendo.

Tic tac tac. Otra vez el animal. Goyo se preguntó quién seguía a quién. Tic tac tac. Cómo le hacía para sonar así. Se preguntó si era con el hocico, si con sus patas, si era él mismo que lo imaginaba. A lo mejor el sol le había cocinado los sesos y escuchaba lo que no. Pero el tic tac tac volvió a sacarlo de su pesar y la vio, apenitas a unos metros, allí estaba otra vez la liebre, alzando su relumbre blanco, sus orejas larguísimas, mirándolo como si lo llamara. Se veía flamante a lo lejos, como un fantasma fosforescente que trae un mensaje urgente.

—Qué te traes, pinche animal —gritó y le escoció la garganta. Se acordó del Chucho, el loco del pueblo, que hablaba solo o con los animales. Se acordó de cómo los perseguía cerro arriba sin perder el aire al trepar y ese pensamiento le devolvió la enjundia y se levantó inflando el pecho.

—Vas a ver. Nada más te agarro y luego luego te voy a hincar el diente —en cuanto lo dijo, se le retorció la tripa del hambre.

Recordó que en la mochila traía un cuchillo. Un encendedor. Se le acercaría despacito, con sosiego; no había prisa. De un brinco, le caería encima y allí mismo le tronaría el pescuezo. Iba a despellejarla y guardaría su piel suave como recuerdo. Le guardaría una pata a Emilia, para la suerte. Otra para él. Ni un hueso le iba a dejar. Se la iba a comer enterita. Pellejo, carne, tripa.

—No te me vas a escapar, pinche conejo.

Se levantó despacio, con el cuchillo escondido en el bolsillo trasero del pantalón y caminó hacia el cuadrúpedo, con el sigilo del movimiento pausado, de no asustar a la presa, de concentrar la violencia latente, de que no se note. La liebre no se inmutó. Royó un arbusto, lanzó vistazos fugaces al muchacho, quien cuidó cada movimiento como si en ello se jugara la vida. Cuando estaba a escasos metros, el animal levantó la cabeza y saltó sobre sus patas una y otra vez, sin parar hasta tomar suficiente distancia de su cazador. Volvió a detenerse a lo lejos y, nuevamente, se puso a mordisquear un arbusto. Goyo siguió en la misma dirección, no iba a darse por vencido así nada más, aunque el hambre, la sed y la opresión del sol lo ahogaran en un ánimo turbio. Sin darse cuenta, se encontraba a unos pasos de un hombre aventado a medio camino. Un instante le duró la duda, de si era real o no. Cómo saberlo, si dudaba de su propia piel, de su propio pensamiento. Lo sacudió el temor de que hubiera más gente: echó un vistazo alrededor. Nadie. Al menos nadie a la vista. Fue entonces cuando notó a los zopilotes sobrevolando.

—Pinches pájaros traga muertos —pensó. Y, aunque con cierta desconfianza, se aproximó al hombre que, tirado sobre la tierra, parecía seguir con ojos deslavados los círculos que las aves de rapiña trazaban a unos cuantos metros de su propia cabeza.

Ya se te trepó el muerto.

El piar del pájaro la despertó de un brinco. Vio brillar las hojitas del mezquite sobre su cabeza, como mariposas inquietas bajo la luz de la tarde. El calor canijo había amainado: un frescor de luz que iba alejándose. Intentó moverse sin conseguirlo. En cambio, sintió cómo el árbol la contemplaba.

Ya se te trepó el muerto.

La voz de Mamá Lochi salía desde sus mismísimas tripas. Y el gorjeo agudo del ave: una rasgadura tensa y envolvente que la hizo abrir los ojos para regresar al mundo.

Emilia recordó: a veces, allá en el pueblo, sólo volvía en sí con un grito que rompía las cuerdas recias que la ataban al otro mundo. Jalando aire como recién nacida. Ahora un sudor que ya apestaba caía por su frente. Tenía la boca pastosa y una sed recia no dejaba de cabalgar a lomo de los instantes.

Al salir del atolladero en el que andaba su alma, y cuando al fin logró abrir los párpados y saberse despierta, habría querido mirar los cerros de Amatlán: el cielo enmarcado por el ramaje de los ciruelos reverdecidos. El canto dulce del sabio y chismoso petirrojo que solía espiar el mundo de

161

los hombres desde los tecorrales. Sin embargo, salvo cierto quebranto de la luz y el calor, que auguraban la muerte de la tarde, el paisaje era el mismo al de antes del sueño pesaroso. Desierto seco, pulido en su aridez distante, repleta de esa soledad que nomás le deslucía el ánimo. Un nuevo gorjeo del ave, parado sobre la copa del mezquite, la obligó a levantar la cara. Reconoció su canto como el mismo de las noches anteriores, el mismo cacareo que sobrevoló el jeep cuando la llevaban secuestrada. Si algo le había enseñado Mamá Lochi durante sus andanzas por los cerros de Amatlán, fue a distinguir el canto de las aves. Solía repetir que por ser su nieta era una calandria chillona, pues en su corazón vibraba un ave: podía reconocerlo porque en el de ella misma vivía una que no se estaba sosiega.

Las plumas blancas, bien levantadas, crecían sobre la cresta del pájaro: el pico filoso, los ojillos rutilantes y avispados con los que observaba. Plumas blancas con tonos azules sobre el lomo, alineadas de tal forma que parecían fluir como hojas al viento. Emilia y el ave se observaron. Algo venía a decirle y esperó a escuchar su voz. Sin embargo, salvo el movimiento chaparro de sus ojos, nada se inmutó hasta que agitó las alas y se echó a volar arrastrando el escándalo de su gorjeo. Se levantó y lo siguió con la mirada hasta verlo desaparecer, bien a lo lejos, entre las rocas de los montes.

—Quieres que te siga —se oyó decir—. Pues hacia allá mero voy —y se apuró a echar la pistola en un bolsillo del pantalón, antes de sacar de la bolsa un billete de cien dólares. Sobre él, con la pluma que había dentro de la bolsa, le escribió a su hermano: *A la cañada*. Buscó piedras de buen tamaño, las apiló en una torre junto al mezquite y colocó el billete entre dos pedregones. Se amarró los trapos empolvados alrededor de los pies y se echó la bolsa al hombro, decidida a seguir el rumbo trazado por ese pájaro metiche.

La luz de la tarde reveló los huesos incrustados en el polvo. Cuánto hueso no se habría tragado ese méndigo desierto. Cuántas ánimas perdidas andarán vagando bajo este cielo, pensó la niña. Y caminó gran parte de la noche orientada hacia los cerros que se levantaban en la oscuridad repleta de estrellas, como amas del universo. El frío se fue encanijando, mordiéndole la carne como machete de leñador. Apuró el paso, se negó a sentir el dolor de los pies. Pero el cansancio: ése sí que se hacía notar.

—Tengo que llegar antes del amanecer —oyó decir a esa voz temblorina que le salió de la entraña—: por si me alcanzas, Caco, para que nos encontremos.

Alcanzó a construir un par de torres de piedras y ramas para señalarle el camino.

Ándale, Emilia, no te achicopales, que todavía falta un resto.

La voz de la abuela aumentó en claridad, mientras le iba ganando el desgano a su cuerpo. Bien pronto olvidó al pájaro: llegar al pie de los cerros, sólo eso tenía en mente. La bolsa le pesaba y terminó por aventarla en el camino. Apenas podía con su propio peso. Cuando cayó rendida, llevaba horas de arrastrarse sin saber ni para dónde. Masticó el polvo, el que se le había pegado al paladar. Al alma. Había llegado al límite y veía un minúsculo borde antes del abismo. Alcanzó a mirar los montes: ahora sí se veían cerca. Y tan lejos.

—Me voy a morir aquí mero —musitó con voz desganada, y se le enmarañaron los pensamientos.

Estaba lejos el alba, pero algún fulgor lejano llegó de pronto y alcanzó a ver las sombras de los zopilotes deslizándose por los pliegues de los cerros, por sus orillas, por las laderas de pedregones y plantas recias. Serpenteando, el mundo se iba destiñendo sobre su cuerpo. Al rato ya tenía a los zopilotes a unos pasos, que ya olían su muerte. A Emilia Ventura sólo le quedaba el espanto, y hasta eso se iba decolorando por minuto. Le quedaba ese deslizarse hacia un espacio sin sensaciones, a un lugar de impresiones refulgentes de recuerdos. Escuchó el gorjeo del pájaro atravesando los aires y se fugó con su sonido que voló bien alto, hasta quién sabe dónde. Luego se imaginó a sí misma: alcanzando los peñascos, adentrándose en sus repechos y hondonadas para protegerse de los carroñeros que querían devorarla.

Con la chaparra energía que le quedaba alcanzó una piedra para aventársela a los zopilotes que apenas se inmutaron. Siguieron acercándose de a poco como si no quisieran espantar a la muerte.

Pensó en Goyo.

Ya ha de ser difunto.

De seguro era su ánima la que le habló en sueños desde el más allá. Y notó cómo se le quebraban los pensamientos de tanta sequía. Se hundió en un tiempo aquietado que fue llevándola al otro lado. Volvió a verse aventada, hecha de tierra y piedrecillas pegadas a la piel.

Espero estar bien muerta para cuando esos pinches zopilotes me hinquen el pico.

La voz de su cabeza se desdibujó como la tarde. A ratos, entreabría un párpado para mirar hacia los cerros, y la visión se le iba en ondulaciones hasta borrar su realidad. Como un chispazo, se lanzó a un recuerdo: un día, recogiendo yerbas en el monte, se encontró un toro muerto a mitad del camino. Enorme y triste. Rodeado de perros y zopilotes dándose un festín de entrañas y carnes aún frescas. Un toro enorme y abandonado, tan solo con su muerte que hasta tuvo ganas de abrazarlo para darle consuelo.

Echada, con el arma a su lado, adivinó que no tardaría en extinguirse, y alcanzó a pensar: *me voy a echar al menos a uno de esos pinches traga muertos.* La noche, con sus estrellas cargadas de augurios, aún coronaba la tierra cuando agarró la pistola pidiendo que el piso dejara de moverse tanto bajo su cuerpo, para no fallar el tiro.

Mátalos a todos, Calandrita.

La voz de adentro se convirtió en un hilo largo moviéndose como papalote al aire. Pronto ese hilo de letras se desvaneció en el soplo de sus pensamientos entreverados de voces.

No dejes ni uno vivo, Emilia. Que si no, te tragan viva. No lo sueltes, chamaca, que una mujer tiene que ser fuerte…

Allí estaban los zopilotes acercándose, a sólo unos pasos, cuando apretó el gatillo. El disparo retumbó: oyó el murmullo de sus graznidos, de sus aleteos y, agarrada de ellos, fue cayendo en un pozo ciego que no tenía para cuándo acabar.

Desde el otro lado, Emilia Ventura no alcanzó a oír el motor de un automóvil ni las luces que cayeron sobre su cuerpo.

—¡Aquí!

Tampoco distinguió las figuras humanas en movimiento ni las voces de hombres ni la radio a todo volumen. El relumbrón le cayó encima y ni cuenta se dio. Incrustada en un silencio envolvente que le venía de adentro, Emilia Ventura batalló por su vida como llama de vela abatida por una ventolera.

Emilia, ¡ándale! Aguanta... no te mueras, que todavía no te toca.

Mamá Lochi caminaba delante de ella, por el cerro de las mariposas, empapada de lluvia. Esa lluvia recia que caía a cubetadas en las tardes de verano. Emilia andaba contenta, con la cara levantada hacia el cielo, la boca abierta y dejó que las gotas generosas de la vida le llenaran el cuerpo: le resbalaban por las comisuras de los labios, saciaban su sed. Allí estaba, inmenso, el monte arbolado, enyerbado, rebosante de humedad: olió el hinojo, la yerbabuena, la frescura de la tierra mojada. Descendió por las cañadas de los cerros, rodeada de mariposas blancas, hasta otra estación donde las hojas amarilleadas, pequeñas y brillantes de los ciruelos en el otoño navegaban por los aires antes de descender sobre alfombras doradas urdidas entre las rugosidades de la tierra. Esa lluvia suave de agua, de hojas, de humedades brotando de entre los musgos y helechos de las rocas, le dio sosiego con sus caricias y la alejó del tormento y de la noche helada, desierta, donde yacía su cuerpo.

Desde aquel mundo, en el que iba deslizándose, no escuchó las palabras de los hombres que la rodearon ni advirtió que la alzaron en vilo para llevarla hasta el automóvil donde aguardaba más gente. Tampoco notó cuando la camioneta se adentró en el corazón de los cerros, lejos de aquel pedazo de tierra donde, entre sueños de agonía, creyó haber regresado a su pueblo.

Mamá Lochi me hablaba de sus visiones del mundo cuando andábamos solas por el cerro. Le gustaba hablar del tiempo, de los cambios. Nos deteníamos a descansar en la cima del pedrusco que servía de mirador, en lo más alto de la montaña: ella acostumbraba echarse boca arriba, quedarse en silencio mirando pasar las nubes y los pájaros que volaban sobre nosotras. Se estaba callada largo rato y luego se ponía a silbar, como pajarito. Podía pasar hasta una hora así y, de repente, decía, por ejemplo, que las formas que agarraban las nubes eran como el reflejo del mundo de los hombres; que uno podía creer que algo era de cierta manera y bastaba el soplido del viento para desvanecerse y cambiar a otra cosa.

—Así es el mundo, Calandrita. Eso apréndetelo bien. No hay que aferrarse a nada. Nada puede ser eterno mientras uno esté vivo: es mejor dejar pasar y moverse con las cosas cuando se mueven —yo me quedaba callada. Me iba dándole vueltas a sus palabras sin comprender muy bien lo que quería decir.

En una de esas andaba, cuando Mamá Lochi me habló de su Mamá Goyita. De cuando siendo niña subía con ella al monte, de cómo le enseñó los secretos de las yerbas antes de que se la llevara la flaca. Tenía su puesto en el mercado de Cerro Grande, y entre su clientela estaban los curanderos de la zona. Le pregunté un día por qué ella, su madre, no había sido curandera, y me contestó muy seria, como si yo hubiera dicho una tarugada enorme:

—Pues no es enchílame otra, Emilia. Para ser curandero, se tiene que nacer con el don. Y ella, por más que supiera de hierbas, no lo tenía.

Cuando Goyita enfermó y murió, Mamá Lochi tenía quince. Mi bisabuela quedó muy lastimada de la muerte de su esposo, y cumplidos los dos años del asesinato, empezó a enflaquecer hasta quedar en pocos meses como calaca. En esa época, a medianoche, despertaba sobresaltada por un mismo sueño: una masa grande comiéndose a Mamá Goyita por dentro. La masa se deslizaba a través de sus entrañas y la mordisqueaba con una pequeña boca de dientes filosos hasta deshacerle las tripas. Mamá Lochi dice que despertaba sollozando, dando de gritos, y toda la familia la rodeaba para preguntarle qué se traía. Miraba a su gente con recelo de sus propios ojos, como si por ponerles la vista encima pudiera lastimarlos.

—Andas soñando refeo, ¿verdad, chamaca? —contaba que le preguntó Mamá Goyita. Pero mi abuela lo negó: no quería ni pensar en ello. Mejor evitar la vuelta a su memoria de esas imágenes.

—Mejor me largo de aquí. Los voy a matar a todos.

Se iba al monte, a su refugio, y pasaba días alejada. O vagaba por el pueblo, y no faltaba quien la tirara de a loca. Que un mal espíritu la poseía, chismeaban. Fueron tiempos de soledad, pues no tenía con quién hablar de lo que experimentaba. De regreso, su madre se encanijaba con ella, la azotaba con la vara de ocote para que se estuviera sosiega. Fue por entonces que se fijó en un chamaco al que apodaban el Güero, por sus ojos claros. Era hijo de una mujer del pueblo y de un foráneo, y estaba perdido de amor por mi abuela. Él la seguía en algunas de sus correrías y, en cuanto ella se percató, quiso desalentarlo, corriéndolo y haciéndose la loca. A él esos desaires no lo espantaron y le siguió los pasos. Después habría de decirle que él la seguía para cuidarla: para que nadie le hiciera daño, para que ningún gañán quisiera aprovecharse de la desesperación de aquella muchachita de cabellos negros atados en una trenza delgada, de raro tatuaje recorriéndole el brazo, de lunar coqueto bajo el ojo y mirar achispado que iluminaba la tierra cuando se juntaba con su amplia sonrisa de dientes perfectos. Y aunque al principio lo trató de espantar como si fuera un perro que la amenazaba, al rato también a ella empezó a interesarle aquel muchacho tan necio. Convencida de que lo mejor era esfumarse para no seguir matando a nadie, decidió que era preferible dejarse robar por aquel muchacho. Se había hartado de andar vagando como desmecatada por el pueblo. Así terminaron por instalarse en una casa abandonada a las afueras, por donde nadie se aparecía. Mi abuelo Güero se encargó de traer comida, conseguir colchón y mesa para pasar los días en lo que conseguía trabajo. Pero las visiones no amainaron. Muy al contrario, en cuanto se deslizaba hacia las honduras del sueño, Mamá Lochi salía expulsada: volvían imágenes aterradoras de lo que se iba comiendo a su madre por dentro.

—Yo estaba retonta —me dijo un día, mientras bajábamos juntas del monte—. Si en lugar de haberme espantado tanto la hubiera llevado a curar, a lo mejor todavía tendrías bisabuela. Y se limpió las lágrimas que ya le llegaban a la barbilla.

Era raro ver llorar a mi abuela. Aunque en esas ocasiones le daba rienda suelta y el llanto le brotaba como cascada en temporal.

—Me tardé en descubrir que yo no mataba a nadie con mis sueños. Sólo me adelantaba a los hechos. Pero los hechos que anuncian los espíritus, Emilia, algunas veces pueden cambiarse. Con trabajos, pero se puede, siempre y cuando los hombres quieran. Eso me ha llevado una vida comprenderlo.

Uno de sus tíos fue a avisarle que su mamá se había puesto mala, que la llamaba. Cuando la vio, supo que le quedaban horas: la piel amarilleada y los ojos hundidos entre sus pómulos huesudos que la miraban desde una frontera lejana.

—Ve con don Jacinto, escuincla necia —le dijo antes de callarse para siempre, antes de cerrar sus ojos de niña vieja.

Dice que por esas fechas estuvo tentada de ir a buscar al curandero, porque no quería contrariar a su madre. Pero algo más fuerte la detuvo: aquel hombre le producía un espanto que no lograba evitar. Él había asistido al entierro y, como de costumbre, la invitó a visitarlo. Mi abuela ya estaba preñada de su primer hijo, sin saberlo.

—Traes luz en la panza, chamaca. Venme a ver, si no quieres que se te apague. Y ya deja de tenerme tanto miedo —y se alejó, mordiendo su pipa de carrizo.

Ese primer hijo nació muerto, y ella soñó que un ciego le acuchillaba el vientre.

170

El segundo lo expulsó cuando faltaban pocos meses para parirlo: tenía dientes y traía los dedos de los pies pegados entre sí. No fue sino hasta la muerte del tercero por una neumonía, un escuincle al que llamó Ángel, que ya tenía un año y empezaba a caminar, cuando se decidió a buscar a don Jacinto. Para esas fechas, ya mi padre le crecía en la entraña, aunque ella no lo supiera.

—Fue hasta después de parir a tu padre cuando me armé de valor para visitar a don Jacinto. Ya no me quedaba de otra. Esperé hasta el último momento. Y ese mero día la vi en sueños… a ella, a mi madre —me contó un día Mamá Lochi—. Hasta su olor a hinojo pude sentir, tan clarito como tú sientes el mío. Estaba parada junto al fogón apagado, con el mandil que usaba a diario, y me dijo: *Qué bien que vayas a cocinar, Lochi. Ya era hora, escuincla necia.* Y se quedó viéndome con sus ojotes pelones, como si esperara verme encender la lumbre y echar las yerbas a la olla. Yo creo que fui muy taruga, Emilia. Debí haberle hecho caso y otro gallo me hubiera cantado —y se me quedó mirando fijo, antes de agregar—: la vida es un misterio, Calandrita, ni siquiera hay que tratar de resolverlo, nomás vivirlo y ya.

Una pregunta me rondó desde aquel día, aunque me tardé otro tanto en animarme a hacérsela a mi abuela. Siempre con ese temor a enojarla por pasarme de metiche.

—¿Y cómo fue cuando visitó a don Jacinto, Mamita?

Me escocía el alma por saberlo. Tanto tiempo se le resistió al brujo. Alcancé a verle una súplica. No quería esa pregunta y no me contestó luego. Trepadas en lo más alto del cerro, encima de una roca desde donde se divisaba el pueblo entero y las poblaciones del otro lado de la montaña, ella simplemente se quedó callada. Sabía que lo mejor era no interrumpir sus pensamientos. Podía ponerse furiosa y, como si fuera una ofensa imperdonable, me daría un par de azotes con las ramas de ocote, se quedaría mirándome fijamente como si no me reconociera, balbucearía alguna palabra incomprensible. Esa vez no ocurrió nada de eso. Esa vez respiró hondo, muy hondo, y sólo me dijo:

—No comas ansias, chamaca. Que ya llegaremos a eso. Porque así de cuchillo de palo como eres tú con tus preguntas, así mismo era yo con mis necedades.

Y esa tarde bajamos del monte, sin que ella pronunciara ni una sola palabra más.

El hombre rondaba los treinta años. Su rostro moreno estaba a medio cubrir por una gorra desteñida color gris. Tenía los ojos entrecerrados, el torso desnudo y los brazos caían de lado como si su cuerpo los hubiera abandonado. Goyo observó sus manos grandes y callosas vueltas hacia el cielo, casi implorando. Traía la camisa amarrada a una pierna: bien manchada de sangre. Uno de sus zapatos yacía volteado, parecía decir: qué me ves. Al otro se le veía distraído, mirando hacia afuera: aún guardaba un pie en su interior. A Gregorio lo atravesó la idea de que pudiera ser uno que ya conocía de antes, uno de los hombres con los que cruzó la línea. Se fue aproximando, con sigilo, pero con una alegría incipiente trepándole el ánimo. Estar con alguien. Poder hablar. No sentirse tan perdido a mitad de aquel erial desalmado. A los pies del hombre, había una mochila polvosa, y él aún respiraba. Cuando estaba a escasos centímetros, le escuchó un quejido, y lueguito, el sonido de la cascabel: era una víbora de enormes rombos parduscos, un monstruo de gran tamaño que lo obligó a retroceder unos pasos. Se deslizaba lo suficientemente cerca como para tensar el nervio.

Goyo se quedó de palo, respirando lento. De la piel del monstruo, brotaron hondas lumínicas como chispazos. Y se detuvo así, de repente: levantó la cabeza y se giró hacia él para mirarlo.

—Ah, cabrón. Qué me ves, pinche animal —musitó para sí el muchacho. Una larga lengua viperina bailoteó al salir del hocico de la serpiente: emitía un tronido curioso, y sonó su cascabel.

En Gregorio la idea surgió así, repentina. Una idea pura: un motor que mueve al cuerpo sin pedir más que su ejecución instantánea. Goyo emitió aquel silbido agudo; se lo había aprendido a Mamá Lochi. En cuanto resonaba, solían asomarse las pequeñas cabezas de las serpientes desde sus nidos. Cuando chifló, el animal se alzó aún más hacia él. Tomó aire y volvió a silbar. Impulsado por el mismo motor, se fue acercando. Despacito. Sin pensamiento que llamara al temor, sólo ese impulso nítido, tenaz y certero movilizando sus piernas, tensando su cuerpo. Aquella fuerza administraba con precisión la energía que lo guiaba. A lo mejor el hambre. A lo mejor las ganas de morirse. Sostenía la respiración hasta que al fin se detuvo junto al reptil que estaba listo para brincar. Goyo volvió a tomar aire: con la suavidad del ritmo que llevaba en su aproximación, emitió de nuevo su silbido. Había algo envolvente en el sonido: creaba una cubierta invisible entre su humanidad y la vida del animal. Ni siquiera un pensamiento. Siguió silbando, acercándose con breves pisadas y, balanceándose con suavidad, sacó el cuchillo del bolsillo trasero del pantalón. En cuanto estuvo a un paso, se arrodilló junto al reptil, sometido a silbidos, deteniendo su cascabel y bajando la cabeza hasta depositarla a ras del suelo.

Con un solo movimiento sosegado y firme, Gregorio Ventura le atravesó la carne clavándola en la tierra. Y se aventó hacia atrás. Los coletazos del monstruo rasgaron el aire. El sudor frío, las palpitaciones aceleradas y un terror repentino regresaron a Goyo a este mundo. Entonces recordó, con voz temblorosa y palpitante, las palabras que su abuela decía al matar a un animal:

Tu carne de la tierra a la tierra.

Gregorio se hincó, con la cabeza pegada al suelo: daba vueltas rápidas bajo su cuerpo, hasta ir menguando. Al fin su respiración agitada volvió a un ritmo pausado. Cuando levantó la cara, la víbora estaba muerta.

—Pinche orate que estoy —se oyó decir.

A unos pasos, el moribundo soltó un quejido. Tenía la camisa anudada por debajo de la rodilla para detener el flujo del veneno donde la víbora lo había mordido. Goyo removió la tela para mirar la herida por encima del talón. Todavía sangraba. La carne hinchada era un bulto deforme. El hombre sudaba frío, respiraba apenas. Le caía una espuma sanguinolenta por la boca, y el muchacho le sacó la cachucha, con la idea de reconocer a alguno de los migrantes, pero esa cara nunca la había visto.

—Va a estar cabrón que pueda yo ayudarlo, don —el hombre entreabrió un par de ojos vidriosos, rellenos de una lejanía inquietante. El otro mundo ya se asomaba desde sus pupilas temblorosas. Quería decir algo. Del cuello le colgaba un escapulario. El muchacho le limpió la boca y buscó dentro de su mochila donde, además de una sudadera enrollada, una camisa y un pantalón, halló una cantimplora con agua y varias latas de frijol. Goyo bebió y luego trató de dar de beber al moribundo. Apenas saboreó un poco, pero la mayoría se le escurrió por el borde de los labios agrietados. El muchacho bebió el resto, chupó con ansia del borde de la tapa las últimas gotas.

—Foto —se oyó decir en un susurro al hombre: la vida se le evaporaba y cada palabra era una voluta de su ser desapareciendo en el aire.

—¿Foto? No le entiendo, don.

Seguro se le habían cocinado los sesos con el calor, pensó Goyo. De dónde o cómo iba a tomarle una foto. Y para qué.

—Foto —repitió con un vapor de voz.

—Pero cómo quiere que le tome una foto.

—Bolsillo —musitó en un volumen casi inaudible.

—Ah. Que la busque. Si seré pendejo.

Hurgó el pantalón. Había unos billetes y un papel doblado. Con letra infantil había escritos números de teléfono y nombres. Volcó el contenido de la mochila: nada parecido a una foto. Fue hasta que metió mano dentro de la camisa atada sobre la pierna cuando dio con ella. Una mujer de sonrisa amplia, de ojos saltones y brillantes lo miró. Abrazaba a dos niños, sentados a su lado, sonrientes, protegidos por el apapacho materno. Goyo contempló la imagen. Y se la acercó al moribundo.

—Ha de ser ésta.

Lo ayudó a levantar la cabeza. El hombre entreabrió los párpados. La visión del retrato lo separó de su más allá invisible. Sus ojos opacos irradiaron luz un instante y se poblaron de lágrimas. Sólo faltaba aquel gesto para brincarse la barda al otro mundo. Un segundo antes, se le disparó una temblorina que lo contorsionó de pies a cabeza quedando doblegado en una postura extraña. Gregorio Ventura fue testigo de cómo se le escapaba el resto de vida que aún quedaba bajo la piel.

Quién sabe cuánto estuvo mirando el cadáver: esperaba que volviera a respirar, que abriera los ojos, oírle decir una palabra de este mundo. Nada: sólo sombras, quietud y silencio.

Caía la tarde. Y del muerto desconocido ni el nombre sabía. Las veces que oyó a Mamá Lochi repetir eso de que cuando uno socorre o acompaña a un moribundo en su paso al otro lado, su espíritu lo acompaña para siempre. Cómo iba a llamar a su espíritu si se le presentaba. Ni conocía su procedencia. Ni nada de nada. Buscó entre sus pertenencias; no halló papel que lo identificara, sólo aquel con nombres y teléfonos que se guardó en el bolsillo.

—Le prometo, don difunto, que si salgo vivito y coleando de ésta, llamo a su familiar y le digo qué le pasó.

Reunió piedras y arbustos para cubrir el cuerpo y pidió por su alma. Miró la fotografía. Le recorrían preguntas: la tarde y la caída del sol le refrescaron el pensamiento. Dónde estarían esa mujer, esos niños. A lo mejor en un pueblo, en una ciudad, en un campo: sumergidos en su vida diaria sin sospechar que su padre, su esposo, su hermano, lo que fuera, yacía muerto a mitad de ninguna parte. Los imaginó junto a un fogón, echando tortillas, calentando frijoles, comiendo unos tacos. Imaginó una noche tibia: el contento de estar juntos, de palabras cercanas y rumores conocidos. Se preguntó si el ánima de aquel muerto también viajaría para encontrarlos. En una de esas, el ánima de los muertos podía dividirse, estar en muchos lados al mismo tiempo. A lo mejor una parte ya estaría con la familia: haciéndoles sentir su presencia de

algún modo. A lo mejor también paseaba cerca. De un vistazo, Goyo atravesó la penumbra crecida. Con ganas de des-
cubrirlo y, aunque fuera con un difunto, poder platicar un
rato. Pensó en la soledad, en el tiempo y en lo lejos que había
quedado su vida de antes. Y pensó en su propia muerte. En
una de esas lo andaba rondando.

—Qué pinche tristeza culera.

Le entreabrió al difunto una mano, ya rígida, y colocó la
fotografía entre sus dedos.

—Así, cuando lo encuentren, a lo mejor lo identifican
—y apenas dicho, escuchó su propio suspiro—. Hasta parece que eso pudiera pasar. Si seré güey.

Terminó de tapar el sepulcro con un par de piedras que
arrastró de lejos. Entrelazó dos varas en forma de cruz para
ponerla en la cabecera. Rezó un Padre nuestro, de rodillas,
a su lado.

La chamarra, otro par de latas de frijol, otro resto de agua
que encontró en la mochila, la gorra y un encendedor iban
a serle útiles. Se puso la gorra y el abrigo: el frío iba a bajar
en cuanto la noche le cayera encima. Desenterró el cuchillo del cuerpo ya deslustrado de la víbora. El colorido era
ya un despojo. Un triste pellejo pálido. La luz se había fuga-
do de ella y la putrefacción ya rondaba sus restos. Mientras
la despellejaba para rescatar la carne, Goyo preguntó dónde andaría la vida que ya no estaba en la carne. Pues a lo
mejor andaría en ninguna parte. Encendió una fogata y asó
los restos del animal mientras devoraba los frijoles de una
lata. En cuanto la carne estuvo cocida, la masticó con ganas,
sin olvidar los ojos de la víbora antes de clavarle el puñal.

—Qué pinche hambre culera —se oyó decir, a través del vacío que lo rodeaba. No recordaba haber sentido nunca tanta. Y envolvió en una camiseta una parte de la carne, para el camino, aguantando las ganas de devorarla.

El tic tac tac, a cierta distancia, lo sacó de sus pensamientos amodorrados. La liebre, rosácea a la caída de la tarde, relumbró entre un macizo de arbustos a no más de cien metros de distancia.

—Pinche animal, qué te traes —y la vio brincar hasta convertirse en un punto encendido corriendo lejos.

Gregorio Ventura se acostó junto a las brasas y, aunque hizo esfuerzo por mantenerse despierto, pronto la pesadez del cansancio lo atrapó en un sueño que terminó por amansar su discernimiento.

Emilia, dónde estás.

Primero fue una sombra difusa rondándolo, hasta distinguir los rasgos de su hermana asomándose entre la bruma.

No sé. Voy hacia los cerros. Hace frío. Está amaneciendo.

Emilia. Dime dónde estás. Pisa fuerte. No olvides dejar algo en el camino.

Te veo borroso.

Pisa fuerte, Emilia.

Caco, voy hacia los cerros.

Algo me dice que estás cerca. Que lueguito te voy a encontrar.

Caco, tengo hambre y sed.

Aguanta, Calandrita: al ratito te alcanzo.

La silueta de la niña ondeó borrosamente. Detrás de ella, un espectro lumínico fue y vino a sus espaldas, sobre su cabeza, a su lado.

Emilia, ten cuidado: algo te anda rondando.

Esperó su respuesta unos instantes, pero ella ya no estaba más.

Un tronido lejano lo expulsó del sueño y abrió los ojos. Qué sería. La noche le cayó encima y nada alrededor que le hiciera saber de dónde. Tiritaba. Era un frío hiriente, quebrantando la carne. Se envolvió con lo que halló para no quedar duro de frío. No tenía ánimo para buscar cómo encender un fuego y se acurrucó en el resto de las brasas, pues temía ser descubierto a la distancia. De las piedras del sepulcro vecino surgían fosforescencias. No había pasado tanto tiempo como para que eso ocurriera. Y no obstante, eran iguales a las que solían aparecer sobre las tumbas del cementerio de Amatlán. Levantó la vista hacia el cielo. Hacia la silueta de los cerros altaneros. Mejor sería echarse a andar: comido y descansado, caminaría para sosegar el frío que le desvencijaba los huesos.

La voz de Emilia aún resonó en su cabeza, venida desde las honduras del sueño que no terminaba de irse. Se echó la mochila a la espalda y decidió seguir: hacia donde el corazón y sus pisadas chuecas le fueran marcando camino.

Desde que me acuerdo, cada día de muertos Mamá Lochi nos emperifollaba a Goyo y a mí, llenaba una canasta con fruta, pan y dulces, echaba flores y encendía veladoras, y nos íbamos al panteón. Allí nos hacía repetir unas oraciones por el alma de mi mamita Estela, por la del abuelo Güero, por el bisabuelo Milo, por Mamá Goyita, por los chamaquitos que se le murieron. Nos hincábamos frente a las tumbas para hacerles sus altares, murmurábamos nuestros rezos, platicábamos con quienes también iban a visitar a sus difuntos. El panteón se cubría con un manto amarillo, un tapiz suave de flor de cempasúchil, y el aire se impregnaba con un olor dulzón mezclado con el copal que a veces revolvía la panza. Las tumbas cubiertas de panes, calaveras de dulce, frutas, flores y veladoras. Un racimo vivo a la caída de la tarde, como si el otro mundo hubiera revivido en éste. Nos estábamos ahí una hora y al salir, íbamos derechito donde vivía la comadre Tomasa, junto al panteón, a tomar un chocolate caliente con pan de muerto. Tardé en desmentirme con lo del pan de muerto. Durante años creí que de veras estaba hecho de difunto, pero me gustaba tanto que no remilgaba y me comía de a dos y hasta tres. A la hora de irme a dormir me agarraban las nerviosidades: que si el muerto que me había tragado era buena gente, que si no. A veces atribuía mis malos humores o ganas de hacer maldades a que seguramente el difunto que me andaba por las tripas no había sido buena gente, y me asustaba tanto que me lo sacaba de adentro a pura guacareada.

Mi papá también iba al panteón, pero no faltaba su cara descompuesta. No le gustaba recordar a mi mamita Estela. Cuando Mamá Lochi hablaba de ella o nosotros le preguntábamos, se le retorcía la boca como si se la exprimieran y no nos contestaba. Daba pena verle tanta culpa sobre los hombros. Dejaba un racimo de flores, daba una paseada rápida a los sepulcros y luego, con un susurro que apenas y se escuchaba, decía que iba a ver a su compadre Pancho; no lo volvíamos a ver hasta dos o tres días después. Llegaba descompuesto y oliendo a aguardiente, con los ojos bien colorados. Me abrazaba fuerte y le daba por decir que yo me parecía mucho a ella, que la extrañaba. Luego se iba al monte, trabajaba por horas bajo el rayo del sol sin probar un taco; sólo así se le aliviaba el alma.

Al abuelo Güero, muerto de un infarto cuando yo cumplí un año, mi abuela le ponía en la tumba su botella de aguardiente y su cajetilla de cigarros sin filtro.

—Ahí te dejo eso, viejo, para que aproveches, al rato llego a ponerte en orden —repetía antes de santiguarse. Y luego de pasadita se secaba la lágrima que le escurría. Se quisieron mis abuelos. Se les encendían los ojos nada más verse.

A Mamá Lochi, las visitas al panteón la ponían de un ánimo gris tirando a lluvia. No sólo cuando le hacía ofrendas a

182

su Güero, también cuando dejaba sus tarros con flores, dulces y juguetes del mercado a los tres hijos que se le murieron.

Fue después de una de esas visitas cuando me contó del día en que sepultó a su tercer chamaco: clarito recordaba los ojos vidriosos y fulminantes con los que Jacinto Estrella la miró, con ese su mirar de tecolote trasnochado que tenía, cuando mi abuela iba de salida del panteón arrastrando el alma.

Él estaba a la salida del campo santo fumando su pipa hecha de carrizo y, cuando terminó el entierro, la detuvo sin sacarle los ojos chispeantes de encima:

—No sigas neceando, Eloísa, que ya nadie va a poder ayudarte aunque te arrepientas. Más vale que le pongas fecha, antes de que el que viene en camino corra el mismo destino —se dio la vuelta y desapareció calle abajo. Decía Mamá Lochi que ahí sí le entró un miedo de esos que no dan sosiego al ver cómo le resplandecían las pupilas a don Jacinto. Puro agujero oscuro a punto de tragársela, me contó al recordarlo. En los días que siguieron, se le apareció por dondequiera. A la vuelta de la esquina, en el cerro, en los sueños. Mamá Lochi empezó a sentir uno de esos espantos que retuercen la tripa. Miedo del que te hace brincar con tu propia respiración. Mamá Lochi tuvo miedo de la venganza de los seres de otro mundo, al sentirse rechazados. Miedo de que ahora sí la matara un rayo. Miedo a que se le malograra o le volvieran a arrebatar al hijo que ya llevaba en el vientre. Pero era grande su terquedad. Y todavía tardó en buscarlo.

Se me hace que por eso Mamá Lochi adoró a mi padre: porque junto con su nacimiento, también ella se parió como curandera. Los dos fueron partos difíciles. Fue el primer hijo de sus entrañas que le sobrevivió después de tres embarazos. Después vinieron el Bcno y el Isidro, pero para ella no había como su chaparro. Le costó parirlo, como si fuera un chayote enorme y espinudo. Yo creo que ella sabía que al parirlo a él no le quedaba más que parirse a sí misma y encargarse de aceptar su destino. Estuvo pujando un día completo pero el chamaco nomás no quería. El abuelo Güero se había ido a emborrachar con uno de sus compadres, seguro de que esta vez no sólo iba a perder al hijo, sino que también perdería a su mujer. A mitad del parto, cuando ella pujaba y pujaba sin conseguir que el chamaco saliera, Jacinto Estrella se le apareció como fantasma, y a mi abuela le temblaron las entrañas. La voz le sonaba ronca, como si le saliera del mismísimo hígado. Don Jacinto le advirtió reciamente que su tiempo se acababa: era su última oportunidad. Tenía que aceptar los instrumentos antes de que le cayera el chahuistle hasta ahogarle la vida. Que no iba a tener hijo ni nieto si no aceptaba su destino. A mitad de los dolores, de los pujidos y gritos, Mamá Lochi contuvo el aliento para tomar fuerza y, con mirada loca, le dijo a su comadre Tomasa, quien no paraba de rezar a su lado:

—Ve y háblale a Jacinto Estrella. Córrele —pronunció con voz entrecortada pero decidida y con una energía que asombró a su comadre. Recordaba Tomasa que hasta se espantó del pedido.

—¿Estás segura, comadrita?

—¡Córrele! ¡Te digo que le corras!

Tomasa la dejó con la comadrona Sofía, quien había llegado a acompañarla, y salió corriendo para buscar al brujo. Pero cuál fue su espanto que apenas abrió la puerta allí estaba el hombre. La comadre se santiguó como si fuera un aparecido.

—Oí que me hablaban —dijo Jacinto Estrella con esa sonrisa socarrona que enchinaba el cuero, siempre con la pipa de carrizo en la boca.

Don Jacinto entró sin preguntar, encendió un fuego a mitad del cuarto, preparó un té de yerbas, puso el sahumerio, cantó y habló en una lengua desconocida, le susurró palabras al vientre y a la oreja de Mamá Lochi. Tres pujidos después, el llanto de aquel bebé enorme que fue mi padre atravesó el pueblo anunciando su llegada a la tierra.

—No tardaba en ahogarse —sentenció el brujo al cortarle el cordón, mientras lo sostenía entre sus manos para olerlo y mirarle los ojos bien de cerca. Le miró adentro de la boca, y dice la comadre Tomasa que, al momento, como si el chilpayate hubiera sentido, paró el llanto y lo contempló con sus ojitos de ocelote.

—Pues qué se te perdió, chamaco —dicen que le dijo—. Te van a llamar Emilio —sentenció—. Y vas a ser tan rejego como tu madre. Ni a ella vas a hacerle caso, y eso mero te va a llevar lejos —concluyó entre risas, antes de entregarle el crío a la comadrona para que lo lavara.

—Te veo en unos días, Eloísa —dicen que le dijo a mi abuela antes de desaparecer.

La lumbre todavía ondeaba entre los leños de la estufa cuando la comadrona puso en brazos de mi abuela a mi padre. Ella lo apretó contra su pecho antes de meter el pezón a su boca.

—Mira nomás qué ojotes tienes. Emilio. Así mero te vas a llamar. Emilio, como mi padre.

Pasaron un par de días cuando, recién parida y apesadumbrada por la idea de que a su bebé o a alguno de los

suyos les volviera a ocurrir una desgracia por su obstina-
ción, Mamá Lochi se presentó ante Jacinto Estrella. Nomás
al entrar, la habitación en penumbras se iluminó con la luz
de las velas distribuidas en varios rincones. Jacinto Estrella estaba sentado a mitad del lugar, sobre un petate, contemplando sus manos. Mamá Lochi se preguntó cómo había
hecho para encender las velas, y buscó a alguien oculto en
algún rincón. Pero en la habitación no había nadie más que
ellos dos.

—Nadie visible a simple ojo —insistió cuando me lo
contó—, porque lueguito me di cuenta de las presencias que
había por donde quiera.

Don Jacinto cantaba en un susurro y, sin levantar la cara,
le preguntó:

—¿Te visitaron los que te mandé? —su voz parecía rebo-
tar en las paredes de adobe. Mamá Lochi le contestó que no.
Que nadie la había visitado.

—No seas mentirosa —le respondió con dureza—. Sí
que te llegaron. Ellos nunca fallan —en ese momento, Mamá
Lochi decidió bajar la guardia definitivamente. A ese hombre no había manera de engañarlo. Si ella veía sus fantasmas
e intuía sus pensamientos, seguro que él podía hacer lo mismo. No había dónde ocultarse de su visión, así que dio unos
pasos hacia el centro de la habitación y se sentó frente a él.

—Sí, don Jacinto. No han dejado de visitarme. Cada
noche, desde que me cayó el rayo.

Las sombras proyectadas sobre el piso la rodearon para
abrazarla y dice Mamá Lochi que fue entonces cuando sintió un profundo alivio, como no recordaba haber sentido en
años y que recibió con pleno agradecimiento.

Le andaba por dentro una tolvanera mareadora. Dónde estaba. Oía voces, como venidas de lejos; otras hablaban en susurros. A veces gritos o una radio: música grupera, la voz de un locutor, el timbre de un teléfono o el repique acompasado de un juego electrónico. A ratos, el retumbe de un carro se escuchaba pasar cerca. Crujidos, aves que pían al pasar. Cada tanto un ulular grave atravesaba el espacio, para corear tres veces: retumbo metálico y encrespado flotando por el aire.

Una voz ruda, de mujer, le andaba cerca, luego sacudidas, zarandeadas. Emilia percibió esos contactos desde su más allá, de donde hizo vanos esfuerzos por volver. Las imágenes desorientadas la visitaron como ráfagas de un viento inesperado: carros viejos, destartalados, hombres armados, niños llorando que corrían al interior de esas visiones desacompasadas.

Entre pestañeos, logró contemplar lo que la rodeaba. Vio las paredes y el techo de láminas, el foco sucio colgando de cables pelados, metidos entre los orificios de las superficies: anaqueles de metal llenos de frascos, la colchoneta mugrosa donde yacía, los trapos que la cubrían. Olió el aire: cuerpos sudorosos, comida, perfumes extraños. Quizá a alcohol y medicamentos.

Entre un despertar y otro, se adormiló. Un revoltijo de imágenes: los cerros de Amatlán, el desierto con su desalme, su Mamá Lochi, el dolor, Caco, la sequía y el agrietamiento de la carne. Un andar sinfín, sin saber por dónde. Despertó sobresaltada. Tal vez se había muerto. Tardó en convencerse de que no, que estaba viva aunque no supiera dónde. La voz de la mujer que la zarandeaba a ratos, que le metía agua y alimento a la boca, se fue haciendo más clara. Siempre entre parpadeos la vislumbró: la cara enorme de ojos pequeños y hostiles. El pliegue de carne que le colgaba desde la barbilla. El aliento ácido, la rudeza fiera. Ese agarrarla, darle vuelta, tentarla, meterle en la boca un líquido amargo. Después, silencio: una quietud expectante, de algo que se va y vuelve con su despiadado ímpetu.

De a poco recordó: el mezquite, el andar, el ave. Después un nublarse del mundo y la caída en picada. Un irse descuajaringando, un desprenderse de sí hasta abrazar el polvo. Recordó más: el aventar la bolsa, el dinero, el arma.

Si seré mensa, pensó con esa voz interior que era suya pero le sonó lejana.

Fue entonces cuando sintió la mirada: se le clavó en la espalda y percibió una respiración acompasada a su lado. Al voltearse se encontró con las pupilas alteradas de una niña que no pasaba de los diez años. Se observaron en silencio unos instantes. Más allá, del otro lado de esa pequeña, intuyó otras presencias sumergidas en un dormir nervioso.

—Hay que escapar —le dijo la niña de ojitos saltones, con un susurro apenas audible, con su voz clara como de cachorro en matadero— cuando se vaya la gorda —la voz aguda le sonó como venida de otro mundo.

—Dónde estamos. Qué es aquí —preguntó Emilia girando la cabeza para espiar alrededor: un cuarto reducido, que no supo reconocer como el interior de una casa rodante. En un rincón, un refrigerador, una mesa estrecha con dos sillas plegables más allá, una estantería con frascos más cerca y ellas, las cuatro niñas que ocupaban las colchonetas sucias, arrinconadas bien al fondo del carromato.

—Escupe lo amargo. Ahí viene. Duérmete —y la niña cerró los ojos después que pasó por ellos la sombra de un espanto.

Emilia escuchó el canto venido de una voz de mujer. Y se le enchinó la piel. Por qué el susto. Quién es, se preguntó, espiando desde su acomodo, la puerta que ya se abría con un rechine. Primero apareció sobre el escalón la pierna obesa envuelta en un mallón oscuro. Después una mano gorda, repleta de anillos: uno en cada dedo. Le siguió el enorme cuerpo que apenas cupo por la estrecha puerta.

En cuanto detectó que la cabeza de la mujer se iba volteando lentamente para mirarla, Emilia cerró los ojos.

La gorda les echó un vistazo fugaz y se sentó a la mesa junto a la entrada del carromato. Su cuerpo desparramado por los bordes de la silla era un gran saco repleto de pliegues y ondulaciones. Emilia entreabrió los ojos. La vio sacar una baraja del interior de una caja de latón y luego ponerse a jugar. Sonaba la radio y ella tarareaba. A ratos se interrumpía para meterse un puñado de palomitas a la boca. La vio ojear una revista, abrir el celofán de uno, dos, tres caramelos, comérselos, mirar por la ventana, fumar y levantarse a abrir el refrigerador para sacar un refresco. Al menor atisbo de ser mirada, Emilia cerraba los ojos para reabrirlos con cautela. A la mujer, los pliegues de carne le sobresalían del cuello: el pelo grasoso lo llevaba atado con una pinza pegada al cráneo. La papada le llegaba al pecho y los ojos oscuros, pequeños y ratoniles, parecían perdidos entre los abultados cachetes. La boca no encontraba tregua: masticaba, tarareaba, fumaba, bebía.

Emilia se preguntó cómo había llegado allí, cuánto llevaba en ese lugar. Quería preguntar, decir, pero una sensación le aconsejó esperar. Esperar y vigilar. Se sintió perdida. En el mundo. En el tiempo. Dónde estaba Caco. Y le volvió a ganar el sueño.

Algunos hombres se acercaron a la puerta, fumaron un cigarro y le pidieron una cerveza a la mujer, que ella sacó del refrigerador. La llamaban Vaca. Hablaron de los cargamentos, de la entrada y salida de mercancía, de si ya estaban las niñas, del pinche calor sañudo. A ratos, la gorda volvía a su silla: dormitaba entre ronquidos acompasados. Una de las niñas empezó a quejarse: lloriqueaba, pedía agua a su mamá. Vaca se levantó y se le fue encima a golpes: la obligó a tragarse una cucharada del jarabe amargo. Volvió un silencio sólo interrumpido por los restos de un quejido. Cuando ya oscurecía, les aventó pedazos de pan. Emilia agarró el suyo y comió con ganas. Se dio cuenta de que traía las manos atadas entre sí con una cuerda tensa.

La mujer la miró con sus ratones oscuros.

—Ya te despertaste, nueva… has de tener *hungry, fucking* marranita. Que aquí *all of you are* unas *fucking* marranitas, no se te vaya a olvidar, porque si no yo te lo recuerdo

—y repartió cucharadas del líquido de sabor áspero que todas las niñas tomaron sin chistar, salvo la que ya dormía profundamente. Emilia lo retuvo en la boca: había que escupirlo, le había dicho la niña a su lado, pero la gorda no le sacó los ratones de encima:

—Trágatelo, nueva. *Don't fuck me* —y el líquido pasó por su garganta sin detenerse.

—Apúrense a curarse, marranas, para que ya se larguen —escupió.

—Y tú, nueva: eres de las *lucky ones*. Suertudas. Así que ya componte, para que te largues a pasarla bien con el jefe y *don't fuck me anymore.*

Emilia paladeó con náusea los restos amargos que le quedaron en la lengua. Qué ganas de vomitar. Y a dónde tenía que largarse, se preguntó en un retumbe de pensamientos inquietos. Pero algo pasó lueguito: otra vez la mareadora de dar vuelta al mundo y no saber ni para dónde. Miró el cuerpo gordo sentado en la silla: por la ventanilla entraron mariposas negras, de alas enormes y les vio la cara: colmillos filosos les salían de sus boquitas que cayeron sobre el cuerpo de la mujer, sin que se inmutara.

Ojalá y vinieran de a de veras, fue lo que alcanzó a pensar antes de dormirse.

Cuando despertó, trató de incorporarse, pero el cuerpo era un tonel de cemento. La Vaca no estaba.

—Pues qué traigo —se oyó decir.

Las niñas dormitaban como ella. Zarandeó a la de al lado.

—Dónde es esto, dónde estamos.

La pupila de la niña tembló como sin saber para dónde.

—Qué tienes… ¿Por qué me ves así?

191

—Es eso que nos dan. Escúpelo: es droga —con trabajos, la niña alzó una esquina de la colchoneta mugrosa y se metió el dedo a la boca: un líquido verde le salió de adentro. Emilia intentó lo mismo, pero no tenía gran cosa en el estómago. Se asomó sobre las otras: a una, la más chica, le escurría baba de la boca abierta. Abría los ojos como atolondrada. La otra dormía profundamente. Y ese dolor de cabeza que ella misma traía, como si rechinara.

—Hay que escapar —balbuceó al fin la que estaba a su lado.

—Pero nos vigila.

La de junto mordisqueó los amarres de las manos, iba a ser difícil desatarlos.

—Ella sale a cada ratito.

Y lueguito a Emilia le regresó el mareo que le desajustó el equilibrio y la empujó a un sueño pesado.

Se escucharon voces viajeras desde afuera, gritos, como de quien va dando órdenes. A intervalos, otras incomprensibles: no pasaban de susurros. También ruegos desconsolados, llantos adoloridos como venidos de lejos. Emilia volvió a abrir el ojo, sintió la piel de guajolote de purito descorazone. Nada bueno había allí, ni a quién decirle esta boca es mía. La niña de junto dormitaba de nuevo, con la boca abierta. Quiso levantarse para mirar hacia afuera, aunque la jaló una debilidad: un desguance rejego no la dejó ni moverse, y además… esos amarres. No sólo las manos, sino que traía también los pies atados. Las cuerdas la lastimaban. Le entró un no sé qué: ganas de patear, de rezongar, de salir corriendo. Tenía que irse, buscar la forma.

—Caco… dónde estás —sintió el apretón de garganta, la náusea, las ganas de soltarse a chillar y esconderse en algún lugar donde nadie la encontrara.

Calandria, una mujer tiene que ser valiente. Búscale cómo, tú has de saber.

—Si supiera, mamita.

La voz de Mamá Lochi le resonó desde las meras tripas. No se valía ponerse a chillar. Para qué. Mejor ver cómo hacerle.

La chamaca de junto volvió a abrir los ojos.

—Con quién hablas.

Emilia sólo la miró y ahí se dijo:

—Yo trato de soltarte tus amarres, y luego tú a mí.

Y le acercó el cuerpo, a ver si sí; pero ese desguance. El mareo. Las ganas de vomitar. Le pesaba el cuerpo. La cabeza que daba vueltas y venían las imágenes como si tuviera una pantalla enfrente. Se ovilló de nuevo sobre el despanzurre de colchoneta sin lograr resistirse a ese sueño que la jalaba hacia un abismo oscuro. Así anduvo, sin asideros. Tardó en despertar, sobresaltada, para darse cuenta con espanto de que las otras niñas ya no estaban a su lado. A qué horas se las llevaron.

Desde la puerta entreabierta del carromato llegó la voz de la gorda, que hablaba con alguien más:

—*Those that remained alive* van para el jefe, pero a esta *fucking* pendeja todavía le falta para estar *fine*. Se la estoy preparando. *One or two days* le calculo. Está rechula. Ni pelos tiene todavía. Ya sabes que *he likes these*. Así le gustan al jefecito. *She is the lucky one.*

—Ah, que el jefe. Ya puede poner su kínder con tanta *fucking* escuincla.

Y soltaron esas risas de hacer temblar.

—Pero *don't give them* tanta *fucking* chingadera, Vaca, que se maltrata la mercancía, ya se te murieron *two or three*, Vaquita.

—*I give to them* lo que se me hinchan los pinches huevos, Taquero. *Don't fuck me.*

Hubo un silencio. Luego, chiflidos lejanos. A la distancia, sonaba una ranchera.

—Vas a ver que a ésta se la entrego like *a fucking queen* —otro silencio—. La quiero despachar rápido porque *they tell me* que vienen más en camino —volvió la voz de la Vaca—: ésas van a ir para los de California.

—*That's what they say.*

—*But I have a bad felling*, Taquerito. Con eso de que ya agarraron un cargamento, el del Chivo, *I wait* no rajen esos cabrones. Si rajan, nos van a venir a traer a punta de *fucking* plomazos.

Un desalme, una malquerencia, como Emilia no recordaba haber sentido nunca, la fue mordiendo desde dentro. Pensó en Goyo, en Mamá Lochi, en su casa, en la que ella había sido, y se echó a llorar. Quedito. Calladita. No la fueran a escuchar. Y se fue quedando dormida, sin querer, con ese apesadumbre que la empujó a perderse en sus visiones: el mundo iba y venía en su mente, desfigurándose, abismándose en agujeros sin fondo, donde caía hasta que el sobresalto la despertaba. Entonces resentía el abismo de esto sí está pasando, no hay sueño que te libre. Durante un par de días recibió los alimentos que la Vaca le fue dando, sin rezongar:

le dio pan, pero también arroz y hasta unos pedazos de carne. Dejó de darle el jarabe nauseabundo y la ayudó a pararse para ir al escusado. Le untaba crema en el cuerpo, le cortó las uñas, el pelo. Emilia se fue sintiendo mejor y, al tercer día, se atrevió a decir:

—A dónde me van a llevar… —Vaca clavó sus ratones en los ojos temerosos de la niña. Se levantó de la silla donde se desparramaba y, acercándose, le soltó un trancazo en la cabeza y la jaloneó del pelo, para luego agarrarla del pescuezo con su mano inflada:

—*Shut up!* Aquí sólo hablas si yo te doy permiso. *Do you understand, fucking bitch?* Si abres el hocico sin que yo te pregunte o te pida, te mato a *fucking* golpes y me vale madre el pinche jefe y sus *fucking* gustos —la ahogaba, apretándole con fuerza el cuello.

—¿Entendiste? —bufó la gorda, antes de aventarla con fuerza de regreso al camastro.

Emilia se tragó el llanto. Luego apretó los ojos y deseó con todas sus fuerzas que un ejército de mariposas colmilludas le cayera encima a la gorda y se la tragara completita. Qué buen banquete se iban a dar: lo único malo es que todas iban a morirse luego de una pinche indigestión.

La cañada, con su tapete de piedrecillas, obligó a Gregorio Ventura a levantar los pies al caminar, pues tendían a hundirse ligeramente. La luna surgió de entre remansos de nubes incrustadas en un cielo pálido, formando líneas por encima de los cerros e iluminando el camino. Desde hacía varias horas que la cadera y el pie lo torturaban, y decidió detenerse. En el trayecto se comió media lata de frijol, agotó la reserva de agua y se detuvo un par de veces a dormitar. Horas antes había alcanzado la sombra del mezquite señalado por su hermana, con las torrecillas de piedra dejadas en el camino. Cuál no fue su sorpresa al encontrar un billete de cien dólares bajo un par de rocas, con palabras de puño y letra de la propia Emilia:

A la cañada.

—Órale, pinche Calandria. ¿De dónde sacaste esto, si ya no teníamos nada?

Miró el billete por los dos lados. Y se lo guardó en un bolsillo.

Siguió su rastro por varias horas, rumbo a la cañada. Ya entrada la noche, le pareció escuchar un tronido: un cohete o balazo venido de lejos. La luna llena le permitió ir siguiendo las marcas que ella fue dejando aquí y allá. Tomó ese rumbo y no tardó en dar con la bolsa. Al iluminarla por dentro con el encendedor, sacó los billetes sin contarlos. Miró alrededor. De quién sería. Olió la mariguana y masticó un puñadito. Echó otro vistazo. Salvo la oscuridad fría y las siluetas iluminadas por la luz de la luna, nada se movía alrededor. Sólo la sed creciendo y su mismísima soledad. Recordó a los hombres que mataron a Vaquero: buscaban dinero.

—Pinche Calandria, les bajaste su lana —le dio risa. Y lueguito ese desacomodo del alma. Emilia. Dónde. De inmediato el temor: qué le pasaría como para tener que soltar la bolsa llena de lana a medio camino.

Encontró los cigarros; encendió uno. A la segunda pitada, tosió. Nunca fumaba ni le sabía bueno. Pero le calmó el ansia y siguió andando. Unos pasos adelante, notó un brillo bajo la luna: el otro tenis. Y más allá, una pistola. Estaba cargada y olía a pólvora.

—Esto fue lo que tronó hace rato.

La olió. Muchas manos habían pasado por ella. Se la guardó en el bolsillo trasero del pantalón. El tenis lo echó a la mochila, junto al otro. Iluminó el suelo: rastros de llantas.

—Se la llevaron —y siguió husmeando en las ondulaciones de las ruedas sobre la tierra, pero era difícil a pesar de la luna y el encendedor.

Las señales de su hermana ya no estaban, buscó las torrecillas, los palos arrimados entre sí marcando una dirección: no encontró ni una.

—Ay, Calandrita. Ese carro te llevó. Que no sean unos hijos de la chingada, es lo único que pido —se oyó decir con los nervios anudándole las tripas.

197

Cuando, ya en la cañada, los pies se le hundían ligeramente entre las piedrecillas, perdió el rastro del carro. Allí no había marca que se grabara. Siguió de largo, hacia los cerros que pronto se dividieron, adentrándose en la cañada. En cierto punto, miró hacia arriba: una ligera pendiente, luego una curva y más allá el corazón de las montañas.

Su piel le decía que Emilia estaba viva. Miró hacia atrás: el desierto inmenso.

Siguió un rato y cuando no dio más, se permitió dormitar. Entonces volvió a sentirla cerca y eso lo calmó.

Cuando en Amatlán jugaban a la búsqueda, por más perdidos y alejados, conseguían encontrarse. Bastaba con que Emilia tentara bien fuerte una piedra, un tronco, un puñado de tierra del camino. Con tocarlas con ganas, darle una lengüetada o echar un poco de saliva y ya con eso. Las cosas se impregnaban de ella y era suficiente para saber que había pasado por allí. Un código de piedras y ramas. De aromas y pedacitos invisibles que deja un cuerpo a su paso. Al revés también funcionaba: Gregorio le dejaba apiladas torrecitas a un lado y al otro del camino, indicando una dirección. A veces usaban ramas de ciruelo, de guayabo o, más arriba en las cimas, hojas de encino arrancadas y clavadas en la tierra, como retoños inciertos. Iban dando con esos rastros: desde su silencio, esas cosas les hablaban, divertidas y cómplices de sus juegos. Mamá Lochi acostumbraba decir que los unían incumbencias secretas, lazos invisibles.

Y en medio del desierto, con su desalme, a Gregorio Ventura algo le decía que ella andaba cerca.

—Te voy a encontrar, aunque sea lo ultimísimo que haga en esta pinche vida culera.

Hasta antes del atardecer, la liebre lo había acompañado. Apareció de repente, con su tic tac tac inconfundible. Luego lo distrajo con su echarse a brincar y desaparecer entre el polvo y la resolana. Le regresó el antojo de cazarla. El antojo de chuparle la carne jugosa agarrada al hueso. Le quitaría el pellejo de pelos suaves para regalárselo a Emilia. Para que le trajera suerte y nunca le pasara nada malo. No iba a usar el arma. No quería alertar a nadie, mejor se armó con pedruscos del tamaño de un puño. Bien calado en cuanto a puntería, confió en hallar el momento de acercarse lo necesario como para mirarle los ojos, alzar lentamente la roca y lanzarle el proyectil que la derribara. Con un tiro bien dado sería suficiente. Cuando al fin consiguió estar a pocos pasos, aventó la roca y le dio al blanco. El animal chilló y brincó antes de perderse de vista. Gregorio no volvió a verla y, ya entrada la noche, se arrepintió. La extrañaba, como si hubiera un amarre entre ellos. Su ausencia engordaba la soledad.

Sentado sobre las piedras iluminadas por la luz lunar, el muchacho sacó de la mochila el resto de carne de víbora y la devoró con hambre, olvidando su voluntad de guardarla para su hermana.

No quería ni pensar en su suerte. A lo mejor andaba hambreada. Con sed. Aún quedaba una lata y media de frijol; la guardaría lo más posible, para ella. Mientras comía, lo volvió a asaltar aquel pensamiento: a lo mejor esas habladas en sueños con Emilia, las sensaciones de tenerla cerca, eran puro cuento que se iba contando. Lo más seguro era que alguno se la hubiera robado, o los traga muertos se la estuvieran comiendo. Se odió por tener esos pensamientos. Sentir su presencia cercana quería decir que estaba viva. A lo mejor la víbora maledicente que se estaba comiendo se vengaba invadiéndolo con esas ideas. Escupió el bocado que tenía entre los dientes. A qué pinche hora se les había ocurrido largarse del pueblo para buscar a su padre, a sus tíos, tan desapegados de ellos. Una rabia intensa le apretó la tripa y quiso regresar las horas, pero más rabia lo abrasó al sentir que, si no daba con Emilia, bien pronto él mismo iba a querer estar muerto.

—Ni madres. Antes muerto que morirme... —sonrió con su humor impensado—. Pinche víbora argüendera, nomás me hace decir pura pendejada.

Abrió la bolsa y sacó fajos de dinero.

—Cuánto pinche billete.

Nadie soltaba tanto dinero así nada más. Lo andarían buscando. Y le dio vueltas a la idea, tratando de imaginar si de a de veras habría sido Emilia quien lo llevaba. O alguien más. Y si era ella, ¿por qué lo soltó? Los olisqueó y tuvo la impresión de que las manos de Emilia habían hurgado allí dentro. Decidió dejar de pensar en eso. No iba a llegar muy lejos.

Echó otra escupida para liberarse de los restos de la carne de víbora y entrecerró los párpados: se le apareció Emilia flotando sobre los cerros junto a la luna. Llevaba el cabello suelto. Su cuerpo esbelto, ligero, daba volteretas en el aire. Una luminosidad viva, penetrante, brotó de sus ojos negros y vivaces, inquietos y movedizos, como río en temporal. El graznido de un ave lo sacó de sus ensoñaciones. Al levantar la cabeza, vio un pájaro de gran tamaño sobrevolando la cañada que desapareció por entre la rajadura de dos cerros.

—Si tuviera alas, chingada madre.

Se echó a andar nuevamente sobre los pedruscos que rechinaron bajo sus pisadas, cuando el tic tac tac conocido lo hizo levantar la cabeza. Allí estaba la liebre: el pelambre blanco resplandeciente a la luz de la luna. Podía ser otra, pensó, pero era ella. Estaba seguro. Se detuvo. No quería alejarla. Podría rogarle que no se fuera, que no lo dejara solo, que lo acompañara en aquel camino absurdo que iba a llevarlo a ninguna parte. La vio hundir la cabeza entre un macizo de arbustos al borde de una pendiente del cerro, masticar las hierbas.

—Perdóname. No te vayas —se oyó decir, y se sorprendió al ver cómo ella lo atendía. Se echó a andar hacia la liebre, pero ella tomó distancia con repetidos brincos. Esta vez Goyo se dio a la tarea de perseguirla sin pensar en el rumbo que tomaba. Salió de la cañada para trepar por entre los peñascos siguiendo el bulto blanco y brillante que se deslizó metros adelante, deteniéndose cada tanto a mordisquear los escasos arbustos del camino. En el afán de no quedarse sin su acompañante, la siguió en su trepar al monte. La vio esfumarse más de una vez y volver a aparecer, hasta que al final desapareció definitivamente en lo que parecía ser una cueva en la cima del cerro. Goyo se aproximó, cauteloso, a buscar en la oscuridad del agujero el brillo inconfundible de la liebre, sin hallar el menor rastro: un hueco oscuro de profundidad incierta, con cerca de metro y medio de altura y lo suficientemente ancho para que él mismo cupiera.

Al girarse hacia el camino andado, vio la cañada con sus piedrecillas blancas. A lo lejos, sólo desierto desalmado.

Había trepado lo suficiente como para dominar los alrededores con la vista, pero tendría que esperar la luz del sol para seguir en la búsqueda de su hermana. Consiguió a tientas un espacio donde pasar las horas que lo separaban de la madrugada, se envolvió en los trapos que venía cargando y que lo habían protegido de la noche helada, y se acurrucó lo mejor que pudo en aquel rincón duro y pedregoso, hasta deslizarse por los desfiladeros de su propio sueño.

Lo sacó de la pesadilla el graznido del ave sobrevolándolo. En sueños, había visto a Emilia siendo devorada por los zopilotes: decenas de carroñeros alrededor de su cuerpo, arrancándole la carne con sus picos ganchudos. Entre una espesa bruma, intentó acercarse, evitar que la devoraran, pero los pájaros le lanzaron picotazos, mientras otros más aterrizaban alrededor hasta formar un charco sombrío e infranqueable. Ya despierto, se zarandeó la cabeza para sacudirse el desguance por el mal sueño.

—Me lleva la chingada. Eso no va a pasar —se repitió y miró hacia el cielo.

La luna pendía bajo. No tardaría en amanecer y él tiritaba.

Con la dilatación de la luz al alba, Gregorio pensó en seguir adelante y echó un vistazo al agujero por donde había desaparecido la liebre. Nada se movía en ese paisaje de inclemencias.

—A dónde llevará este pinche bújero —y oyó su voz hundiéndose en la concavidad, como se hundía la luz de la mañana en la tierra. Buscó en la mochila el encendedor y se adentró en la cueva, alumbrándose a intervalos. La gruta fue ensanchándose como si sus pasos activaran un mecanismo secreto. Apenas necesitó agacharse para seguir adelante. Era un túnel. A lo mejor lo llevaba hasta el mismísimo infierno.

—No seas collón —se dijo, y el eco de su voz viajó hasta perderse en aquella densa oscuridad.

El cuarto donde vivía don Jacinto Estrella era un espacio de piso de tierra, muros de adobe, con un fogón en medio y un petate junto a la única ventana que daba al río. En una esquina tenía una mesa donde ponía sus utensilios, otro petate más allá que usaba para acostar a sus curados y una silla que nunca usaba. Sobre el brasero de dos hornillas amplias, se colocaban las ollas de barro donde preparaba sus cocimientos. Los utensilios y recipientes parecían estar siempre esperando a ver a qué hora les tocaba trabajar. Allí se cocinaron sustancias poderosas, insistía en recordarme mi abuela, con ingredientes que nadie imagina.

La mañana en que ella decidió visitarlo, mi padre no tenía ni cinco días en este mundo. Pero Mamá Lochi ya estaba más que convencida. No iba a soportar que él también se brincara el tecorral por su culpa. Esa mañana, una neblina densa vagaba despreocupada por los caminos. Había caído un aguacero por la noche y amaneció chispeando. Las nubes descendían y tapaban a pedazos la montaña, dejando ver sólo sus picos como islas flotantes. Luego, esas mismas nubes siguieron bajando: al rato, la densidad de la neblina no dejó ver ni diez pasos más allá, y las calles del pueblo eran ya del otro mundo.

Don Jacinto estaba sentado sobre el petate, y cuando el cuarto penumbroso se encendió de veladoras al poner ella un pie adentro, Mamá Lochi supo por qué el brujo le había insistido con tanta vehemencia todos esos años. No era él el único en desear que tomara los instrumentos: las presencias que rondaban aquella habitación de tierra exhalaban ánimos festivos al saberla cerca. Mamá Lochi decía que luego comprendió que ella iba a ser puente, unión, lazo entre este mundo y los otros.

En cuanto le confesó a don Jacinto que durante esos años había recibido en sueños a los mensajeros que él le había mandado, las sombras pulularon a su alrededor abrazándola, susurrándole palabras de aliento, animándola a entregarse.

—Y estaba ese mirar de don Jacinto, que era como cuando te asomas al borde del peñasco para echarte a volar, segura de que nada malo va a pasarte.

Le fue contando los sueños, y él escuchó en silencio. Ella sintió que la conocía. Y hasta pensó:

—Pues para qué le cuento, si ya ha de saber.

Así pasaron dos o tres horas. Empezaron a dolerle las chichis llenas de leche y luego sintió que su hijo tenía hambre.

—Ve a darle de comer, Eloísa, y te regresas —le dijo.

Todo lo sabía. Todo lo adivinaba.

Contaba Mamá Lochi cómo corrió a su casa. Se sentía ligera de haberle podido contar los sueños que nunca antes pudo contarle a nadie. Se sentía de veras agradecida, llena de cariño hacia ese hombre tan temido unos días atrás.

En la puerta de la casa, la esperaba su Güero, con mi padre Emilio en brazos chillando a todo lo que le daba el pulmón. El bebé se le prendió a la chichi como becerro y mamó hasta dormirse.

—Ahorita vuelvo —le dijo a mi abuelo—, me voy a tardar un rato —y él sólo la miró con recelo porque no entendía bien en qué andaba. El Güero era distinto a los otros hombres del pueblo que no dejaban a sus mujeres solas. Sabía de sus extrañezas. De lo que la torturaba. Y con su hijo en brazos, se quedó mirándola alejarse por el camino.

Don Jacinto no se había movido del lugar donde lo había dejado. La luz de las veladoras ondeaba sobre los muros de adobe y las sombras bailaban como si de una fiesta se tratara. Él cantaba bajito, como si no quisiera que lo oyeran. Le dijo que se quitara la ropa y se pusiera una como bata amplia que le alcanzó. Mi abuela se quedó ahí parada. Cómo se iba a encuerar así, enfrente de él. Pero él se volteó, encendió su pipa de carrizo y se quedó mirando por la ventana.

—Ya estuvo, don Jacinto.

Con calma, él se volteó sin ponerle un ojo encima y se fue derecho a la mesa. Había tres veladoras sin encender, una vasija con copal, un tambor, una palma, un collar de semillas, un crucifijo, un cuchillo de mango de cuero, una manta bordada con estambre de varios colores que cubría un objeto que no se alcanzaba a ver y una vasija con raíces y hongos. Don Jacinto le dio a beber un té amargo y después encendió el copal. Se sentó a cantar y a esperar.

—La luz atajaba a las sombras, las sombras a la luz, y luces y sombras se metían por mis poros hasta que un canto brotó de mi pecho, en esa lengua que yo hablaba sin conocer.

Y así estuvieron. Don Jacinto tocó el tambor y él mismo cantó hasta que sus voces flotaron entre el humo y la penumbra rociada por la palidez de esa tarde. Entre sus entonaciones, se oía el trino de un ave que al principio Mamá Lochi creyó que andaba rondando afuera. Pronto supo que no era así. Don Jacinto se paró frente a la mesa y le sacó de encima el manto a una jaula donde aguardaba una calandria de pecho blanco. Sin que el pájaro se inquietara, lo sacó de la jaula, susurrándole unas palabras. Y lo puso en manos de mi abuela.

Estuvo así hasta que se lo sacó de las manos, lo sostuvo patas para arriba sobre la mesa y le abrió el pecho con el cuchillo. Un chorro de sangre brotó de su pechera. Mi abuela me contó que la sorprendió que ni un trino pequeño le saliera de adentro. Con sus dedos gruesos, le sacó un corazón pequeño, rojo, todavía caliente, y se lo entregó a Mamá Lochi para que se lo comiera.

—No me lo dijo, Emilia. Pero como que me llamo Eloísa, ahí mero supe que tenía que comérmelo. No sentí ni tantito asco. Era lo que tenía que ser, no había más.

Al tragarlo, le agarró una temblorina de aquellas. Dice que hasta el cabello le temblaba. El cuarto giraba, y pensó que su cuerpo iba a explotar. Cuando quiso gritar, de su garganta sólo brotó un trino, igualito al del pájaro y, por más que intentó decir algo, ya no había palabra de dónde agarrarse. El cuarto creció. El techo le quedó lejos, el piso, las paredes. Todo era inmenso.

—Después de eso me eché a volar, Emilia. Así como lo oyes. Era un pajarito, y anduve dando vueltas, golpeándome contra los muros, porque sentía un deseo muy grande de largarme de ahí, de perderme en el aire. Así estuve, hasta que me agoté, porque nomás no hallé por dónde salir. Fueron las risotadas de don Jacinto las que me regresaron. Pero él era de humo y se reía con la bocota bien abierta. Cuando me fijé, me di cuenta de que adentro le corría un río. De veras. No te miento. Por ahí podría salir y me eché a volar hacia su boca y la atravesé. Cuando vine a ver, ya volaba a pleno campo entre árboles, cerros y ríos; lo anduve sobrevolando, sintiendo una grandísima libertad, una alegría como nunca había sentido ni he vuelto a sentir. Un relámpago atravesó el horizonte. Fue un momento donde recordé quién era yo. De veras que yo ya no era yo, pero el rayo me lo recordó. Supe que tenía que volver antes de la tormenta. La lluvia no podía agarrarme, menos un relámpago. Pero por dónde. Anduve volando, alejándome de los nubarrones que me venían persiguiendo, y a lo lejos oí unas carcajadas: pensé que sería don Jacinto, que no paraba de reír. Me apuré antes de que se cansara y cerrara la boca, porque siendo así, yo ya no iba a poder regresar. Era un empuje que me venía de adentro, así sin palabras. A lo lejos, al fin divisé un agujero oscuro. Primero creí que sería otra tormenta que se avecinaba, aunque luego me di cuenta de que no, que era la salida. Al acercarme, fui reconociendo las paredes de la casa, y me vi a mí misma, sentada, mirándome volver en mi cuerpo de pájaro.

La temblorina y la risa de don Jacinto ya habían parado y ella sentía una picazón por el cuerpo que no la dejaba en paz. Lueguecito volteó a verse las manos, los brazos que se asomaban desde los bordes de la túnica. Clarito vio cómo, desde los pequeños agujeros de su piel, empezaron a brotar miles de larvas, gusanos diminutos.

—Cuando estaba por sacarme de encima esa mugrosi-
dad, vi que las larvas, al tentar el aire, se volvían mariposas. Bien pronto el cuarto estaba lleno. Mariposas de alas
enormes.

Don Jacinto colocó sobre sus hombros la túnica bordada con la que había cubierto la jaula del pájaro, pasó por su
cuello un collar de semillas, le entregó una palma, un puño
de resina de copal, una vasija de barro para quemarla y dijo
unas palabras en su idioma. Luego ella se acurrucó en el petate donde había estado sentada y se durmió profundamente.

La despertó el llanto de Emilio, su bebé. Y en la penumbra, divisó al Güero, mi abuelo, sentado a su lado, con el
chamaco en brazos.

Don Jacinto se salió del cuarto con su bastón y su morral.
Desde la ventana lo vieron alejarse hasta que se perdió en el
monte. Para cuando ellos regresaron a su casa, él todavía no
había vuelto.

Las paredes de tierra caliza sobresalían por tramos y, más de una vez, al encender el mechero, vio entre las concavidades pequeños animales a los que la luz espantaba. El soporte metálico del encendedor se calentó: los intervalos de luz se distanciaron entre sí y pronto Gregorio Ventura quedó a oscuras.

—No me vaya a salir un pinche animal ponzoñoso. O un ser de otro mundo.

Estuvo tentado a dar marcha atrás, pero al girarse, advirtió la oscuridad completa, ya no llegaba un sólo haz de la incipiente alborada, desde el lado de donde había partido.

—Mejor me sigo —y medio a ciegas, persiguiendo su intuición, con cuidado de no poner las manos sobre la piedra donde pudiera sorprenderlo un bicho, anduvo todavía un tramo hasta que cierta luminiscencia vino del fondo augurando una salida.

Una poderosa luz lo recibió al final y se tapó los ojos antes de echar un vistazo alrededor. Ya había amanecido. El túnel era en una incisión amplia y honda a mitad del cerro: las montañas vecinas y la continuidad del desierto se expandían en zigzagueos enmarcados por altos peñascos. Se imaginó que al salir de la caverna encontraría una ciudad, como las que solía ver en las películas: grandes edificios, innumerables ventanas, antenas lustrosas de sol o una viva y dispendiosa iluminación eléctrica que no dejara rincón a la oscuridad. Se imaginó encontrar una tienda de comida, comer y beber hasta reventar. Nada de eso. Puro pedregón seco y árido. Pura tierra despoblada, puro abandono. Se sentó al borde de aquella cima desconocida, a mirar el vacío.

—Mejor me hubiera muerto —y sintió una punzada triste en el pecho.

Había inscripciones sobre los altos muros de tierra y piedra: figuras humanas, de animales, nombres.

—Dónde vine a dar —clavó la vista a lo lejos.

Un ulular grave atravesó el aire y coreó tres veces un retumbe metálico y encrespado. Para el último sonar, Goyo ya estaba pecho tierra, tratando de vislumbrar a la distancia asomo que le revelara de dónde venía aquel sonido. Tal vez lo seguían: esperaban el momento de atraparlo, despellejarlo, devorárselo. Tal vez lo habían visto, se avisaban entre ellos y lo agarrarían de un momento al otro. Pecho tierra, oteó largamente a la distancia, arrastrándose por el borde del peñasco. Los montes se entrecerraban en aquel tramo del paisaje formando abajo una extensión amplia de curvas y retruécanos de no fácil visión desde las cimas. Desde cierto punto, y con el avance de la mañana, algo brilló a lo lejos: un racimo de resplandores desplegados a la distancia. Intentó descifrar qué podría ser. A simple vista, y en el trecho incierto y engañoso que había entre ellos, advirtió cómo aquel destello cubría un tramo amplio de espacio muy al borde de uno de los cerros lejanos. Calculó: lo separaban al menos dos horas de caminata, aunque no podía estar seguro. Ni una brizna se movía alrededor. Sólo el calor progresando a zancadas insumisas. Divisó una ruta de bajada y se echó a andar sorteando los macizos de gobernadoras, los saguaros, las declinaciones del terreno y las piedrecillas que después de un tramo de sol se volvían invisibles rodándose bajo el tenis y provocando resbalones. Un ave blanca, de amplias alas, graznó al sobrevolarlo; la vio alejarse en la misma dirección que él llevaba, hasta perderse entre los cerros.

—Qué pinche pájaro más raro.

Al ir descendiendo, notó un cambio de aire. Al avance del sol, las montañas fueron creando una sombra bondadosa y un velo ligero se posó sobre las cosas del mundo. De pronto, aquella bruma que lo venía rodeando desde hacía un par de horas se despejó y descubrió que lo que había visto brillar desde las alturas era un inmenso cementerio de chatarra. Automóviles, ferrocarriles, camiones desbaratados centellearon bajo el sol creciente en aquel yonke a mitad de la nada. El lugar, enorme, estaba rodeado por una alta malla ciclónica.

Se aproximó con cautela. Pronto descubrió a un hombre paseándose alrededor de la valla, echando vistazos a un lado y al otro, con un walkie talkie cuyo rumor llegó hasta sus oídos. Se agazapó entre unas rocas cercanas: se quedaría ahí hasta que el hombre diera la vuelta a la esquina del terreno y se perdiera de vista. Cuando creyó que no había nadie rondando, se echó a correr, semiagachado, hacia la reja de malla y de un brinco estuvo del otro lado. Pronto se escabulló entre los carros deshuesados que doraban sus restos al rayo del sol inclemente.

El yonke era lo suficientemente grande como para que le llevara un rato explorarlo y aclararse qué tipo de gente lo habitaba. Rondó una cierta área cercana a la valla metálica, donde yacían postrados, como viejos moribundos, al menos media docena de vagones de tren. Se mantuvo agachado, pecho tierra, bajo la chatarra dormida, como si hasta allí llegara el tiempo. Un cementerio de restos ferrosos. Cuánta travesía detenida. Qué hacían a mitad del desierto, en medio del fin del mundo, en medio de una nada bordeando más nada, esos trenes desconsolados: decenas y decenas, como restos de animales tristemente extintos. El sol, canijo, lo golpeó por la espalda, después de estar largamente tendido boca abajo. Decidió arrastrarse, despacio, sigiloso, para recorrer un tramo. Sintió palpitar los hilos que lo unían a Emilia. Recorrió sigilosamente un tramo y se escabulló bajo las ruedas de un vagón al escuchar gritos lejanos. Allí debajo se sintió protegido y ocultó entre la armadura de la base, junto a los fierros del soporte del suelo, su mochila y la bolsa con el dinero. Si quería explorar el sitio, lo mejor era no andar cargado. Más ligero, se deslizó entre los carros, buscando no ser visto, y así fue recorriendo el lugar. Localizó a tres hombres rondando, ocupados en entrar y salir de un barracón de lámina ubicado en el centro del deshuesadero. Había otro más a unos cuantos metros y dos casas rodantes cercanas a ellos. Del interior de una, vio salir a una enorme mujer que caminó unos pasos hasta un tambo, de donde extrajo una cubeta de agua.

212

Goyo hubiera corrido para echarse de cabeza al recipiente, pero esperó, hasta estar seguro de que no había nadie cerca. Entonces se deslizó, escudándose entre los cadáveres de fierro, hasta el tambo donde metió la cara como un perro, para beber hasta saciarse.

—Quién anda ahí —se oyó gritar desde adentro de un barracón, a unos metros. Era la voz de un hombre a la que le siguió el chirrido de una puerta.

Gregorio se apuró a escabullirse hasta el costado de un trío de coches ensimismados, desde donde espió la figura que salía de uno de los barracones a unos metros. Llevaba un arma colgada al hombro y caminó hacia él, con sus botas pesadas y ruidosas, levantando polvo a su paso, mirando hacia un lado y hacia el otro con sus ojos saltones. Gregorio sintió cómo corría el sudor por su frente. Sentía un algo helado por dentro. Cerró los ojos. No lograba concentrarse para fundirse con el entorno y desaparecer. Estaba cansado. Concéntrate, se repitió en un murmullo. Las botas sucias venían hacia él: podía escuchar el roce del arma sobre la ropa del hombre. Allí estaba, a dos pasos, cuando se escuchó el motor de un coche y un claxon que retumbó hasta el cielo.

—*Fuck* —escuchó la voz ronca del tipo, a un metro de distancia, del otro lado de las chatarras que lo ocultaban—, ya llegaron esas *fucking* perras.

Las botas regresaron lo andado y Goyo recuperó el aire.

Observó desde la distancia: una camioneta se acercaba por un camino aledaño que antes no había visto. El carro se detuvo frente al barracón, y vio bajar a un hombre rubio, alto, con camiseta sin mangas, pantalón militar y gruesas botas. Otro hombre, este moreno, recién salido del barracón, vestido de mezclilla, botas texanas y cachucha. Intercambiaron saludos, golpes en la espalda, risas. Entonces notó la presencia de esas cabezas por detrás de la camioneta: mujeres y niños vendados y atados unos a otros con cuerdas. Los bajaron a empujones, culatazos y golpes. Los formaron junto al carro y el vigilante los examinó entre palabras que Gregorio no distinguía. Miró hacia el otro lado; la mujer inmensa salía de una de las casas rodantes, y Goyo se metió a un carro viejo.

Un sentimiento amargo, turbio, fue acomodándose en el corazón, en las entrañas mismas de Gregorio Ventura. Las risas crecidas le devolvieron la vista hacia el carro. Sintió que bajo sus pies se abría un hoyo que se lo tragaba sin misericordia cuando vio que otro de los hombres llevaba en vilo a una niña. A pesar de los metros que lo separaban y la resolana brillando sobre las construcciones de lámina y los carros, observó que la chamaca no se movía. Sus piernas colgaban sobre los brazos del hombre y sus pies pequeños calzados con tenis de color resaltaban a la distancia.

—No es Emilia —se oyó decir en un susurro aliviado. Tuvo ganas de salir corriendo, de preguntarles dónde estaba su hermana, seguro ellos la tenían. Podría darles el dinero que guardaba en el bolso bajo el tren, pero mejor se contuvo.

—Cálmate —se dijo—, antes mejor divisa. Hay que conocer al pinche enemigo.

Cerraron las puertas del barracón y decidió quedar agazapado dentro del carro a esperar la llegada de la noche. Tenía hambre, pero no quería ir hasta la zona de trenes para comer el resto de su provisión. Trató de mantenerse en guardia observando los movimientos a su alrededor: la gorda

214

volvió al carromato y mucho después volvió a salir para sentarse en una silla ante la puerta. Sobre una mesa metálica, bajo un parasol, colocó un radio y desparramó su inmensidad para hojear una revista. Volvió a entrar y salir un par de veces. Gregorio vio ir y venir a varios de los hombres que iban armados. Vio cómo sacaban del barracón a una mujer para golpearla. Vio al hombre que hacía sonar un tubo largo y reconoció el ulular que había escuchado cuando andaba trepado al cerro. De inmediato, varios hombres se fueron aproximando al barracón, donde desaparecieron en respuesta a aquel llamado. Al fin le ganó el agotamiento; arremolinado en un rincón del carro viejo, con hambre y una sed que no tenía para cuándo cesar, se acurrucó como mejor pudo bajo los asientos y en un instante se quedó profundamente dormido.

Cuando Emilia despertó, la Vaca salía por la puerta. Se incorporó con cierto esfuerzo y observó con detenimiento los amarres de las manos: eran nudos rudamente liados. Empezó a mordisquearlos y estaba en ello cuando por la puerta apareció Goyo: dedo en boca pidiendo silencio, sigiloso. Contempló a su hermano como si fuera un aparecido. Resquebrajado: la cara requemada, labios agrietados, ojos saltones, amarillos. La greña, una maraña. Y Emilia, pura alegría desconcertada, con esas ganas de abrazarlo, de dar brincos y dejar que su calandria se manifestara de contento.

—No hagas ruido —le susurró Goyo a la oreja. Y luego, aquello—: voy a sacarte de aquí, pero tienes que hacer lo que yo te diga —y sus ojos, alertas, le centellearon con ganas. Se dispuso a soltarle los amarres de pies y manos, sin dejar de echar vistazos hacia la puerta.

—No se fue lejos, pero si no logramos salir antes de que regrese, que no se dé cuenta que estás desatada. ¿Puedes caminar?

Emilia asintió con la cabeza, mientras se ponía en pie. Si bien había sentido las piernas débiles las veces que la mujer la jaloneó para ir al baño, las puras ganas de largarse de ahí le devolvieron la fuerza.

La voz estridente de la Vaca se escuchó a la distancia. Los hermanos se miraron.

—Voy a distraerla —susurró Gregorio—. Cuando la veas salir, te paras y te echas a correr para esconderte entre los carros: busca los trenes destartalados. Están aquí mero enfrente, pero lejos, al fondo. Allí nos vemos —terminó de decir, señalando un punto a lo lejos.

Goyo hizo señal de silencio con la mano: la mujer anunciaba su aproximación a gritos:

—¡*You are a pain in the ass, fucking* cabrón! ¡Te voy a partir tu pinche madre, puto! —también se oyeron risotadas estridentes de un hombre a la distancia.

La gorda subiría al carromato en un minuto y Emilia se acostó nuevamente, ya la calandria le golpeaba el pecho y tuvo que meter la boca en el doblez de su brazo para acallarla, sin dejar de mirar con espanto a su hermano buscando dónde ocultarse.

Lo vio arrinconarse entre el diminuto refrigerador y un mueble que había a un lado, cerca de donde la mujer solía sentarse: todo fue un hacerse bolita, acomodar brazos y cabeza entre las piernas y borronear su presencia. No había terminado de borrarse cuando ya la Vaca daba sus trabajosos pasos para trepar al carromato.

La mujer le echó un vistazo distraído a la niña, que apenas alcanzó a entrecerrar los párpados. Después acomodó sus carnes en la silla de siempre, sin percatarse de la presencia del muchacho. Metió y sacó repetidas veces la mano en una bolsa de palomitas, luego se puso a jugar naipes, encendió un cigarro y buscó una estación de música en la radio portátil. Transcurrió media hora antes de que resonaran sus ronquidos profundos. Gregorio se deslizó rumbo a la puerta con aquel sigilo felino y, sin que la Vaca lo advirtiera, consiguió desaparecer y ocultarse afuera.

Ahora tenía las cuerdas sueltas. Terminó de desatárselas aprovechando la siesta de la Vaca, aunque se las dejó puestas simulando ataduras. La mujer despertó, se desperezó, se tomó un refresco y salió de nuevo del carromato. Emilia se asomó por la ventanilla, pero la gorda ya venía de regreso con compañía: un hombre con un arma al hombro y un cigarro entre los labios.

En cuanto se treparon al carro, él descobijó a la niña.

—No se ve muy usada. Ya sabes que se encabronó cuando le mandamos las últimas. Las mató de puro coraje de que no eran como él quería. A ver si ésta sí le parece. ¿Cuándo va a estar lista?

Y le alzó la camiseta que traía puesta.

—¡Deja de andar wachando, cabrón! Ah, jijos. *I tell you* que al rato llega otra entrega. Agárrate las que quieras: *party time*. Pero ya deja de chingar *here*, cabrón, *its not yours*... Al jefe *don't like it* que le metan la *fucking hand* a lo que es de él.

—Cálmate, pinche *fucking* Vaca. Una sobadita no le va a hacer mal. Para que entre en calor, eso ni se nota.

—Ya cállate, pendejo. *Get out* y diles a los de la repartición que a más tardar *tomorrow* y *will have it*. ¿Ya vinieron por las otras?

—No, al rato. *We didn't find one of them*. Quién sabe a qué pinche hora se escapó.

—Ah, si serán *fucking* pendejos ustedes. Diles a los otros que *it's saturday, today* pueden usar la mercancía permitida —y miró a la niña como si se tratara de un perro al que quisiera patear pero que está obligada a cuidar aunque no quiera—. Ésta sale mañana a más tardar. Ya quiero que se largue... *She don't like me.* Como que me da mala espina. Eso sí, se va aparte, porque se la llevan directito al jefe.

—¿Y qué te hizo que te da mala espina, Vaquita? A poco te da miedo una *baby*. No mames, *my pretty cow*. Quién te viera... —dijo el hombre, echándose a reír.

—De veras. *She don't like me.* No sé qué es pero *stay here* un rato y vas a ver —y le echó una de esas miradas de ojos saltones, como de espanto—, pero mejor ya lárgate —y le tronó los dedos—. Por cierto: las otras las tiene la Perra. Ve y dile a esa *bitch* que tienen que estar *ready for tomorrow*. ¿Te quedó claro, *fucking son of a bitch*?

El hombre se apuró a salir del carromato, y se fue levantando el polvo sin mirar atrás.

Emilia entreabrió los ojos y vio las lonjas de carne ondeando en la espalda de la mujer: se había dormido y roncaba escandalosamente. La niña sintió un odio vertiginoso y carroñero. Con ganas de saltar del colchón y molerla a mordiscos. Y fue allí mero cuando un dolor intenso, como nunca antes sintió, se apoderó de su cabeza: mil chilpanes picoteándola por dentro, aguijoneándole el cerebro con tal afán que casi la obliga a gritar. Apretó los ojos y se agarró la frente, cuando el zumbido la obligó a abrirlos y mirar:

—*Fuck! What's going on?* —gritó la gorda, súbitamente. Estaba rodeada de una nube de insectos que se le fueron encima. Pequeños y oscuros, zumbaban con frenesí, precipitándose sobre la carne de la mujer, sobre su cara: ella se movía torpemente y manoteaba hacia un lado y hacia el otro tratando de sacárselos de encima. Emilia se incorporó. Con una mano se apretó el centro de la frente, a ver si así se le iba el dolor. Pero el dolor seguía allí y, a pesar de él, le entró un reír incontenible, mezclado con el pío desacompasado de su calandria, al ver cómo la mujer se tropezaba con un mueble, con otro, hasta caer de espaldas, gritando y sin poder parar de manotear contra el enjambre que quería devorarla. Después de la risa se le nubló la vista y le vino aquella imagen mero enfrente a sus ojos: primero fue ver a la Vaca dando un paso para salir del carromato y caer de bruces por la escalinata. Después vino ese correteo de niños, de hombres, ese andar buscando a Caco, ese ocultarse, luego el andar en un carro entre puro zangoloteo desanimado. Después, en la imagen, apareció un hombre al volante de una camioneta observándola fijo, con sus ojos bicolores: uno azul y otro café. Pelo corto y lacio; sobre la cabeza, llevaba un sombrero de ala ancha; al cuello, un crucifijo brillante que abarcaba parte del pecho. A su lado estaba una mujer de pelo largo, lacio y oscuro mirándola con sus ojos incisivos enmarcados por su carne morena y bien curtida: daban ganas de tocarla, de pegar los labios a la tersura acanelada y suave de su piel. También ella llevaba un crucifijo que centelleaba colgando del pecho, idéntico al del hombre. La imagen dio lugar a otra: ella, con Caco y otros más trepados a esa misma camioneta, encarrerados, bordeando el desierto. De pronto, la corredera de imágenes se detuvo y miró venir hacia ella a la Vaca, quien la agarró del pelo, hasta alzarla del colchón inmundo, para zarandearla con saña.

—*Fuck you!* ¡Fuiste tú! *I knew it!* ¡Me vale madre el pinche jefe! *I wanna kill you, fucking* marrana! —y a tirones que casi le reventaban el cráneo, la aventó sobre el colchón—. Te da risa, ¿no? *Do you wanna see what I can do, fucking* marrana? —y se fue por un cuchillo a la cocina, haciendo retumbar el carromato con la fuerza de sus pasos.

Se detuvo en seco al oír los golpeteos espaciados sobre la lámina exterior de la casa rodante:

—*What a fuck...* —miró a Emilia con sus ojos ratoniles, encendidos de coraje. Fue entonces cuando la chamaca notó los picotazos que traía en la cara: los insectos la habían devorado... y recordó las mariposas con colmillos de las que le hablaba su abuela: seguro que había sido ella mera quien se los había mandado.

—Gracias, mamita —susurró la niña.

La gorda se le acercó y la agarró del cuello, levantándola con una mano:

—¿Qué dijiste, *fucking bitch*? Ahorita vas a ver, pinche cabrona —y la aventó al colchón, antes de salir por la puerta. Nuevos golpeteos en un punto y el otro del carro: una lluvia de piedrecillas caía sobre las láminas de la casa rodante.

—Goyo, Goyo —musitó entre lágrimas apretadas y los restos del dolor todavía ondeando por su cabeza—. Me largo ahoritita —se oyó decir y con trabajos se puso en pie y se asomó por una de las ventanillas: atardecía y el sol caía sobre los carros, pedazos de metal, llantas aventadas, motores y piezas de todos los tamaños. Afuera la Vaca gritaba como una loca. Había un lugar descampado más allá, y Emilia alcanzó a divisar dos barracones de donde salía y entraba gente. Buscó algún escondite cercano, como primer punto de huida. Buscó a su hermano, por si andaba cerca. Y vio que, del otro lado del descampado, había un laberinto interminable de chatarra amontonada. De los trenes, ni su sombra. A unos metros, la Vaca alumbrando con su lámpara —como si no hubiera ya luz de día—. Más allá, alcanzó a ver a un niño muy pequeño que se perdió entre la chatarra.

—¡Quién *fucking* me está jodiendo...! ¿Eres tú, *fucking* Josué? —oyó decir a la mujer, iluminando con su linterna. Más allá, Goyo corrió para ocultarse entre los carros. La gorda tocó el silbato, una, dos, tres veces, sin alejarse de la entrada del carromato. Se escuchó el correr de pasos acercándose, y las voces de los hombres:

—Ha de ser el *fucking baby*, que se escapó. *Who knows* qué se trae.

—No es uno, son dos. Uno chico y otro grande. *The big one* es cojo, o algo trae. Si los ven, nomás dispárenles.

—No tenemos ni uno cojo, Vaca, has de haber visto mal.

—Yo no veo mal, pendejo. *If I tell you that the big one* es cojo, es porque es cojo, cabrón. *Fuck you, man. Get out of here!* Mejor ya lárguense, cómo se ve que sólo tienen *head* para sus *fucking* chingaderas, cabrones, sólo para eso son buenos —y después de escupir, la mujer trepó de nuevo a la casa rodante.

Al escuchar las pisadas sobre la escalinata, Emilia se apuró a meterse a la colchoneta, enredarse los amarres y hacerse la dormida.

En cuanto entró, la Vaca agarró el cuchillo y fue hacia ella:

—Ahora vas a ver lo que es bueno, *fucking* marranita —y le acercó el filo primero a la cara, luego la aventó y le encajó la punta en la planta del pie. Emilia no quiso abrir los ojos, apenas podía contener los chillidos de su calandria, que se le fueron escapando del espanto. La punta filosa se le empezó a clavar en el talón y pronto sintió el dolor y el hilo de sangre corriendo por su piel.

—Aquí ni quién lo note, *fucking* marrana. Pinche jefe, *no eyes for these* —y le enterró la punta en el otro talón. Emilia trató de zafarse, pero la mujer la sometió fácilmente y se echó a reír al oírla piar y gritar de esa manera.

—*Fucking chicken...* ¡Sosiégate, chingá!, si no quieres que te lo clave en la jeta... —y se detuvo. Aventó el cuchillo sobre la mesa y los pies de Emilia los echó de lado—. Date de santos que no le siga, *fucking* marrana. Pero *I wanna* cortarte la *fucking tongue* y sacarte los *fucking* ojos, pinche marrana.

Después se sentó y le aventó un estropajo para que se limpiara y se puso a canturrear una canción romántica. Una que seguido Emilia había escuchado en la radio, allá en Amatlán, porque a la comadre Tomasa le gustaba un montón y la andaba cantando a cada ratito. Y antes, también a ella le gustaba.

Ojalá y las mariposas te hubieran sacado las tripas. Pensó Emilia Ventura con los ojos aún húmedos, mientras se secaba la sangre con el trapo mugroso. Y se hizo un juramento silencioso: si Goyo y ella lograban salir de allí, nunca más iba a cantar esa canción. Ni ninguna otra que se le pareciera, por el resto de su vida. Y odió con un coraje que ardía, y sobre todo, en los talones heridos, a la pinche Vaca culera y malnacida.

Desde el día en que Mamá Lochi tomó los instrumentos hasta aquel en el que Jacinto Estrella se esfumó de la faz de la tierra, no pasó uno solo sin que mi abuela no fuera a verlo, a seguir aprendiendo de sus modos de curar a la gente y ver el mundo. Diariamente lo esperaba a la puerta de su casa al menos una docena de personas pidiendo ser atendidas por él y, muy pronto, también por Mamá Lochi, quien no tardó en hacerse fama de buena sanadora. Aunque al principio mi abuela sólo lo asistía, yo creo que se fueron sumergiendo en una relación de la que ella nunca quiso hablarme. Corrían maledicencias sobre ellos. Mi abuelo Güero nunca puso objeciones a que su mujer pasara varias horas al día dedicada a trabajar para ese hombre. Decían que el brujo lo había hechizado para que no se encabritara por andarle robando a la mujer. Mamá Lochi nomás se reía. Pura lengua de gusano, solía agregarle a su carcajada. Nadie comprendía de qué hilos iba tejida la relación entre ella y don Jacinto Estrella.

—Era un padre para mí, Emilia. Respetuoso y sabio. Eso mi Güero lo sabía requetebién, porque a él también le salvó la vida en una ocasión.

Mamá Lochi iba a buscarle las yerbas necesarias para elaborar los cocimientos, los hongos para acercarse al espíritu de las cosas; le traía los animales de cuya vida disponían para las curaciones, y limpiaba el cuarto donde se atendía a los enfermos. Jacinto Estrella no se cansaba de decirle que tenía buena mano, no sólo para los brebajes, sino para dar las friegas con los ungüentos que prepararon juntos. Decía Mamá Lochi que podían pasar horas, días y hasta semanas para que él soltara una sola palabra, y esos lapsos se le iban en mirar al monte, hacia la entrada al bosque, fumando su pipa de carrizo o sacándole punta a un pedazo de madera con su cuchillo.

Mamá Lochi no sabía de dónde había salido ese hombre, pero sí a dónde se había ido. Algún pacto secreto hubo entre ellos, que hasta le costó contármelo a mí, que fui su confesora, su esperanza de que a su muerte no se refundiera en el olvido. Ahora sé que quería que yo supiera, aunque luego nomás me enredara con lo que alcanzaba yo a saber. Ya ahora de grande y sé que para eso me educó, para eso me llevó en sus correrías por el monte, para eso me contó sus historias y me mostró las que no pudo contarme, para que yo le pusiera nombres. Pero cómo quería que nombrara yo al misterio, si no se cansaba de decirme que el misterio era mejor contemplarlo en silencio. Si acaso cantarlo si uno tenía buena voz y alma de poeta. Solía repetir que el misterio es como un suspiro pasajero, que deja una sensación de ausencia.

Después de su desaparición se dijo que a Jacinto Estrella lo habían matado a balazos, un borracho encabronado que le reclamó no haber salvado a su mujer. Que lo habían enterrado en un lugar de la cañada al que no era fácil acceder. También se decía que le había caído un rayo que lo pulverizó, como castigo del cielo por andar manoseando los elementos como si fuera Dios. Otros susurraban que la mismísima nave espacial que lo había aterrizado en la tierra había regresado por él para llevárselo de regreso a otro mundo. Mamá Lochi se reía y se reía cuando oía esas historias. Como si ella sí supiera. Aunque no soltaba prenda. En las únicas ocasiones donde no la vi reír cuando se hablaba del tema fue en las que se nombraba la Gruta de los Voces, al hablar de la desaparición de don Jacinto. Bien seria que se quedaba. Atendiendo lo que se decía sobre ese lugar. Que si había pasado al otro mundo por ahí. Que si las ánimas se lo habían llevado. Que si había entrado y no pudo encontrar el camino de regreso. Que si esto o lo otro.

—Ya cállense. No anden chismeando de lo que ni saben —repelaba ella en esas ocasiones, bien enojada. Luego se callaban: una orden de mi abuela, dada en ese tono, era como si el mero Dios le hubiera hablado. Muchos querían que Mamá Lochi contara, que dijera lo que todos intuíamos que ella sabía, pero nada. Ni una palabra le salía por la boca. Si no se encabritaba, sólo se quedaba mirando y moviendo la cabeza, como si eso fuera todo lo que pudiera contar al respecto. Lo que es en nuestra casa, y desde que tuve uso de razón, me di cuenta de que sospechaban que Jacinto Estrella estaba vivo, que de cierto modo se había retirado y que Mamá Lochi lo visitaba cada vez que podía.

Quién sabe qué confianzas tenía yo con mi abuela, que en una de esas ocasiones en que la vi prepararse —había metido en el morral el traje blanco del curandero, agua, comida, zarape y una víbora viva cazada el día antes—, me atreví a seguirla. Fue poco antes de que mi padre se fuera al otro lado, después de que ella me contara tanta cosa como me contó: me sentí con libertades para enterarme de lo que nadie sabía. Decían que cuando guardaba la ropa de Jacinto Estrella en su morral, ella se encaminaba a la Gruta, pero nadie había dado nunca con el lugar. Se conocía que era una zanja estrecha que pasaba entre dos cerros empinados donde crecían tres amates blancos. Que era un paso a otro mundo, que sólo quienes sabían usar su fuerza y conocían los poderes eran capaces de ir y regresar sin perderse en el camino. Los relatos que se contaban, siempre en voz queda, se referían a las personas que, perdidas en el cerro, habían dado con la Gruta y se habían adentrado perdiéndose para siempre. Los que conseguían encontrar el camino de regreso solían quedar orates, como el Chucho, que cada tanto bajaba del monte medio encuerado, apenas envuelto con trapos viejos, con sus indecencias al aire y hablando con los animales. Corría la voz de que adentro se ocultaban espíritus y ánimas. Pero sobre todos los decires y diretes, lo que más se repetía era aquello de que se trataba un túnel al más allá.

En la casa presentíamos que las veces en que mi abuela agarraba para el cerro sin decir ahorita vuelvo, era porque iba a hacer algo relacionado con don Jacinto Estrella. Nadie sabía a ciencia cierta qué. Era puritito murmullo. Esas veces, ella se adentraba en un silencio que nadie se animaba a interrumpir, echaba al morral la ropa del curandero que mantenía guardada en una caja de madera, cazaba una víbora que mantenía viva en un frasco, juntaba comida, agua y los instrumentos. Se encaminaba sin decir palabra y, ay de aquel que tratara de preguntarle o detenerla: se soltaba a dar de ramalazos a quien se le acercara, como si estuviera poseída por un demonio encabronado. En las escasas ocasiones en que alguno de sus hijos o de los chamacos del pueblo se atrevió a seguirla a pesar de los ramalazos, les fue como en feria. Ella se daba cuenta y alguna maldad les hacía en el camino para escarmentarlos, o simplemente desaparecía de repente sin que se supiera por dónde.

La mañana en que seguí a Mamá Lochi, lo hice a distancia considerable. Ni una sola vez volteó a verme. Se detuvo en el punto donde había que escalar por las raíces de los amates, pero ni una volteadita para atrás se permitió. Estaba yo bien mensa, no sospeché que eso mero era signo de que sabía que la iba siguiendo. Con trabajos escalé por los troncos y raíces blancas con sus extensiones abrazadas al mundo, antes de alcanzar la cima, y con bastante riesgo de rodar hasta el barranco que se extendía por lo bajo. Altos como diez hombres uno sobre otro, los árboles derramaban sus raíces entre las rocas, aferrándose a la piedra con esa su desesperación. La vi acercarse a la entrada de la gruta, un agujero negro e inquietante. Me quedé al borde de la escalada, apenas asomando la cabeza, no fuera a verme y a encabritarse conmigo por andar de chismosa.

—Aquí mero te quedas, Calandria —ni siquiera me volteó a ver. Se quedó ahí, metiendo la mano en su morral para sacar cosas de adentro: la ropa de Jacinto Estrella, la víbora viva, un guaje donde vertió agua, y se echó a andar hacia el agujero.

—Ahorita regreso.

Cuando me dijo aquello, sentí un vuelco de la tripa.

—Pero mamita… —me animé a decirle.

—Ya me oíste, chismosa. Ahorita vengo.

Me quedé como piedra de tecorral. Entonces era verdad el chismorreo. Pero ni hablar de preguntarle, porque ella ya iba caminando hacia adentro con su copal encendido, meneando su guaje con agua. Cuando terminé de llegar a la cima y me acerqué, apenas alcancé a ver cómo mi abuela desaparecía. Fui acercándome bien de a poco, cuando se oyó el eco de aleteos de pájaro. Venía de adentro. Trinos y ululares de tecolote. Era una escandalera al principio, que de a poco se fue acallando. Ya estaba a un paso de adentrarme, pero ahí me regresaron las historias que había oído sobre la gruta y me detuve en seco, sintiendo una temblorina recorriéndome sin compasión.

—¡Mamita! —me eché a gritar como desmecatada, cuando imaginé a mi abuela metida en el hocico de un monstruo. Sentía las palpitaciones de mi corazón, la calandria que se me quería escapar del pecho, y entre trinos de espanto seguí gritando:

—¡Mamita! —estaba engarrotada. Ni un paso me atrevía a dar. Tan convencida estuve de que mi abuela no iba a regresar, que no me importó darle rienda suelta a mis chillidos de pollo. Miré alrededor. Nunca antes había trepado tan alto. Apenas se distinguían abajo los árboles del cerro, los caminos ya ni se veían, mucho menos algún pueblo. Me agarró esa sensación de extrañeza que solía agarrarme cuando mi abuela me invitaba a contemplar esas zonas inesperadas de su mundo. Cómo podía ser, si apenitas habíamos trepado, si acaso unos quince minutos. No era para que se viera ese paisaje como si anduviéramos en las meras nubes. Si Mamá Lochi no aparecía, cómo iba a hacerle para bajar de allí. Y en una de esas no tardaba en salir de adentro el monstruo que se la acababa de tragar y, no satisfecho, iba a sacar su cabezota con el hocico abierto y colmilludo para de un solito bocado tragarme a mí también.

Apenas me dio tiempo de callarme la boca, de limpiarme los mocos y las lágrimas, cuando Mamá Lochi empezó a aparecer al fondo de aquella negrura. Fue de a poco, y al principio ni la reconocí. Como si la hubieran cambiado allá adentro. Venía con la cabellera plateada brillando al sol, suelta como nunca la había visto, y con una sonrisa. Atrás, sumido en la oscuridad, alcancé a atisbar un fulgor instantáneo, pero desde antes de asomarme bien, ella ya me tapaba la vista con su cuerpo.

—Chamaca chismosa. Te dije que no te asomaras.

—¡Mamita! ¡Es que estaba preocupada por usted!

Traía colgando al hombro la ropa blanca de don Jacinto Estrella. Miraba como si estuviera en otro mundo, y lo único que dijo mientras se apuraba a rehacerse la trenza y se sacudía la ropa donde había hojas y plumas fue:

—Ámonos de regreso, chamaca.

Sin echarme ni un vistazo siquiera, se apuró a descender agarrándose de raíces y ramas por la montaña empinada. Y allá fui detrás de ella, a toda carrera pues no quería quedarme solita en aquella cima de miedo. Ni qué decir que ni una palabra le sonsaqué. Entre nosotras se formó una barrera con la que se me pedía silencio.

Cuando estábamos por llegar a la casa, Mamá Lochi me mandó por otro camino y me advirtió de no contarle a nadie de esa visita, porque nadie me iba a creer: mejor guardarlo en secreto hasta que ella muriera. Me aguanté unos días, aunque luego se me salió y se lo conté a Caco. Él me escuchó bien callado, y vi cómo se le iba apretando el entrecejo y arrugando la nariz. La trompa se le encogió y cuando le rogué que no le dijera a nuestra abuela ni a nadie lo que le había contado, me dijo:

—Sólo te voy a creer si me llevas. A que es puro cuento, de los que te gustan.

Le juré y le perjuré que no era cuento.

—Entonces llévame. Si no, le voy a preguntar a Mamá Lochi a ver qué me dice.

Le rogué que no le dijera y me obligó a prometerle que lo llevaría.

Aprovechamos una salida de nuestra abuela a Santiatepe, cuando mi padre andaba con su compadre, para adentrarnos en el cerro. Siempre fui muy orientada para andar por la montaña. Recordaba cada árbol, cada cañada, las vueltas, subidas y bajadas. Durante la trepada a la gruta abrí bien abiertos los ojos para no olvidar el camino, pues intuí que era ocasión especial y nunca iba a repetirse. Recordaba muy bien la primera parte y no me costó reconocer la ruta, pero cuando llegamos a cierto borde en lo alto, donde yo estaba segura empezaba el ascenso hacia los peñascos donde crecían los amates, allí sólo encontramos una cima pequeña repleta de magueyes y nopales. Para arriba no había cerro ni cima que diera cuenta de la altura a la que sentí estar aquel día. Ahí empezó mi norteada. Trepamos el montículo, llegamos a otro camino que no reconocí y tuvimos que bajar antes de que nos agarrara la noche. Mamá Lochi nos vio llegar y sólo nos aventajó con una de esas miradas con las que nos decía saberlo todo. Intentamos un par de veces más y en cada ocasión fuimos a dar al mismísimo lugar, hasta que bien harto, Goyo nomás me dijo:

—Eres bien cuentera, Calandria. Nomás porque te di mi palabra no le voy a decir ni preguntar nada a Mamá Lochi. No vaya a ser que se encanije contigo.

No fue hasta semanas después de la ocasión en que la seguí en su escalada hacia la Gruta, cuando una tarde, de su ronco pecho, me relató sobre el momento en que Jacinto Estrella se borró del mundo.

Fue una mañana en que ella se allegó hasta su casa, como era de diario. Pero nadie abrió. Mamá Lochi acostumbraba llegar antes del amanecer, antes de la llegada de los curaditos, para ayudarlo a preparar los ungüentos, los caldos e infusiones. Nomás poner un pie adentro, supo que ocurría algo fuera de lo común. Desde hacía unas semanas que tenía sueños donde él se despedía: lo veía rodeado de las plumas que se le habían caído del cuerpo, con la mirada extraviada, como si anduviera perdido en otro mundo. Últimamente insistía en recordarle qué hacer cuando él ya no estuviera.

—Pues a dónde se va a ir don Jacinto —le preguntó mi abuela.

—Pues a donde tenga que irme —le dijo él sin más explicaciones.

Aquel día, al entrar a la casa del curandero, vio que su traje blanco, sus huaraches, su paliacate estaban sobre la mesa, junto a la copalera, la palmatoria y las vasijas donde solían guardar las yerbas. Un olor muy distinto flotaba en el aire. Mi abuela tardó en advertir que el hombre estaba desnudo, echado en un rincón oscuro, abrazándose a su propio cuerpo y tiritando como animal apaleado. Alrededor, un titipuchal de plumas aventadas y un ruido que le salió de la mera entraña hizo saber a Mamá Lochi sobre la gravedad de la situación. Lo ayudó a recostarse sobre un petate, lo arropó con varias cobijas y le hizo unas infusiones. Corrió a la gente que empezó a llegar desde temprano, y pasó varios días atendiéndolo, pero nomás no mejoraba. No decía palabra. Sólo la miraba con ojos de animal herido.

—Hay eventos en la vida que a uno lo cambian. Él ya no iba a ser nunca más el mismo, Emilia. Algo oscuro y fuerte lo venció. Quién sabe en qué andaría, pero no salió bien librado.

Un día, Mamá Lochi se levantó temprano para ir a darle de comer, a hacerle sus refriegas, sus infusiones y ya no lo encontró en su casa. Se había ido sin dejar rastro. Hasta su ropa blanca y sus huaraches había dejado olvidados.

Dice Mamá Lochi que vivió desconsolada durante los siguientes meses. Que el día se le iba entre brumas que no la dejaban ver la vida. Durante las noches, la acosaron pesadillas y pasaba en vela preguntándose sobre el destino de don Jacinto, sin hallar respuesta. Hasta el día en que un tecolote blanco entró por la ventana, se posó junto al fogón donde cocía un atole y se le quedó mirando. Dice mi abuela que luego supo que don Jacinto Estrella estaba en algún lugar. No tardó en aparecérsele en sueños, y Mamá Lochi supo que no iba a haber modo de regresarlo a esta tierra, pero que si de a de veras quería verlo, iba a tener que ir a encontrarlo allí mero donde andaba ocultándose del mundo.

Antes de dar con su hermana, Gregorio Ventura se escabulló entre la chatarra y permaneció alerta para no ser sorprendido tres días con sus noches. Los hombres que rondaban los rincones le pasaban cerca. Lo olían a la distancia, pero él lograba desorientarlos. En sus excursiones encontró por dónde meterse a un carro descuajaringado, apenas visible de tanta chatarra como tenía encima. Entró por una ventana aplastada, a través de la cual sólo cabía un niño pequeño, o alguien con una elasticidad como la suya. Desde los intersticios de aquel escondite advirtió los movimientos: el orden, las maneras, las rutinas de los habitantes del yonque. Cierta noche, logró moverse hasta el almacén de alimento. Consiguió un cocimiento de arroz, azúcar, pan y agua. Cuando descubrió a Emilia viva, el alma le volvió al cuerpo. A esas alturas, tenía claras algunas cosas: el yonke servía como almacén temporal de mercancía —había visto llegar una camioneta repleta de costales que metieron a uno de los barracones— y, sobre todo, almacenaban mujeres jóvenes y niños. A las niñas que venían heridas o enfermas las metían a los carromatos estacionados más allá de las barracas, uno a pocos metros de su propia guarida, otro más lejos. Al resto, lo ponían a trabajar en diversas tareas, vigilándolos muy de cerca, antes de volver a treparlos a una camioneta y llevárselos quién sabe a dónde. El cuerno ululaba cada cuatro horas, anunciando los cambios de turno. Exceptuando a los presos, allí todos estaban armados.

Gregorio buscó a su hermana, sin ser advertido, deslizándose por los barracones, cuando la distracción de los guardias se lo permitió. Vio cómo trasladaban a un grupo de niñas desde la casa rodante para subirlas a una camioneta que desapareció por una de las entradas al yonke. Vio salir un carro con seis mujeres y dos niños, y llegar otro con más gente. Al fin consiguió asomarse al carricoche. Allí estaba su Calandria: flaca y con temblorina, acurrucada en un rincón, como un perro. Esperó una segunda oportunidad para hacerle saber de su presencia. Más le valía ir con cautela, y desde su guarida espió cada movimiento.

—Me lleva la chingada. Como que me llamo Gregorio Ventura, que de aquí nos largamos apenitas se pueda —se escuchó susurrar metido en su escondite.

No dejó de tentar y observar el arma que llevaba en el bolsillo: de ser necesario, a plomazos iba a sacar a su hermana de ahí. Las únicas veces que disparó en su vida fueron al usar el viejo rifle de perdigones con el que solía cazar con su padre. Cómo hacerle con esa pistolita, qué tal si no jalaba.

—Al menos espanto a esos cabrones —y ese pensamiento terminó por tranquilizarlo.

Después de haber entrado a la casa rodante, desatar a Emilia y lograr salir de allí sin ser advertido por la gorda, buscó municiones: piedrecillas, tuercas, restos pequeños de

235

metal y vidrios, que guardó en sus bolsillos. Los suficientes como para aventar al carromato y distraer a la mujer, obligándola a salir. Miró alrededor, necesitaba un ángulo desde el cual atacar. Y así estuvo: vigilante, tenso. Desde afuera, vio pasar una nube de insectos rumbo a la casa rodante. Sólo Emilia podía llamar a un ejército como aquél. De pronto, lo sorprendió el pasar furtivo de una figura pequeña y huidiza que no vio venir: un niño pequeño, semidesnudo, muy delgado, que corría buscando dónde ocultarse. Al pasarle cerca, Goyo vio los rastros de golpes en la cara y el cuerpo: un ojo inflado, el labio partido, moretones aquí y allá. Con su ojo bueno, lanzó un vistazo de terror a Gregorio. Los pasos recios aproximándose y la vista de uno de los hombres armados lo obligaron a agazaparse en su escondite, no sin antes hacerle seña al niño para que se metiera por el minúsculo agujero y guardara silencio. Pronto, el celador, cuyas botas militares resonaron sobre el polvo, se aproximó haciendo ruidos como si llamara a un perro. Sus rasgos desalmados gesticularon con la fiereza de un cazador experto.

—Shh —le susurró Goyo al niño. Minutos después, espió hacia afuera por uno de los agujeros. El hombre se había alejado lo suficiente: metía el cuerpo y la cabeza entre la chatarra unos metros más allá de donde estaban ellos.

—*Come on, fucking baby.* No te voy a hacer *nothing.* Ven, niñito. *Come on.*

El hombre demoró en volver hacia los barracones, iba maldiciendo.

—Tráiganlo, ¡ya! —ordenó a otros de los hombres que buscaran. Se asomaron entre la chatarra cercana, metieron

236

palos por las ventanillas, en los huecos, adentro y debajo de la lámina.

—Por ahí ha de andar. *We gonna hunting...* —se oyó decir a otro.

Pasada media hora, abandonaron la búsqueda.

—¿Cómo te llamas? —el niño temblaba, mirándolo con una turbulencia indescifrable. No abrió la boca y así se quedaron un buen rato. Atardecía.

—¿Estás solo o con tu jefa? —el sollozo fue tan fuerte que Goyo temió que lo escucharan—. No llores. Ya cálmate —y le ofreció un pedazo de pan que traía en el bolsillo. Lo vio devorarlo.

No se atrevían a salir del escondite. Gregorio pensó que no podían tardarse demasiado. A su hermana se la podían llevar de allí en cualquier momento.

—¿Qué tan buena puntería te cargas? —le preguntó al niño y le enseñó la pedacería que sacó de los bolsillos— ¿Me ayudas? Y luego nos largamos de aquí —y le explicó qué hacer.

Una luz ambarina, tirando a penumbrosa, se deslizó sobre la chatarra. Aprovechó las sombras que se disiparon por los rincones, las esquinas, los recovecos de la chatarrería triste, para allegarse debajo del carromato. Por encima de su cabeza, Goyo oyó los pasos, el movimiento de la gorda dentro del carricoche, la oyó gritar, y luego a la calandria espantada.

—Pues qué se trae.

Regresó al escondite junto al niño:

—Ahorita mismo, sal y haz lo que te dije —y le repitió lo que le había explicado—. Para que mi hermana se pueda largar de allí, ¿entiendes? Luego te escondes, yo voy a dejar que me vea, para que me siga —y ambos salieron del carro aplastado. Esperaron agazapados cerca de la casa rodante, un par de minutos antes de que el niño tirara uno, dos, tres proyectiles entre piedrecillas y tuercas, y así se siguió hasta que se oyó la voz de la gorda:

—¿Quién *fucking* me está jodiendo…? ¿Eres tú, *fucking* Josué? —oyó decir a la mujer, iluminando con su linterna. Y entonces Goyo salió y se echó a correr para que lo viera. Ella fue bajando los escalones, iluminando allá, más acá, a pesar de que aún no caía la noche: el haz dio con la silueta del niño que ágilmente volvió a correr y desaparecer entre la chatarra.

Lejos de que la mujer saliera a buscarlo, tocó un silbato, una, dos, tres veces, sin alejarse gran cosa. En pocos instantes, tres hombres armados llegaron ahí. Se escuchó el correr de pasos acercándose, y enseguida sus voces:

—Ha de ser el *fucking baby*, que se escapó. *Who knows* qué se trae.

—No es uno, son dos. Uno chico y otro grande. *The big one* es cojo, o algo trae. Si los ven, nomás dispárenles.

—No tenemos ni uno cojo, Vaca, has de haber visto mal.

—Yo no veo mal, pendejo. *If I tell you that the big one* es cojo, es porque es cojo, cabrón. *Fuck you, man. Get out of here!* Cómo se ve que sólo tienen *head* para sus *fucking* chingaderas, cabrones, sólo para eso son buenos —y después de escupir, la mujer trepó de nuevo a la casa rodante.

—Me lleva la chingada —murmuró Gregorio, bien metido en su escondite.

Dejó pasar un tiempo prudencial para que los hombres se alejaran y se deslizó debajo del carromato, ocultándose detrás de una llanta. Escuchó nuevas amenazas de la mujer y luego la oyó cantar, como si nada.

Amanecía cuando se despertó sobresaltado por el ruido de un camión: el sueño lo había vencido. El niño estaba a su lado y lo miraba. Se odió por haberse dejado ganar por el cansancio. Arriba no se oía ruido. Por unos segundos temió que se la hubieran llevado. No obstante, pronto oyó pasos sobre su cabeza y la voz de la gorda hablándole a su hermana.

—Esa pinche vieja no va a salir nunca de ahí —el movimiento de las barracas le robó la atención: algo ocurría por allá, y decidió ir a averiguar.

—Ahorita vengo. No te dejes ver —le dijo al niño.

Gregorio Ventura salió del escondite y se metió por entre la chatarra hasta acercarse a los barracones. Frente a una de las entradas estaban bajando de un camión a un grupo de mujeres: jóvenes, atadas de manos, amordazadas. La luz tempranera le dejó atisbar sus rostros lastimados.

—¡Revisión de mercancía! —gritó el mismo celador que había estado buscando al niño la tarde anterior. Una desbandada de risas y voces anticipó el destape de botellas, la música resonando: empezaba la fiesta. Siete celadores salieron de sus madrigueras, entre risas contaminadas. Sacaron a las mujeres de la barraca: temblorosas, amilanadas, apretándose unas contra otras con ese miedo perro de castañear los dientes. Entre apretones, manoseos y golpes las obligaron a desnudarse y pasear entre los hombres: pellizcos, mordidas, golpes a su paso. Ellas: sollozos, súplicas que sólo excitaron la rabia. El jefe eligió primero. Dejó su arma recargada en un muro. Dejó elegir luego a otros quienes también desenfundaron y recargaron las suyas de un lado y del otro, sin gran orden.

A mitad del patio: sollozos, quejidos y jadeos. Un concierto de enchinar la carne.

—Jijos de la chingada —a Gregorio Ventura lo colmó una rabia perra, fulminante y descorazonada: la mente en blanco, el corazón y el alma toda eran aceleración desenfundada, oscura. Uno de los celadores vigilaba, miraba los acoplamientos desvencijados, ahí mismo, enfrente. Los llantos, las risas sordas.

Goyo sacó la pistola del bolsillo y se arrastró fuera de su escondite. Había revisado los cartuchos: cinco balas. No había pensamiento ni cabeza, sólo cuerpo encanijado, con ese ardor furibundo trepándose, subiendo y bajando sin darle aire.

—Me voy a chingar a estos cabrones, aunque me muera después —fue lo único que alcanzó a decirse, sin sopesar consecuencias ni estropicios.

A escasos metros de los cuerpos encimados y violentados, apenas oculto por un tambo de chatarra, levantó el arma para apuntar a un vigilante ensimismado en su placer solitario, y disparó. Y volvió a disparar: dos, tres, cuatro veces, hacia los otros echados sobre las mujeres, con tino de darle a ellos y no a ellas. Se armó la gritiza, descontrol, caos, arrempujes.

—¡Ataque, ataque! —gritó alguno malherido. Una de las mujeres aventó al hombre muerto que tenía encima y corrió desnuda a agarrar una de las metralletas. Y disparó con una furia que no encontró freno, hasta que se le agotaron las balas.

Gregorio Ventura, sacudido por el estallido inesperado, se echó a correr entre el laberinto de chatarra, hasta alcanzar un escondite desde donde oyó el caos desatado: disparos, voces, corredera.

Una bala alcanzó a la Vaca en la cabeza, al asomarse por la puerta de la casa rodante: cayó de bruces sobre la escalinata de la entrada, sin emitir siquiera un quejido.

Al escuchar el alboroto, Emilia Ventura se levantó con trabajos; las heridas de las plantas le lastimaban. Se asomó por la entrada del carromato: la corpulencia desparramada de su celadora le impedía el paso y, sin dudarlo, brincó sobre ella, para caer en el charco de sangre que ya fluía escaleras abajo. Se echó a andar de puntas, para no rozar los talones con el suelo, y al salir de allí, lanzó un grueso escupitajo sobre la cara boquiabierta de la Vaca.

—Ojalá te mueras bien muerta —le dijo antes de escurrirse por el laberinto de hojalata.

Goyo asomó la cabeza de su escondite, le pasó cerca un hombre, chorreando sangre, corriendo hacia los bordes del deshuesadero. Vio a lo lejos la masa inerte de la celadora gorda. Fue entonces cuando descubrió a su hermana, desorientada mirando a un lado y otro, buscando dónde ocultarse. Caminaba raro. La vio meterse entre unos trastos viejos, apenas a unos pasos de donde él mismo estaba. Gregorio estaba por gritarle cuando escuchó la orden:

—*Stop!* ¡Alto, *fucking* perra! —uno de los celadores: barba desprolija, alto como cerro. Goyo no recordó haberlo visto. Tal vez sí, el de la entrada. Le miró las botas a media pierna, por fuera de los pantalones. Andaba en camiseta: le sangraba un brazo y apuntaba a Emilia con un arma.

Ella se detuvo. Y se le desató su piar como calandria.

—*Shut up!* ¡O te mato! —gritó el hombre, y de un culatazo la aventó al piso.

Apuntándole, la pateó. Gregorio se levantó y sin pensamiento que lo hostigara apuntó a la espalda del hombre y disparó su última bala para, de inmediato, ver caer el bulto.

—¡Agarra el arma! —y Emilia se abalanzó sobre la metralleta que pesaba como un muerto, para echarse a correr con su paso adolorido por los pasillos del yonque, hacia los vagones.

A sus espaldas, fueron quedando los gritos, lamentaciones lejanas, correderas. Sonaron varios balazos todavía. Emilia y Gregorio Ventura se arrejuntaron bien metidos bajo los fierros del tren donde Goyo había guardado la mochila y la bolsa.

—Esperemos un rato y luego vemos qué —se le subió el gusto de verla y abrazó a su hermana—. Pues ¿qué te pasó en los pies que caminas tan raro?

Emilia le mostró las heridas.

—Fue la pinche gorda culera.

—Hija de su… Ya está muerta, por pinche ojeta.

Pasaron unas horas, quietos como tecorrales panteoneros, bajo los fierros viejos de aquel tren destartalado. Al principio, oyeron gritos, algunas balas, correderas de gente y motores de carros que se sucedieron hasta dar lugar a la tensión incierta de un silencio. Ya caía la tarde.

—Mira nada más. Si estás casi encuerada —su hermana nada más traía una camiseta vieja por encima.

Sacó de su mochila un pantalón enorme y Emilia se lo puso, aunque tuvo que remangarse las piernas. Y qué contenta, al ver el par de tenis que Goyo le puso enfrente.

—Ya ves que soy bien chingón. Hasta tus pinches tenis encontré.

Les dio risa. Eso sí, calladitos, de taparse la boca, que mientras más se la tapaban más ganas de reírse les subían.

Esperaron hasta que oscureció, primero comiendo de las latas de frijol y lueguito arrejuntándose para entrar en calor cuando les cayó el frío.

Ya llevaba rato de haber oscurecido cuando Gregorio dijo:

—Voy a echar una miradita, no me tardo.

—Voy contigo.

—No, Calandria. No me tardo. Tenemos que irnos. A ver cómo. De veras, echo un ojo y vengo.

—No te vayas.

—No me va a pasar nada. Además traigo esto —y sacó la metralleta que le habían quitado al barbado. Y se le quedó viendo:

—Mejor te la dejo —y la puso en manos de su hermana.

—Pesa un resto, ni sé cómo hacerle.

—Nomás apriétale aquí —señaló el gatillo— y te los echas a todos.

—¿Y si te agarran?

En medio de la canija oscuridad, sus ojos eran canicas opacas.

—No te voy a dejar, Calandria: no seas collona —y sabía que con eso la callaba—. Te prometo que voy y vengo. Si viene alguno de esos ojetes, te lo echas a plomazos. Ya te dije, así se le hace —y volvió a explicarle cómo disparar.

Dejó el arma sobre sus piernas y se deslizó fuera del tren.

—Cuenta hasta media hora. Despacito. Si me tardo más, cuenta otra media. Si no llego para entonces, te sales de aquí, agarras las chivas y jalas para el desierto. Buscas una carretera y que alguien te ayude.

Y Emilia vio cómo se lo tragó la oscuridad, mientras le decía que sí con la cabeza, aunque quisiera gritarle que no, que no se fuera.

Colocó el arma sobre el suelo, se abrazó a su chamarra y se puso a contar: Uno. Dos. Tres. No quería pensar en nada más, ni imaginar. Sólo se concentró en la contadera. Cada sesenta levantaba un dedo. Cuando se le acabaron los diez de la mano contó memorizando cada uno de los del pie. Cuando se le acabaron todos, volvió a empezar.

Ya llevaba veinte minutos cuando oyó el motor de un carro y le paró en seco a los números; sólo aquel maldito temblor que le hizo castañear los dientes. El suelo, por debajo de los trenes, se fue iluminando mientras el carro se acercaba.

—Uy —susurró, y la calandria empezó a sonar y tuvo que taparse la boca con ambas manos.

Se arrejuntó a una llanta del vagón y tentó por encima de su cabeza, no encontró de dónde colgarse para que no la encontraran. Las luces ya estaban a unos pasos; el carro se detuvo cerca. Emilia agarró el arma a duras penas, tanto que pesaba. Y apuntó. Oyó abrirse la puerta del carro y mejor cerró los ojos rogándole a Mamá Lochi que no la descubrieran, que a Goyo no le hubiera pasado nada.

—Emilia, sal. ¡Soy yo!

Nada más oír su voz, soltó el peso de la metralleta y dejó que la calandria le saliera.

—Shh. No empieces con eso. ¡Sal!

Y ella se asomó desde abajo del vagón.

—¡Ándale! ¡Apúrate! Jala la bolsa y la mochila. ¡Órale! Que hay que largarse de aquí.

Jaló las cosas, se arrastró hacia afuera del vagón, se subió al carro y su hermano se trepó al volante.

—Pero si tú ni sabes manejar —le dijo, pero él, aunque a trompicones, empezó a avanzar.

Al voltear a ver, Emilia se dio cuenta de que en el asiento de atrás venían dos escuincles. Una de las niñas con la que había hablado en el carromato y un chamaquito como de cinco años, medio encuerado y de cara lastimada.

—¿Y éstos?

—Él se escapó ayer. Ella andaba por ahí, también escondida.

—Hay más —se oyó decir a la niña.

—¿Pues dónde están los hombres? —preguntó Emilia, todavía con restos de temblorina en la voz.

—Hay muertos por dondequiera. Y yo creo que otros se han de haber largado, porque no están los carros.

—Uno solo se largó —dijo la niña—. Yo lo vi: iba herido.

—¿Y la chamaquiza? ¿Y el resto de las muchachas que ahí andaban? —interrogó Gregorio.

—Jalaron para el desierto… en uno de los coches. Iban todas encueradas —miraron el chatarrerío alrededor.

—Emilia, si quedó alguno de esos ojetes vivo, disparas. Vamos a ver si hay escuincles o mujeres que no se hayan largado todavía.

Emilia bajó el vidrio, con trabajos sacó el arma y apuntó hacia afuera.

El carro avanzó por los pasillos atiborrados de puro abandono. Cerca de los barracones encontraron el cuerpo sin vida de varios celadores. El inmenso corpachón de la Vaca seguía aventado a la entrada del carricoche: una tripa de carne fría y grasosa tendida en las escaleras. A Emilia le dieron ganas de volver a escupirle.

—Aquí quédense. Ponte al volante, Calandria. Le aprietas si pasa algo.

Allí se quedaron, esperándolo, mientras él se perdía adentro de uno de los cuartos de lámina.

No tardó en salir: cargaba paquetes, bolsas y un tambo con agua.

—Esto nos va a servir al rato —y lo echó a la cajuela.

Volvieron a dar unas vueltas. Por si había otros niños.

—Yo creo que aquí no queda nadie —Goyo miraba alrededor, y el carro iba a trompicones.

—Sí hay más. Yo los vi —repitió la niña—, por aquí han de andar.

Dieron varias vueltas por los pasillos del enorme laberinto. Mordía el cuero el silencio yermo: oscuro, seco. No parecía haber un alma.

—Se me hace que no hay más.

—Allá hay uno —gritó la niña, asomada por la ventana, y señaló hacia un punto más adelante.

Por debajo de un carro sobresalieron unos pies. Se detuvieron a un lado.

—Sal, vámonos de aquí —le habló Goyo, pero el niño no quería salir, se hizo bolita tratando de remeter más los pies delatores.

—Los malos se fueron. Están muertos —le informó la niña, desde el asiento trasero. Una cara lagrimosa y sucia los miró desde debajo de la hojalata oxidada. Luego salió y subió al carro. Al rato encontraron a dos más: niña y niño, trepados en el techo de uno de los trenes.

—No se espanten —les susurró la niña que iba adentro—. ¿Hay otros? —y sólo levantaron los hombros, dando a entender que quién sabe.

—Ya larguémonos de aquí. No vaya a ser que vuelvan esos pinches culeros.

A la salida del yonque, a medio camino, había una mujer aventada, desnuda y fría. Tuvieron que bajarse del carro para moverla del camino y no pasarle por encima. Al voltearla, Goyo reconoció a la que había dado metralla a los celadores: una bala le había reventado los sesos. Todos bajaron del carro. Las luces iluminaron el cuerpo.

—Qué chingadera —echaron una camiseta sobre la cara de la mujer antes de treparse al coche para salir del yonque.

En cuanto salieron, Gregorio apagó las luces. Ya en descampado las volvió a encender. Iban brincando baches, a cada ratito se le apagaba el motor.

—¿Y si nos alcanzan, Goyo?

—Tú, tranquila. No nos alcanzan. Ya están bien fríos.

—Pero van a venir otros —dijo uno de los chamacos—; siempre llegan más.

—Si nos alcanzan, no se la van a acabar —dijo Goyo, señalando la metralleta.

Mientras avanzaban, todos voltearon a ver el camino que iban dejando atrás: puro hocico de coyote hambreado. Ni luz. Ni sombra. Ni una nada de nada.

Supimos que Mamá Lochi no subiría más a la Gruta el día en que incineró el traje blanco, los huaraches y el resto de las pertenencias de Jacinto Estrella. No hacía tanto que yo misma le había seguido los pasos, y después de esa ocasión la vi subir al menos un par de veces más, pero me perdió en el camino cuando quise alcanzarla.

—Descanse en paz, don Jacinto —la oí decir en el camposanto, el día que la acompañé a depositar las cenizas de las pertenencias del curandero—. Ahora sí ya está bien plantado en el otro mundo —y anduvo tan achicopalada que no la calentaba ni el sol.

Se acercaba el día de los difuntos y le pedí que me dijera cómo hacerle para ver a los muertos, pero ella ni me contestó. Yo andaba con ganas de ver a mi mamita Estela, de la que ya casi ni me acordaba. De ella sólo tenía una foto donde salíamos Caco y yo, cada uno sentado en una pierna de nuestra mamá. Era rechula. Con su cabello largo, oscuro, su boca pequeña, sus dientes blancos que contrastaban con ese fondo triste de su mirada. En la foto sale mi hermano chillando, con un puchero que da risa. Y yo, con menos de un año, mirándola a ella como si ya supiera que pronto iba a dejarnos y no quisiera perder un segundo de su presencia. Ni sé dónde estábamos. Me imagino que esa foto la tomó uno de esos fotógrafos que llegaban al pueblo los días de fiesta, junto a los carros de juegos mecánicos y vendedores de juguetes, dulces y pan. Me imagino que habrá sido poco antes de que ella se pusiera mala, o ya lo estaba, porque se le veía triste, cabizbaja, lejana. Mamá Lochi la hizo de mamá. Apenitas cumplido el año de que llegué a este mundo, Mamá Estela se puso enferma y me encargó con mi abuela. Yo ni que me acuerde. Me contó que apenas me quitaron la chichi me eché a correr como si quisiera irme lejos, y a los pocos días, mi mamá se metió en la cama. A duras penas se levantaba para dar unos pasos a la letrina del otro lado del patio. No probaba ni la cucharada de caldo de gallina que mi abuela le acercaba. No le servían los sahumerios, los rezos, ni las yerbas y guisos que le facilitaba para curarla.

—Ándale, chamaca, come algo. Mira nomás que ya hasta los huesos se te ven —dicen que le repetía Mamá Lochi. Ella nomás le volteaba la cara, mirando por la ventana, como si quisiera echarse a volar. Eso sí, calladita, se dejaba sobar con los ungüentos y hacer las curaciones de hierbas y grasa de puerco con que le fregaba el cuerpo cada día. Pero ni eso que nunca fallaba con el resto de la familia le devolvió el ánimo. Mamá Lochi decía que esa enfermedad que agarró a mi mamita así, tan de repente, era pura tristeza. Una tristeza más honda que pozo seco. Una tristeza de esas que matan al que se agarra, y no hay sahumerio ni ungüento que sirva contra ella.

—Segurito la bruja esa de la Rosina le ha de haber preparado un colibrí, porque dicen que trae uno disecado en el bolsillo, en una bolsa roja con yerbas de romero, mierda de caballo y pelo de Estelita. Y es sabido que eso llena de tristeza a quien es dedicado. Hasta le ha de haber pagado al Norberto, el que hace pura malorada, para chingársela. Pinche vieja roba niños —le daba a mi abuela por repetir, mientras humeaba la casa con copal o azotaba los rincones con ramas de ocotillo.

A decir de ella, la Rosina, una viuda de más de cuarenta, era amante de mi padre y una bruja poderosa que se agarraba a los jóvenes para que hicieran lo que fuera su malosa voluntad. Pero por más que hizo para evitar sus embrujos, la cuerda se tronó por lo más débil. Las penas que azotaban el alma de mi mamita Estela terminaron por matarla. Mi hermano Goyo era bien pegado a ella. Se le metía dentro de las cobijas y la abrazaba sin dejar de chillar. Era como si el chamaco se las oliera. Quién iba a decir que iba a volverse tan valiente con los años, a pesar del pie chueco con el que nació y que cada tanto le dolía, pero del que no solía quejarse. Aunque casi no me acuerdo de mi mamita Estela, ni de su cara, sí recuerdo los chillidos del Caco cuando lo sacaron de la cama donde estaba bien muerta. Tiesa como un adobe. Le toqué el cuerpo que todavía estaba caliente mientras Mamá Lochi la vestía para el velorio, y vi sus ojitos negros mirándome desde el más allá, como si quisieran decirme algo. Y Goyo chillaba hasta hacer doler los oídos. Se agarró a su cuerpo. Parecía querer que se lo llevara con ella. Tuvieron que sacarlo del cuarto y encerrarlo en el retrete hasta que se calmara.

Años después, aquel día de los difuntos, cercano a cuando Mamá Lochi quemó las pertenencias de Jacinto Estrella, fuimos al panteón a dejar la ofrenda. De regreso, le dije al Goyo que nos retacháramos entrada la noche, cuando todos durmieran, y espiáramos a los muertos. No sé si me quería hacer la valiente con mi hermano o qué. O si de veras quería ver a mi mamita Estela.

—Órale pues, Calandria. Pero no se vale rajar al rato, ¿eh?

Ya crecida la noche, cuando todos estaban bien dormidos, el Goyo me jaló las cobijas y me sacó del catre.

—Ándale —me dijo al oído—, ahora es cuando.

Como me tardé en abrir los ojos, él me zarandeó y me acercó la boca a la oreja.

—No seas collona. ¿A poco ya te dio frío?

—No, claro que no: yo no soy collona, Caco —susurré mientras me levantaba para meter los pies en los huaraches. De puntitas, atravesamos el cuarto donde los demás roncaban, hasta salir a la calle. El aire brillaba de tanta luna. Las sombras de los árboles se movían con el viento, y me pregunté si serían los difuntos que por allí andaban. Iba bien agarrada del Goyo, y aunque se hacía el valiente, traía el Jesús en la boca. Nos acercamos a la reja del panteón. Le habían echado el candado. El viento resonaba y hacía crujir las ramas de los árboles. Los dos temblábamos como cola de lagartija recién cortada.

—Mejor nos regresamos —dijo él, y quién sabe qué bicho me picó a mí pero le dije que no, que si ya estábamos ahí, no nos íbamos a rajar. Y como alma que lleva el diablo, me le solté del brazo y me puse a trepar el tecorral del camposanto.

Goyo no podía hacerse menos. No iba a dejar que su hermana, a la que le llevaba tres años, le ganara en güevos. Si le agarraba el tembleque y se echaba para atrás no se la iba a acabar con el Armando y el Cheque, los vecinos con los que andábamos de arriba abajo, cuando les contara que a la mera hora del mero mole el mayor y el hombre se había rajado. Así que detrás de mí, él también trepó el tecorral. Fue cuando ya estábamos del otro lado que me di cuenta de que la calandria dentro del pecho ya daba de brincos. El camposanto resplandecía. Las tumbas llenas de flores estaban recubiertas de un velo plateado como si les hubiera caído polvo de luna. Clarito sentí que había entrado al mundo de los muertos. Las ramas de los ciruelos se mecían y dejaban caer sobre nosotros una lluvia de hojas pequeñas que murmuraban en un idioma desconocido. Me quedé dura, imaginando que a lo mejor ya empezaba a entender el lenguaje de las plantas, como mi abuela. Parada en una esquina, junto al tecorral, no me atreví a mover un dedo, casi ni a respirar, mucho menos a dar un paso. El Goyo estaba igual o peor que yo. Ninguno se atrevía a decirle al otro que diéramos buen uso al huarache y patitas pa qué las quiero, y dejáramos en paz a los difuntos para que ellos nos dejaran en paz a nosotros.

Se oía un tecolote y el grillar de los insectos, cuando para nuestro espanto, vimos una sombra moverse al fondo del camposanto.

—Ahí veo uno —le dije, y Goyo respondió, con la voz que le temblaba:

—Madres. Yo también. Ora sí nos va a cargar…

De a poco y como para no hacer ruido, nos achaparramos bien esquinados y agachados a la sombra del tecorral.

—¿Qué hacemos, Caco? —le susurré al oído

—¿Qué tal si es el abuelo Güero? —me dijo él.

—O mamita Estela, que viene a abrazarnos —agregué yo, ilusionada y muerta de miedo.

Teníamos los pies clavados en la tierra, del espanto. A lo lejos, una sombra se movía entre las tumbas. Venía murmurando y, a ratos, cantaba arrastrando la voz. Relucía a la luz de la luna. Me entró un susto tan grande que me oriné. Le rogué a diosito que el Goyo no se diera cuenta. Ese día no dijo nada, y él no era de no decir nada cuando tenía oportunidad de molerme, así que creí que me había librado. Fue después, mucho después, cuando andábamos caminando por el desierto, bien perdidos, que para alegrarnos nos acordamos de aquel susto. Allí me contó que la noche del camposanto, cuando peor se puso la cosa con el aparecido, sintió una agüita tibia entrándole por el huarache. No dijo nada, sólo por no alertar al muerto. Y me confesó, mientras andábamos caminando bien espinados y rasguñados entre gobernadoras y cactus, que la noche del panteón le pidió a la virgencita santa que el aparecido no nos viera, que no nos llevara, y le prometió que, pasara lo que pasara, nunca jamás me molestaría con eso de la meada.

El difunto ya estaba a unos pasitos de nosotros. Oíamos su voz y hasta pensé que había más muertos rondando que todavía eran invisibles a nuestros ojos. Jalé al Goyo hacia atrás, como para pegar la espalda al tecorral, no fuera a ser que nos saliera otro muerto por la espalda. El jalón hizo que nos fuéramos contra las piedras, y una que estaba suelta se rodó hacia el piso, cayéndole a mi hermano en un pie. Goyo lanzó un chillido y al poco aquel difunto, que ya casi tocábamos, se volteó hacia nosotros sin dejar de murmurar. ¡Ay, nanita!, gritó con su voz del más allá y se echó a correr, ora sí que muerto del susto. Y vaya a saber qué bicho nos picó, que nos enfilamos tras él, con todo y que Goyo todavía iba quejándose por el trancazo del pedregón. El difunto gritaba, corría, brincaba sepulcros a su paso. Cargaba en los brazos cuanta cosa podía, mientras nosotros tratábamos de alcanzarlo.

No fue hasta que lo vimos tropezarse y caer, cuando empecé a preguntarme por qué no usaba sus poderes del otro mundo para echarse a volar o desaparecer como hacen los muertos. Nos detuvimos a dos pasos de él. Lo escuchábamos decir cosas que no se entendían. Reía y sollozaba, y pensé que hablaba el idioma de los difuntos, cuando Goyo en una de esas dice:

—¡Si no es un espanto! ¡Es el pinche Chucho!

No sabría decir qué nos hacía sentir el Chucho, que era uno que solía vagar por el pueblo. Se decía que había quedado zonzo por meterse a la Gruta de las Voces. Al encontrarlo por la calle, una mezcla de curiosidad, burla, miedo y risa nos poseía como un demonio. Le aventábamos piedras para que nos persiguiera, y con todo, le teníamos su respeto. Decía Mamá Lochi que había que tenerle consideración. Que por un embrujo se le había metido un espíritu malicioso desde recién nacido. Que había nacido con dientes y diciendo cosas raras. Que sabía más cosas del otro mundo que de éste. Se perdía de vista durante meses y luego aparecía por el pueblo pidiendo comida. Siempre había quien le diera un taco o le invitara un plato de arroz o frijol. Se sentaba en la plaza y los perros lo rodeaban como si con él se entendieran bien. Mamá Lochi decía que también él entendía la lengua de los animales, aunque la lengua de los hombres nomás le entrara por un oído y le saliera por el otro.

Así como un día aparecía, al rato se internaba en el monte, y podían pasar semanas antes de volver, con sus harapos roñosos colgándole del cuerpo y dejando ver sus partes íntimas, que sólo cubría cuando alguien, entre maledicencias y amenazas, le aventaba un trapo viejo y lo obligaba a taparse.

A la luz de la luna, aquella noche de difuntos, el Chucho parecía un fantasma. Se había echado encima un trapo blanco y andaba comiéndose la comida de los muertos. No soltaba la botella de aguardiente que Mamá Lochi había dejado en la tumba del abuelo Güero.

—Tas bien loco —dijo el Goyo—. Nomás deja que le diga a mi abuela que le chingaste su chupe al abuelo Güero y vas a ver la que se te arma —le soltó mi hermano. Yo me asusté al oírlo pues no olvidaba cuántas veces nos repetían que mejor no hablar con él, ni verlo fijo a los ojos, no fuera a ser que nos pasara a embrujar o a enloquecer.

Al oír al Goyo, el Chucho se arrodilló y ahí mismito se puso a aullar como coyote. Aullaba y soltaba unas carcajadas de poner la carne de gallina, y si el espanto se nos había pasado, sus gritos nos lo regresaron: nos echamos a correr como gatos de monte, yo piando como calandria, brincando las tumbas, hasta que saltamos el tecorral y, más rápido que mi recuerdo, llegamos a la casa.

Mamá Lochi nos esperaba a la puerta, con una vela en la mano.

—Pos dónde andaban, chamacos endemoniados —podía ver el brillo de sus ojos en la oscuridad. La voz recia me anunció su enojo—, no anden haciendo tarugadas. Que con los muertos no se juega.

Tiempo después, cuando el Goyo y yo, antes de desencontrarnos, nos sentábamos a descansar junto a los caminantes, antes de cruzar la línea, hasta alegres nos poníamos al recordar esa noche. Volvíamos a ese día y buscábamos detalles que hubiéramos olvidado. Reíamos hasta hacer doler la panza y olvidábamos por un rato lo perdidos, lo solos que estábamos en ese desierto inmenso tan alejado de nuestra casa y de nuestros muertos.

Ya llevaban más de dos horas de camino cuando el carro se apagó.

—Ya valió madres —murmuró Gregorio Ventura, y encendió las luces para ver qué se veía: descampado, a donde volteara uno los ojos trasnochados. Intentó arrancar el motor, levantó el cofre para ver si le entendía, le hizo aquí y allá nada más para atinarle. Al fin volvió a treparse, echó la cabeza contra el volante y se durmió un rato. El resto, salvo Emilia, le siguieron el ejemplo y dormitaron, sin más fuerzas que las necesarias para entregarse a ese otro mundo incierto.

—Ya, Caco. Ándale, despiértate. No vayan a encontrarnos —no había pasado ni media hora y Gregorio alzó la cresta; a mitad de la oscuridad rejega, miró a su hermana como si fuera un ser de otro planeta.

—Hay que seguir a pata —los despertó a todos y se bajaron del carro. Echó la metralleta y la mariguana a la cajuela, les pasó llave y se la guardó en el bolsillo. Distribuyó el dinero entre la mochila y la bolsa. Sacó las provisiones y el agua y repartió la carga entre todos.

—¿Y si los malos regresan? —le escucharon decir al niño de los moretones.

—Pensé que eras mudo —dijo Emilia.

—No soy *mudo*, soy Simón Aguilar.

—Pues no podemos irla cargando, Simón Aguilar. Hasta peligroso ha de ser. Qué tal si nos agarra la policía... nos chingamos. Con la pistola tenemos. Y es más fácil de esconder —y la sacó del pantalón para enseñarla y la volvió a ocultar. Aunque no quiso decir que no traía balas, para no espantarlos.

Dos chamacos no llevaban zapatos. Goyo sacó el cuchillo de su mochila y rasgó cuatro pedazos de llanta. Se las enrolló alrededor de los pies con los trapos que quedaban. Había que apretarlos a cada rato porque se les iban soltando. Después de un tramo, se trepó a Simón a la espalda, y Lupita, una de las niñas, se pepenó de la mano de Emilia con tal fuerza que hasta se le dormían los dedos y tenía que irle cambiando de lado. Los otros tres iban uno detrás de otro, siguiéndose los pasos, arrejuntados como animalitos. El frío pelaba, no podían quedarse quietos, y al cansancio no quedó otra que dejarlo de lado.

Las luces a lo lejos eran cada vez más cercanas: iban y venían, luego pasaba un rato y nada. No podían calcular cuánto faltaba para llegar a quién sabe dónde.

Rayaba el alba cuando dieron con una carretera poco transitada, rodeada de desierto. Acá y allá se alzaban los saguaros con sus retorcimientos, y Emilia, al contemplarlos, creyó que nunca más vería otro paisaje que no fuera ése. Pensó en Mamá Lochi, con esa tristeza desagradecida que le andaba por dentro. Desde cuándo ya no escuchaba su voz.

A lo mejor se había quedado atorada en el camino. En una de esas, no había querido cruzar la línea junto a ellos. Trató de invocarla: sólo escuchó un silencio pesaroso. Al rato cerró los ojos y trató de recordar su cara, sus manos, el olor a tierra mojada, a ocotillo, a yerba fresca, a maíz tiernito al que olía su cuerpo: nada de nada. Y se echó a llorar de puro coraje. Cómo que se le iba así nada más, sin siquiera decirle adiós.

—Pues qué traes, Calandria. Ahora por qué chillas.

El sol salía detrás de las montañas. El asfalto: helado. Ya no querían caminar más. A Emilia los mocos se le escurrieron junto con las lágrimas: una cascada que no tenía para cuándo. Y Simón a su lado, abrazándola:

—Ya no llores —le dijo, y ella vio su ojo brillar rodeado de un moretón hinchado.

Y se secó los mocos con el borde de la camiseta.

Retomaron la marcha pisando el asfalto al que pronto calentarían los primeros rayos de la mañana. A Emilia las lastimaduras de los pies la obligaban a ir de puntas. O a ladear la pisada para que no se le abriera la herida. Se había enrollado unos trapos que algo le aliviaban. El sol, junto a su calor, se fue elevando y ni un alma cerca. Pasó una hora cuando vieron la silueta de un coche aproximándose a lo lejos y corrieron a ocultarse, pecho tierra, con la cabeza baja, metidos en una zanja. La pura idea de encontrar policías o a alguno del deshuesadero que los anduviera rastreando, los espantó. Vieron pasar una camioneta que se frenó junto a ellos. No se animaron a salir y se quedaron metidos en la zanja.

Oyeron el arranque y al verla alejarse, se asomaron; alcanzaron a leer las palabras escritas sobre la carrocería trasera: Dios asiste a los caminantes.

—Ya quisiéramos —murmuró Gregorio.

—Nos vieron —dijo una de las niñas, con un hilo de voz. Y se echaron a andar dando tumbos sobre el asfalto.

—Tengo sed —volvió a decir otra de las niñas. Hacía horas que se les había acabado el agua.

—Aguanten. Ahorita conseguimos algo —dijo Goyo, sin quitar la vista del horizonte.

Después de media hora más de caminata, Goyo sacó seis montoncitos de billetes de la bolsa y los repartió. Los niños se quedaron mirando el dinero.

—Guárdenselo en la ropa. Por si nos separamos. Para algo alcanzará. No le digan a nadie que lo traen.

La camioneta que se había detenido antes venía de regreso. Goyo se detuvo más adelante:

—Nos tenemos que arriesgar. Si no, aquí nos vamos a morir.

Y así se quedaron: una fila de niños, como piedras de tecorral una junto a la otra, mirando a la distancia acercarse el carro. La parte delantera traía pintadas las mismas palabras: Dios asiste a los caminantes. Mientras se acercaba, vieron que al volante iba un sombrerudo. A su lado una mujer. Traían a dos caminantes en la caja trasera, descapotada, que antes no estaban o no habían visto. Se veía que también andaban norteados. Cuando al fin se detuvo, a los niños ya no les quedaba fuerza ni para el espanto.

El hombre al volante los observó con sus ojos bicolores: azul y café. Sobre la cabeza, un sombrero de ala ancha.

Al cuello, un crucifijo que abarcaba parte del pecho. A su lado, una mujer, mirándolos con sus ojos incisivos enmarcados por su piel morena y bien curtida.

—Ya los había visto —susurró Emilia, al recordar sus visiones.

Los miraron largo. Él mordía una tira de carne seca.

A los de atrás, un hombre y una mujer, se les veía estropeados: como ellos, habían cruzado.

—Para dónde van, niños —el sombrerudo de ojos bicolor tenía voz ronca y acento gringo. Goyo buscó la respuesta que no tenía. Miró a su hermana y echó un vistazo a los que iban en la parte trasera de la camioneta.

—Vamos a Colorado Spring —se adelantó Emilia, al recordar el lugar donde vivía su padre.

El hombre guardó silencio, unos segundos que se hicieron largos.

—*It's far from here.*

Gregorio y Emilia se miraron. No habían entendido.

—Los que querer trabajo, suban. Trabajo en campo. Bien pago.

A excepción de los hermanos y Simón, los otros tres niños treparon a la parte trasera de la camioneta, que arrancó sin apenas encontrar el tiempo para decirse adiós. Y no habían ni empezado a sentir pena por tan veloz despedida, cuando ya el carro, que no había andado ni cincuenta metros, regresaba en reversa.

—*Get on* —dijo el hombre al volante y marcó sus palabras con una seña—. Puedo llevar cerca de autobús —y sin dudarlo, los tres se treparon.

El sol ya bailaba alto, cuando la camioneta se detuvo. Emilia se despertó sobresaltada al sentir una mano meneándole los hombros para despertarla. Se había quedado dormida después de que la mujer que iba a delante les diera agua y un racimo de plátanos que devoraron en minutos.

—Ya despiértate, Calandria.

—Aquí dónde estamos —preguntó Emilia cuando pisaron la banqueta. Alrededor había edificios, calles amplias donde circulaban carros.

—Aquí estar en Tucson, Arizona. Allí adelante —dijo el hombre al volante, y señaló un edificio que estaba a unos pasos— es estación autobús. Ahí busca Colorado. ¿Pueden pagar?

Gregorio asintió.

—Ok. Adentro *telephones*. ¿Traer número dónde llamar? —Goyo asintió—. Pone esto —y les alcanzó unas monedas— y marca. Que tu gente decir qué hacer —y les lanzó una de esas miradas de advertencia—. Cuidado con policía. *Good luck* —terminó por decir antes de besar la cruz que llevaba al pecho. Él, la mujer y el resto de los niños alzaron la mano para despedirse, mientras se alejaban por una avenida transitada.

Los tres se adentraron en un laberinto interminable de pasillos, ventanillas, gente que corría de un lado a otro.

—Y tú, ¿qué? —dijo Goyo, mirando a Simón que no parecía tener intención de dejarlos.

—¿Traes dónde llamar? ¿Quién te espera?

Desde la hinchazón de sus ojos, Simón lo miró antes de alzar los hombros. Emilia miró sus pies descalzos, sucios y lastimados.

—Hay que comprarle unas chanclas, de perdis —Emilia no sacaba la vista del piso.

—Pérate tantito, Calandria, primero debemos saber qué vamos a hacer con él —insistió Gregorio—. Tu jefa... ¿se quedó allá? —Goyo se agachó para hablarle más de cerca. No recordaba lo que el niño le había dicho en el yonque.

—Ya te dije. Se quedó allá... se murió —y se le dio por un parpadeo que no tenía para cuándo parar.

Los hermanos se miraron y les entró un descuajeringue donde no se acomodaba palabra. Goyo intentó seguir:

—Pero ¿a poco no tienes más familia? Alguien que los estuviera esperando de este lado.

Simón primero levantó los hombros y luego negó con la cabeza.

Los ojos de Emilia y Gregorio volvieron a encontrarse.

—Pos ya ni modo. No te vamos a dejar aquí aventado. Vente con nosotros —dijo, al fin, el hermano mayor—, ya qué. Que se chingue el jefe —y consiguió, después de muchos intentos y con ayuda de un hombre que andaba cerca, que hablaba español, comunicarse con su padre.

—Pues ya estamos aquí, jefe —balbuceó, con un nudo en la garganta al oír la voz del otro lado de la línea. Emilia pegó la oreja al auricular que le acercó su hermano.

—Vénganse, pues. A ver cómo le hacemos.

—Pero no sabemos cómo.

—Cómo que no saben cómo. No se hagan, si ya cruzaron, acá está refácil. Busquen que los pongan en un camión a la estación central de Colorado Spring. Cuando lleguen ahí, me hablan —y cortó el teléfono.

Gregorio y Emilia se miraron, con esa tristeza seca de puro desabrigo. Y Emilia pensó que su abuela tenía razón: a Emilio Ventura las mujeres lo embrujaban, que hasta le hacían olvidar sus cariños.

—Pinche jefe —dijo Goyo—, ni ganas quedan de ir a verlo. ¿Y si mejor jalamos para otro lado, Emilia? Al fin ya estamos por acá.

Emilia sentía ese descorazone que se volvía un plomo en su pecho. Y a pesar de ese sentimiento que le pesaba por dentro, no podía imaginar estar tan cerca de su padre y no mirarlo a los ojos aunque fuera una vez.

—Mejor vamos, Goyo. Aunque sea para verlo un rato. Ya luego le buscamos para dónde jalar.

Se contemplaron en silencio unos segundos.

—Va, pues —concluyó el muchacho, sin gran ánimo—. Espero que no nos arrepintamos luego.

—Yo también, Caco. De veras que yo también.

Mamá Lochi decía que las mejores yerbas, las más puras, se daban cerca del cielo. Aunque en esos días, cuando mi padre estaba por irse, ella no me decía ni eso. Andaba metida en unas profundidades difíciles de alcanzar, menos de entender. Ahora sé que hacía lo imposible para que su hijo no se fuera. La vi preparar ungüentos que le untó en las manos o en el cabello sin que él se diera cuenta, la vi echarle hierbas secas hechas polvo en el café o en el atole, la vi rogarle a sus santitos, a la virgen, poner veladoras, hacer sahumerios. Pero ni con todas sus ganas de que ese su chaparro, como le decía, se quedara a su lado, consiguió retener a mi padre.

—Ya me lo decía don Jacinto: ese chamaco te va a hacer pagar toditas tus necedades, Eloísa.

Sabía que en cuanto se fuera, nunca más volvería a verlo. Lo soñó seguido, pero no quería acostumbrarse y quiso creer que podría cambiar aquel destino. Su suerte, y la nuestra, la conoció mucho antes que cualquiera de nosotros. Los espíritus le hablaban en sueños, bajito y al oído.

La madrugada en que mi padre se fue al otro lado, yo estaba despierta. Como si me las oliera. Porque bien a bien, nadie nos dijo nada de su partida. Oíamos hablar de eso, sí, pero ni él ni nadie se acercó a Caco y a mí para comunicarnos que íbamos a estar sin verlo hasta quién sabe cuándo. Ya se había ido el Beno, y tiempo después se arrancaron la Magda y el Isidro. Al final, aceptó que no quedaba de otra. Mamá Lochi pensó que con el dinero que le mandaran podría construir una casa más grande para que no estuviéramos tan apretados. Ya habían construido unas nuevas en el pueblo, la mayoría terminó abandonada. Caco y yo nos metíamos a escondidillas y vagábamos por los cuartos vacíos. Me gustaba el olor a cemento nuevo. Usábamos los baños descompuestos a los que les habían robado todas las manijas y nos contábamos historias de aparecidos cuando se hacía de noche.

Cuando se fue mi tío Beno, tardé como dos días en darme cuenta de que no estaba.

—¿Y el Beno? —le pregunté a mi abuela. Ella servía un caldo de hongos que colocó sobre la mesa. Cuando andaba distraída, ni contestaba. Fue hasta la noche, mientras tomábamos un atole, junto al brasero de leña, que nos lo dijo.

—Pues el Beno ya estará viendo las luces del norte. Dios quiera que haya llegado con bien, porque hace días que no veo su sombra.

Me daba coraje que no nos dijeran nada. Pero así eran. Y nosotros ni cuenta nos dábamos. Siempre correteando por el cerro.

Pasó un mes antes de tener noticias del Beno. Un día, la vecina del teléfono mandó a un chamaco de mensajero para que Mamá Lochi fuera a contestar una llamada: regresó bien sonriente, ligerita como mariposa. Parecía que le hubieran sacado de encima un costal de troncos que andaba cargando.

—Que Beno no ha conseguido chamba, pero llegó con bien y lo recibió por allá mi ahijado. Me pidió que desde aquí le echara su ayudadita para abrirle camino y que consiga trabajo pronto. Mañana a primera hora nos vamos al monte a traer hierbas, Emilia. Quiero ponerle humos a mis santitos, ya verá ese condenado que también yo desde aquí hago mi parte.

Meses más tarde, se animaron a irse Isidro y Magda. Un día antes, Magda andaba muy nerviosa con que si sí se iba o siempre mejor no. El Isidro le alegaba que ni modo de perder el billete que ya habían pagado, que ya tenía el resto de deudas, que tanto para nada y quién sabe cuánta cosa se decían. Los dejé alegando y me quedé dormida. Cuando abrí el ojo, ellos ya llevaban camino andado.

Todavía pasó como un año antes de la noche en que mi papá se acercó a mi catre para darme un beso de despedida en la frente. Luego supe que se iba, pues él no era de ir a darme besos a mitad de la noche. Ni una palabrita de adiós me dijo. Me hice la dormida, pero no se me olvida el retortijón que se me trepó y allí se me quedó atorado. Hubiera querido agarrarme a su cuello y prensarlo bien fuerte para que no se fuera. No sé qué enojo traía yo que me quedé quieta como calaca y lo dejé ir, así nomás, sin decirle adiós.

Me costó acostumbrarme a la ausencia de mi padre. Hubo días en que me sentaba a la orilla del camino que lleva al monte a esperarlo, como si fuera a regresar. Por ahí solía volver de los trabajos de campo, con su azadón, su morral de petate lleno de palos y su sombrero de paja. Con los perros echados a mi lado, me quedaba mirando la senda y me concentraba en pensar que en cuanto cayera la tarde, lo vería entrar con su paso largo, se quitaría el sombrero para secarse la frente y lo agitaría sobre su cabeza para saludarme. Los perros se echarían a correr para brincar del contento de volverlo a ver, y yo me echaría a correr para abrazarlo y sonsacarle la promesa de no irse nunca más. O, de perdida, si se iba, que me llevara con él.

Goyo, Mamá Lochi y yo nos acostumbramos a estar solos. Íbamos a la escuela, ayudábamos en el quehacer de la casa, a buscar leña y yerbas al monte y a darle de comer a los animales. Por las tardes, ella se sentaba a bordar junto al fogón y nos platicaba de cuanta cosa le viniera a la memoria. De cómo conoció a su Güero en la feria del pueblo, de cuando mataron a mi bisabuelo, de cuando su Güero se la robó, de que habían andado escondidos varios días hasta que se puso mala Mamá Goyita. Cuánta cosa contaba. No parecía importarle que todavía fuéramos unos chamacos. Mamá Lochi había nacido para contar historias y podíamos pasar horas escuchándola hablar, mientras bordaba y bordaba esos enormes trapos llenos de flores o pájaros que ya nunca más se usarían en ninguna fiesta.

Ahora me pregunto cómo era que yo quería tanto a mi papá. Cómo era eso de extrañarlo así como lo extrañé, cuando casi ni me hacía caso mientras vivió con nosotros. No voy a decir que nunca jamás ni una miradita nos echara, porque no era así. Pero casi siempre andaba ocupado en sus cosas, que quién sabe qué cosas eran. Y luego, en su tiempo libre, se iba a ver a su compadre Pancho, o al menos eso decía, porque mi abuela siempre lo miraba como si no le creyera:

—Vas con el compadre Pancho, ¿no? ¿Y tú te crees que yo nací ayer, chaparro? No te hagas, Emilio, que vas a ver a esa bruja… Deberías odiarla y allí vas… Cuídate de ella, que es bien poderosa la canija.

A Mamá Lochi no le gustaba alegar de más, así que ella mismita se frenaba en cuanto agarraba vuelo, se daba media vuelta y se iba a hacer algún quehacer, que de eso siempre había. Aunque, a decir verdad, cuando a mi papá le daba por divertirse junto a nosotros, la pasábamos a todo dar.

—Chamacos, agarren sus huaraches y un trapo, que nos vamos al río.

Cuando anunciaba eso, brincábamos como chapulines y, en un cerrar de ojos, ya estábamos junto a él, listísimos para seguirlo por el monte y aventarnos a las pozas que se formaban durante los temporales del verano. Nos metíamos al agua fría y no nos cansábamos de patalear de un lado al otro, pescando botellitas de río y echándonos clavados desde el pedregón enrollado con las raíces de un amate. Mi padre entraba al agua y nos decía cómo hacerle para flotar; nos hablaba de cuando de niño nadaba en las pozas. Después juntábamos las guayabas tiradas por donde quiera junto al río y comíamos mientras el sol nos calentaba la piel. No es que fuera la gran cosa, pero en días como esos yo me sentía muy afortunada de que él fuera mi padre y estuviera conmigo.

Luego de que se fue y pasaron semanas sin noticias, vi cómo a mi abuela se le puso el pelo más blanco y las líneas de la cara que antes apenas se le notaban empezaron a marcarse como si hubieran encontrado la oportunidad de dejarse ver. Su mirar se opacó, y aunque nunca dejó de bordar sus trapitos, de a poco dejó de platicarnos sus cosas. Era como si prefiriera sumirse en la soledad de sus recuerdos, pero sin hablar de ellos para que no se le gastaran.

Cuando la vecina del teléfono venía a llamarla para decirle que uno de sus hijos le hablaba, mi abuela salía corriendo y al rato regresaba con la barbilla pegada al pecho, arrastrando los huaraches como si le doliera andar. Era el Beno, nos decía, como si ésa no fuera buena noticia, que ya mandó un dinerito, que lo vaya yo a recoger allá al banco de Pueblo Grande. Y se daba media vuelta para escondernos sus ojos tristes. Ni Goyo ni yo nos atrevíamos a preguntarle, aunque sabíamos cuánto le dolía no recibir mensaje de su chaparro. Yo creo que nunca le decíamos nada ni le preguntábamos por el terror que nos daba que ella, la mujer más fuerte, más sabia y correosa del universo, se nos fuera en un llanto, un río corriendo cuesta abajo, y nos dejara solos para ahogarse en su tristeza.

De mi padre, ni sus luces. Ni mi tío Beno, ni el tío Isidro ni Magda, su esposa, tenían noticias de él. Emilio Ventura se había esfumado en una tierra lejana, como una nube que se lleva el aire.

Pasó un año antes de recibir noticias de él: vivía con la Lucrecia en Colorado Spring, y como bien decía mi abuela, esa vieja lo tenía bien embrujado, que ni un mensaje de estoy vivo dejó que le mandara, al menos para que pudiera dormir tranquila.

Algo de cariño le quedaba a él por nosotros, que de perdida se acordó de mandarnos un dinerito para ir jalando. Suena feo decirlo pero, a veces, del coraje que sentía, hasta pensaba que hubiera preferido que se hubiera muerto. Me sentía tan mal de tener esas ideas que me castiga sin comer ni tomar agua un día completo, para que Dios me perdonara. Peor tantito cuando supe que hasta iba a tener otro hermano. Me enojé como si se me hubieran rajado las tripas para luego llenármelas de chile y limón. Lo que nunca, le rezongaba a Mamá Lochi del alba a la noche. La culpaba de que lo hubiera dejado ir. Le decía que no nos quería ni poquito, que él había matado a mi mamita Estela, que le valíamos madres y que para qué nos había traído al mundo si nos iba a dejar botados así nomás. Mi abuela me oía rezongar, mirándome con sus dulces ojos recios, y me decía:

—Ya cálmate, chamaca, deja de decir tarugadas; así es la vida, y estoy segura de que con todo, el chaparro nos quiere mucho y ya llegará la hora de que nos dé nuestro lugar.

No tengo ni idea qué imaginaba Mamá Lochi cuando decía eso, o si sólo lo decía para calmarme o calmarse a sí misma. El hecho es que yo terminaba enojada con ella y más de una vez me lancé al monte para treparme a lo más alto, y cuando me quedaba sin aire, ahí mero me echaba sobre la tierra viendo pasar las nubes por encima de las ramas de los encinos. Muchas de esas veces me ponía a hablar con los insectos que andaban cerca, y en cuanto aparecía una mariposa, le pedía que me hiciera favor de enterar a sus hermanas del norte que la pinche bruja de la Lucrecia andaba diciendo que eran retefeas, para encabritarlas y que le enterraran los colmillos hasta sacarle los ojos.

Ese enojo se me fue disolviendo con los meses. Mamá Lochi no dejaba de decir que, como fuera, su hijo estaba vivo y sano, que eso era lo que le importaba. Yo misma me fui reconciliando con su ausencia, y hasta me alegré de hablar

271

con él la vez que nos llamó. Aunque no dijo casi nada: cómo estás chaparra, qué me cuentas… y párale de contar.

Pasó otro año más y, para cuando cumplí doce, mi abuela se puso enferma. De un día para el otro simplemente noté que se había encogido. Andaba desganada y le costaba levantarse de la cama.

—Tú abuelita está remala —me advirtió la comadre Tomasa—. Dios no quiera llevársela todavía.

Pero se fue apagando como una velita. La pura idea me hundió en una pesadumbre que me devolvía a mis carreras por el monte. Ni eso me calmaba. ¿Cómo podía ser que a Mamá Lochi, mi mamita querida, se la estuviera llevando la flaca? Si Dios dejaba que eso ocurriera, me decía mientras trepaba los pedregones en lo alto del cerro, nunca jamás iba a hacer caso de nada que viniera de ese señor.

La comadre Tomasa venía a diario a ayudarnos un rato. Nos daba recomendaciones a Goyo y a mí para atender a mi abuela, postrada en cama, casi sin moverse, cada vez más flaca y chupada. Hasta la cicatriz que le dejó el relámpago se fue achicando. Las hojitas del helecho rojizo que le surcaba el brazo se fueron encogiendo al paso de los días.

Para entonces, venía un curandero joven de Santiatepec que se había preparado con ella y la quería mucho. Decía que no podía hacer más de lo que hacía, y ella no quiso ir a una clínica. Tanto dolor reunido en el alma se le asomó por la piel. Ni palabras le salían ya. Aunque trataba de decirnos algo a la hora del día en que el sol estaba más alto.

—Emilia, a juntar fuerza —repetía, cada vez más quedito.

Una mañana en que fui a darle su café con pan, antes de irme para la escuela, la encontré sentada junto a la ventana de su cuarto desde donde se veía el cerro. Había amanecido neblinoso y frío, apenas se alcanzaban a ver los árboles que crecían arriba de la montaña. Ella estaba temblando, y le eché una cobija sobre los hombros. Al acercarme, vi sus ojos húmedos. Estaban como hundidos en una lejanía inalcanzable. Se volteó hacia mí y me agarró un brazo, suave pero con firmeza. De sus labios, surgió esa su voz ronca y serena, clara como hacía semanas no la oía.

—Calandria, para cuando me vaya, tienen que irse a buscar a mi chaparro al otro lado. Aquí no queda nada ni tienen nada que hacer.

—Pues, ¿para dónde se va, mamita? No se vaya. No nos deje solitos —mi voz era como un vidrio delgadito, se me iba a quebrar en cualquier momento. Mamá Lochi guardó un silencio, de esos que no tienen para cuándo.

—Me entierran junto a tu abuelo y a mis angelitos. Que allí voy a estar muy bien acompañada —fue lo que agregó. Clarito me quedaba que no estaba dispuesta a aguantar ningún drama de mi parte. Después de decirlo, volvió al silencio y a la vista metida en quién sabe qué lejanías.

—Pero, mamita —me animé a replicarle—. Usted no se puede ir. A dónde vamos a ir nosotros. Y no la vamos a dejar aquí solita.

Ella volvió del más allá donde andaba y me dijo, con su ternura recia:

—Nunca olvides que aquí mero naciste, Calandria. Aquí están tus muertos —y se quedó mirándome fijo, sin mover ni una pestaña, andaba hurgando entre mis pensamientos. Sin quitarme los ojos de encima, señaló hacia su cama.

—Busca bajo el colchón. Con lo que hay ahí tiene que alcanzar para que se vayan a buscar a mi chaparro. Ahí mismo está apuntada la dirección donde vive. Y el teléfono. Y ya sabes, Emilia. Tú eres una mujer valiente, aunque estés chamaca todavía. Y cuando andes del otro lado, cuando creas que ya todo lo perdiste, sólo acuérdate de que viniste al mundo para contar la historia. La tuya, la mía, la de nuestros muertos. Los que quepan en tu memoria, los que sean...

No sé ni de dónde agarró aire para decirme aquello. Apenas lo dijo, me rodeó con su brazo delgado, bien arrugadito con esos helechos empequeñecidos que lo adornaban y, cosa rara, me arrimó a su pecho. Suspiró hondo, como si se le hubiera gastado el aire que le quedaba. Yo sentía ese viejo nudo que cada tanto me subía desde la panza y, para no echarme a llorar, aspiré con todas mis ganas ese olor a ocotillo, a yerbas, a tierra mojada, como después de una lluvia recia y liberadora, a la que olía siempre su cuerpo.

Emilia notó que, al abrazarlos, su padre no disimuló ni su alegría ni su pesadumbre. Al llegar a Colorado, por teléfono les dijo qué hacer y acordaron el encuentro en la esquina que él les indicó. Y los hermanos andaban con ese descosimiento, con esa rasgadura que les venía de dentro.

—Mírense, nomás. Ya mero ni los reconozco de tan percudidos —les dijo al verlos y volver a abrazarlos.

Vencida la duda, ellos también lo abrazaron: Emilia se pepenó a su cintura, se apretó contra su cuerpo y liberó sin pena los chillidos de su calandria:

—Ya párale. Pos quién los manda a andarse viniendo así nomás. En cuanto pudiera, yo iba a mandar traerlos.

Y ellos, callados, con ganas de decirle sus pensamientos. *No sea mentiroso, papá. Que ni se acordaba de nosotros.* Pero ni una palabra les salió, no se fuera a encabritar.

Soplaba un viento fresco, y Emilia levantó la vista para mirar los árboles de hojas grandes que ya empezaban a caer por el inicio del otoño.

—Vénganse, pues. Tenemos que andar un poco todavía para llegar a la casa.

Aún traían encima los traqueteos del autobús donde se treparon. Antes de abordarlo, habían pasado a lavarse en el baño de la estación, cuando notaron las miradas de la gente y un hombre que hablaba español se les acercó:

—Lávense y acomódense sus trapos si no quieren que los agarre la migra.

En un baño, Gregorio aprovechó para tirar el arma en un basurero.

—Si la encuentran, ni van a saber de quién es.

El guatemalteco los orientó de cómo andar, qué hacer para llegar a Colorado. Ya en el autobús, iban alerta, nerviosos: qué tal si la migra, si la policía, si cualquiera los agarraba tan despapelados. Con suerte llegaron a su destino sin tanto estropicio.

Al ver a su padre, a Emilia le pareció que el cruce había sido una pesadilla.

Se echaron a andar pero, de pronto, Emilio Ventura se detuvo, al reparar en el chamaco que traían pegado.

—Y éste, qué —le echó un vistazo de pies a cabeza, con esas marcas en el rostro. Unas chanclas de plástico que le quedaban un poco grandes, y una sudadera que le llegaba debajo de la cintura.

—Pues viene con nosotros —se animó a decir Emilia—. No tiene a nadie.

—¿Cómo que no tiene a nadie? Eso no se puede. Todo mundo tiene a alguien.

Simón entrelazó las manos y levantó los codos, como si quisiera salir volando. A Goyo le dio quién sabe qué al ver cómo arrejuntaba los dedos del pie, todavía mugrosos, adentro de sus chanclas.

—De veras no tiene a nadie, dice que le mataron a su jefa. Y su papá, pues no sabe quién es. Y que no tiene familia de este lado.

Emilio Ventura depositó un par de ojos vidriosos y hoscos sobre el escuincle. Respiró hondo, como tomando fuerzas.

—Pues cómo creen que me lo voy a quedar. Si apenas podré darles de tragar a ustedes. Además, pues, ya tienen dos hermanos. Y viene el tercero. Y para amolarla, me quedé sin chamba, y no sé hasta cuándo —dijo con un hilo de pena bien mezclado con un enojo: el gesto con la cabeza delató cómo detrás de sus palabras algo en él estaba peleando —hay que regresarlo. Seguro habrá quién lo ande buscando.

—Cómo cree, jefe, ni hay dónde regresarlo —dijo Goyo—. De veras no hay nadie, no sea gacho. Andamos con él desde cuando. A nadie tiene, jefe. De veras.

Simón se pepenó con ganas al cuerpo de Emilia. Un puchero mal disimulado le rasgó el gesto. Emilia le pasó un brazo por sobre el hombro. Goyo se puso a su lado.

—Pues si él se va, yo también —Emilia no supo de dónde le salieron esas palabras.

—Nos vamos, pues —agregó Goyo.

—No digan pendejadas —se encrespó el padre y los contempló en silencio, quién sabe en qué estaría pensando—. Vamos pues, a ver cómo le hacemos.

El cuarto de la casa compartida con otras familias era oscuro: una sala decolorada, una gran televisión encendida, una mesa y sillas aquí y allá bien arrejuntadas. En un muro, una docena de fotos familiares. Emilia notó que no había una sola fotografía de ellos.

Lucrecia apenas movió la cabeza para recibirlos. Nomás se le iba en puro asomarse, cargando a un niño, desde el fondo de una minúscula cocina. Traía bien plantada su mueca, con la que parecía haber nacido.

Se acomodaron en unas sillas. Y se les fue un tanto en seguir discutiendo sobre el destino de Simón, que parecía pegado al cuerpo de Emilia, como si lo calara el frío.

—Déjalos, Emilio. Ya veremos cómo hacerle —y los cuatro voltearon a ver a Lucrecia.

El padre la contempló como diciendo: ahora tú qué dices... y luego miró a sus hijos y al chamaquito desconocido, hasta bajar la vista para observar sus propias manos entrelazadas sobre sus piernas.

La luz del día apenas iluminaba el interior de la habitación; Emilio Ventura encendió la luz eléctrica. Goyo colocó el bolso sobre la mesa. Luego miró a su hermana.

—Jefe, esto es para usted. Para que no se preocupe.

Y ahí mero, el muchacho entreabrió el cierre y dejó ver los billetes. El padre se asomó y la palidez de un difunto se le acomodó en la cara: más que dinero parecía estar viendo a un finado que le hablaba. Lucrecia y el chamaco que andaba por ahí se asomaron.

—De dónde sacaron esto, pues... ¿en qué andan? —susurró el padre, y levantó el rostro para encarar a sus hijos.

—Nos lo encontramos, papá.

—Yo también traigo... —dijo Simón, animado, sacándose el fajo de dólares que llevaba entre la ropa.

Goyo se sorprendió, ya ni se acordaba que se los había dado.

—Cómo crees que te lo encontraste. Dime la verdad. En qué andan ustedes.

—De veras. En nada, jefe. Ahorita le contamos. Pero traemos hambre. ¿No nos invita un taco?

Lo atravesó un mirar desconfiado.

—En qué andan, pues... de veras, ¿no andarán robando o con los narcos?

Emilia y su hermano volvieron a mirarse.

—Cómo cree, papá. A nosotros nos robaron —se adelantó Goyo.

Emilio Ventura agarró el dinero que le acercaba Simón, y calculó cuánto había por fajo y la cantidad de fajos que eran.

—Aquí ha de haber más de quince mil dólares. ¿De dónde sacaron tanto billete, pues?

—Es nuestro, papá, ya le dije. Nos lo encontramos donde no había nadie a quien preguntar. Ahorita le cuento.

Desde la calle sonó la sirena de una ambulancia.

—Está bueno —dijo al fin, cuando cesó el ruidero—, con esto podemos batallar un tiempo. Vamos a tener que conseguir más grande para que entremos todos... —reconoció Emilio Ventura, con una sonrisa de contento, que ya no pudo disimular. Lucrecia se había volcado sobre la bolsa, después de dejar a su niño sobre la cama. No paró de exclamar al sacar los fajos de billetes para mirarlos bien de cerca.

—¿Y sí son de a de veras?

—Sí, son de a de veras —le dijo Emilia, sintiendo esa punzada rencorosa removiéndole la tripa. Le venían a la memoria las palabras de su abuela sobre la Lucre, al decir que nadie más que ella era culpable de que su chaparro ni una llamadita le dedicara.

—Nos va a durar. Pero hay que darle buen uso, pa que rinda. Luego que ni qué, van a tener que ponerse a chambear —continuó el padre, y contempló a sus hijos como si los viera por primera vez.

—Han de traer hambre. Ándale, Lucre, ya deja ahí, invítanos un poco de ese guisado que quedó de ayer.

Se sentaron a la mesa a comer con hambre. A contar dónde anduvieron. A contar de cómo se había ido Mamá Lochi siempre extrañando a su chaparro. Afuera, el rumor de los carros, la plática de la gente por la calle al pasar, el piar de las aves arrejuntadas en la copa de algún árbol cercano les fue advirtiendo de la caída de la tarde: la primera del inicio de esa nueva vida, en ese nuevo mundo.

Cómo se habrá sentido Mamá Lochi cuando ya casi no hablaba y sólo nos seguía con la vista desde su cama. Más de una vez me senté a su lado y traté de imaginar qué estaría pensando, cómo me vería. Intenté hacer las cosas como ella las hubiera hecho de haber podido y así guardar para mí un pedazo de su alma. Pero ella ya estaba lejos. Se estaba yendo y yo no podía hacer nada para evitarlo.

La madrugada en que murió, yo estaba echada sobre un petate junto al fogón de leña para agarrar calorcito con el rescoldo. Me había dormido apachurrada por esa inquietud deslucida que espera lo que no queremos que llegue. La calandria que llevo dentro se agitaba como presintiendo la tormenta. *Ven, chamaca*, oí clarito su voz, llamándome, así como habría de escucharla tantas veces después. Lueguito me paré y fui a verla. La luna se colaba por las ventanas iluminando los muros de adobe; un fulgor caía sobre su cara. Estaba dormida y respiraba muy apenitas. Afuera, resplandecían las copas de los ciruelos ya bien cargados de frutos: sus sombras se dibujaban como marcadas con un carbón sobre los muros encalados. No sé qué habré sentido, pero me fui a despertar a Goyo, que sin repelar se levantó, y los dos bien calladitos nos quedamos viendo su figura enflaquecida, huesuda, su cabello blanco y lacio esparcido sobre la almohada rellena de algodones del monte, que ella misma bordó. Aunque no recordaba cómo era eso de ver a alguien en el momento de brincarse el tecorral (ya había visto morir a mi mamita Estela, pero casi ni me acordaba), clarito supe que Mamá Lochi se estaba muriendo. Apenas se oía su respiración, como si ya no tuviera voluntad de jalar aire. La luz que caía sobre su cara resaltaba los huesos salidos, la carne chupada. Me acerqué a su pecho. Se oía un latido lejano, de corazón que se va apagando. Yo hubiera querido que abriera los ojos, que me echara una última mirada, un guiño, verla por dentro a ver qué me decía desde esas dos ventanas de su alma. Pero los mantuvo cerrados hasta el último suspiro, tuve que contentarme con el recuerdo de cuando estaban vivos, sin parar de sorprenderse de contemplar el mundo.

No pasaron ni cinco minutos de estar ahí parados junto a ella, divisando su cuerpo derrotado, cuando dejó ir un último suspiro. Hasta en eso fue generosa: nos llamó en un susurro secreto para regalarnos su aliento postrero. Nos avisó que ya se iba, para que tuviéramos tiempo de decirle algo o, de perdis, tiempo de dejar latir nuestros corazones junto al de ella: de apretarnos contra su pecho para sentir los últimos rescoldos del calor que todavía le quedaba a su cuerpo.

Cuando la luz del amanecer bañó el piso de tierra, Caco y yo todavía estábamos a su lado, pegados a su pecho, llorando, sin hacernos todavía la idea de que se nos había ido para siempre.

A su lado sentía una tristeza de esas que para qué contar. No me daba el ánimo para aguantar que se me fuera. Y estaba con esos pensamientos apesadumbrados, acostada sobre el petate, cuando cerré los ojos. Entonces me vi a mí misma como desde fuera, con aquel dolor a cuestas. Y allí estaba mirándome, cuando vi cómo una tela ligera, como un velo, una membrana, me envolvía, recubriéndome completa: así como avanzaba sobre mi piel, así mismo me fui relajando hasta adentrarme en un sueño profundo, del que salí descansada y fresca con fuerza para hacer frente a lo que viniera.

—A mí también me pasó eso. Soñé que me envolvía, y era ella mera... —me dijo Caco cuando fui a despertarlo, y nos quedamos mirando el cuerpo inmóvil de mi abuela que yacía sobre la cama.

La enterramos junto al abuelo Güero y a sus dos angelitos, como ella pidió. Si de a de veras existe el otro mundo, pues ya estarán juntos desde cuándo. Esa idea me dio paz. Lo que más me preocupaba era saberla sola entre pura ánima desconocida. Aunque nunca he dejado de sentirla cerca, sólo durante esos días después de cruzar la frontera, cuando se me perdió. Aunque entonces sufrí su ausencia, creo que en el fondo de mí misma sabía que tarde o temprano algo de ella regresaría. Y así fue como ocurrió: después de encontrar a mi padre y empezar otra vida en otro mundo, ella volvió a manifestarse en mis pensamientos. Y me dejó saber que no iba a terminar de decirme adiós hasta que yo no acabara de contar esta historia que hace tantísimos años ella misma me encargó.

Calandria, cuando estés bien retelejos, no te olvides de dibujar sobre el papel la historia que traes dentro: la de tu tierra, la de tus muertos.

Al entierro de Mamá Lochi, llegaron sus curados de Cerro Gordo, de Ocotitlán, de Pueblo Grande, del mismo Amatlán. Un montón de gente la respetaba: traían veladoras, flores, cantos y recuerdos endulzados en el aroma del copal para acompañarla. Se hizo una procesión hasta el camposanto: las curanderas con las que se amistaba cantaron sus rezos, dijeron oraciones y ya enterrada no faltó quien nos dijera a mí y a Caco que echáramos un grito si algo necesitábamos. Pero la verdad los dos sabíamos que nomás era pura lengua de perico. Que a pesar de la admiración que mucha gente le tenía a mi abuela, terminarían por olvidarse de nosotros. Que ahora sí estábamos solos en el mundo. Fue la comadre Tomasa la que les avisó a mis tíos. Cuando nos vino a contar, dijo que se pusieron a chillar por teléfono. Que le encargaban a Goyo cuidar que nadie se metiera a vivir en la casa. Que le iban a avisar a mi papá para que se regresara o viniera a traernos. Pasaron semanas sin novedad. Mi hermano y yo nos la arreglábamos como mejor podíamos. Nos arrimábamos a un comal y salíamos por tortillas y frijoles. Hacíamos trabajitos aquí y allá para ganarnos un plato de comida. Goyo cazaba teporingos o güilotas que cocinábamos en el fogón de leña, o nos trepábamos al monte a buscar hongos. Nos tragábamos los chapulines asados cuando llegaban a montones. Me tardé en acordarme: Mamá Lochi tenía escondido un dinero. Cuando busqué y encontré una caja de metal oxidado con un montón de billetes, casi me caigo de pompas; también había documentos, la dirección y los teléfonos de mi papá y mis tíos. Había una foto de ella y su Güero en una feria cuando eran jóvenes. Y otra de mi papá junto a mi mamita Estela cargando a un bebé que no sé si era el Caco o yo mera. El dinero era mucho más de lo que yo nunca había visto junto en toditita mi vida. Me entró miedo. Qué tal si nos lo robaban. Separamos un poco para comprar algo de comida y el resto lo escondimos debajo del tabique de la cocina. Mejor así mientras veíamos qué hacerle, y decidimos seguir viviendo de la buena voluntad de la comadre Tomasa, de otros del pueblo que nos compartían sus alimentos o de los insectos, los hongos, las yerbas y los pájaros que íbamos a buscar al monte. La comadre Tomasa insistía casi a diario con que nos fuéramos a vivir con ella mientras mi papá se apersonaba. Ella misma les habló a mis tíos más de una vez, pero ellos le daban largas: que estaba redifícil, que mi papá andaba sin trabajo y en quién sabe qué líos con la Lucrecia. Que iban a juntarnos un dinero para que de algo comiéramos.

Ni Caco ni yo nos atrevíamos a movernos mucho. Íbamos a la escuela un día sí y uno no, íbamos al monte a acarrear leña, a cazar algún animal o a recolectar quelites o fruta. Hacíamos los quehaceres de siempre, y cuando nos daba tiempo, nos sentábamos en el escalón de la entrada de la casa, a aventar piedras al patio o mirar cómo caía la lluvia mientras echábamos una miradita al sendero a ver si de casualidad veíamos a mi papá caminando de vuelta. No nos decíamos nada, pero yo sé que los dos esperábamos lo mismo. Yo ya le había dicho sobre la última voluntad de Mamá Lochi. Que nos fuéramos. Él tenía sus dudas. Y yo, cada día que pasaba, sentía que lo mejor era hacerle caso y ver de irnos a buscar a mi papá y a mis tíos. Aunque eso de agarrar mis tiliches y echarme a andar, sin saber ni para dónde, no era algo como para decir quítense que ahí les voy. Después de unos meses hasta la comadre Tomasa empezó a rezongar de que nuestros parientes nos hubieran dejado a la buena de Dios y que ella tuviera que alimentarnos.

Una tarde en que bajaba del cerro, de buscar leña, me encontré a un chamaco de los que conectaban gente con los camiones que iban hasta la frontera. Varios se habían ido con él y decían que ofrecía un servicio seguro. Que luego ellos se encargaban de ponernos en manos de los polleros. Estaba ahí recargado sobre un pedregón, por el sendero de vuelta al pueblo, mordiendo yerbajos, no sé si esperando a alguien o qué. Era mayor que Caco, cuatro o hasta seis años: era Darío. Tenía fama de malencarado. Nunca se quitaba una gorra azul y percudida que decía California en rojo con una gaviota blanca dibujada al frente. Yo recordaba que él le debía un favor muy grande a Mamá Lochi, y me dije a mí misma que le había llegado la hora de pagarlo. Me acerqué a él con mi tercio de leña colgado al hombro, sin pensar en nada, pero sabiendo lo que tenía que hacer. Recuerdo que él me hizo una seña con la cabeza, como de qué quieres, sin dejar de mordisquear un palito que traía entre los dientes. Bajé del hombro el mecate donde colgaba la leña, y le hablé. Le dije que mi hermano y yo queríamos llegar a la frontera y cruzar, que en cuánto salía que nos pusiera en el camino. Me miró como tanteándome. No tenía buena cara y me entró la duda de que se acordara del favor que nos debía a mi abuela y a mí. Había ocurrido como dos años antes de que mis tíos y mi papá se fueran, un día en que Mamá Lochi y yo andábamos por el monte buscando yerbas. Caminábamos por un sendero estrecho y ella iba contándome quién sabe qué cosas, cuando hizo un silencio y se quedó tiesa, y mirando fijo, como cuando un espíritu le hablaba. Creí que había visto alguna de las criaturas que se le aparecían, pues se puso un dedo en los labios para pedir silencio. Paré la oreja y no alcancé a escuchar nada. De pronto, oí un quejido que venía de la cañada. Ella dio unos pasos para asomarse por la ladera empinada que bordeaba el camino y de un salto brincó por sobre las hojas secas que cubrían la tierra. Era ágil mi abuela. Ni parecía de la edad que tenía. Las piernas fuertes, que ni las púas de tanta planta recia como hay por allá le atravesaron la piel. Me espanté al verla brincar, pero me fui tras ella, bajando la pendiente a resbalones. Cuando la alcancé, estaba inclinada sobre un cuerpo medio cubierto por las mismas hojas, como si llevara mucho tiempo allí tendido. Era el mismísimo Darío. Por más que mi abuela lo zarandeó, él sólo soltó unos quejidos que apenas se escucharon.

—Está vivo —le oí decir a ella—, pero ya su espíritu lo quiere dejar. Le andan muchas sombras cerca.

Yo le rogué a Dios que no se petateara. Mejor no enredarse de los desatinos de un muerto que uno ve morir.

—Hay que ver si te picó algo, chamaco —le oí decir a mi abuela, como si Darío pudiera oírla, y se puso a esculcarlo por todos lados. Luego le jaló los párpados, le acercó la oreja al corazón, a la panza, le tocó la cabeza por todas partes, le abrió la boca, lo olió y le remangó los pantalones hasta la rodilla.

—Esto está feo, Calandria —dijo, y se apuró a trozar la camiseta del chamaco y buscó en su morral unas yerbas que acababa de recoger. Le hizo un nudo recio a la altura de la rodilla, otro más abajo del tobillo, sacó la navaja y le abrió la carne en el centro de la bola que él tenía abajito de la rodilla.

Supuraba de dar ganas de guacarearse. Pero mi abuela no se detuvo ahí: se bajó los chones y le orinó encima. Darío, en su inconsciencia, movió la pierna como si le doliera. Se subió los chones, esperó un poco y luego, con otro pedazo de tela, cubrió con yerbas la herida y se puso a cantar. Después se calló y le dijo:

—Aguanta, chamaco, que ahorita te sacamos de aquí —le dio dos o tres apretones bien recios sobre el pecho y Darío agarró una bocanada de aire como si llevara rato sin respirar.

Mamá Lochi se lo echó a la espalda y, no sé cómo le hizo, pero logró treparlo por la ladera, hasta el sendero. Ya arriba, me ordenó que me fuera echa la raya a buscar ayuda. Para cuando volví con un arriero y una mula que encontré en el camino, ella ya venía por el sendero con el chamaco a cuestas, como bulto de leña y todavía inconsciente.

Mientras miraba al Darío ahí frente a mí, con sus ojos neblinosos, masticando la vara de carrizo, no supe si alguna vez él se había enterado de que había sido Mamá Lochi quien lo había salvado de morir por la mordida de una coralillo.

—Pues si tienen billete, yo los llevo a donde salen los camiones para la frontera —me dijo, en cuanto escupió los restos de carrizo que traía pegados a la lengua—. En dos semanas salgo con un grupo. Son diez mil por cabeza, y me tienen que entregar de menos la mitad antes de salir.

—¿Diez mil? —se me salió—. ¡Eso es mucho! —la sangre se me fue a los pies como si me chupara la tierra. No sabía bien a bien cuánto dinero había dejado mi abuela bajo el colchón, pero segurito no era tanto. Y a pesar de eso, algo muy de adentro me iluminó y le pregunté así derechito si se acordaba del favor que le había hecho Mamá Lochi cuando lo picó la víbora en el monte. Me miró bien fijo, el canijo. La cara hasta le cambió.

—¿Tu abuela? ¡No chingues! ¡Fue un arriero con su mula el que me encontró tumbado y me bajó del cerro! Qué tu abuela, ni qué tu abuela, escuincla chismosa.

¡Desagradecido! ¡Con lo que nos había costado treparlo al sendero, y luego Mamá Lochi, así vieja como estaba, cargarlo a cuestas!

—No —le dije, con toda la serenidad que conseguí—. Yo fui a traer al arriero con su mula. Fue mi abuela la que te salvó. Si no te encuentra y te hace esas curaciones, ya serías difunto. Ve y pregúntale a tu papá para que veas. Ahí luego nos vemos —y echándome al hombro el tercio de leña, me encaminé de regreso alimentando mis esperanzas de que aquel recuerdo le ablandara el corazón.

Goyo no se tomó a bien que yo le hubiera hablado a Darío. En cuanto abrí la boca para contarle, se puso bien colorado, como si la sangre le quisiera salir por las narices. Me empezó a reprochar que no hubiera cumplido mi palabra de no decir nada hasta que no supiéramos bien qué hacer, de no haberlo consultado, que él era el mayor y el hombre, que tenía que hacerle caso.

—Tú no eres mi jefe como para andarme mandando ni para que yo te ande preguntando cada cosa que se me ocurre —le dije. Me di media vuelta, me salí de la casa y jalé para el monte. Anduve vagando un buen rato, y cuando volví, todavía nos quedamos como dos horas bien enojados, sin hablarnos. Al final del día, yo fui la que me acerqué:

—Mejor vámonos, Caco. ¿Qué esperamos? Ya va para seis meses que se fue Mamá Lochi y no veo para cuándo van a venir a traernos. Ya me da pena de irle a pedir comida a la comadre Tomasa. Y mejor usamos el dinero para irnos. Vámonos. Mira, del dinero que pide el tal Darío yo creo que podemos conseguir que nos cobre menos.

—Cómo crees, Emilia. Es un chingo —me dijo. Y como si nos leyéramos el pensamiento, los dos nos arrimamos a la cocina, levantamos el adobe donde lo habíamos escondido y nos pusimos a contar los billetes. Casi alcanzaba para pagarle uno completo. De cuánta cosa se había privado Mamá Lochi para poder guardar esos pesos.

Le propuse a mi hermano que guardáramos una parte y que le dijéramos al Darío que sólo teníamos para pagar la mitad. Que en cuanto encontráramos a nuestra familia, le pagaríamos el resto.

—¿Estás segura?

—Pues sí. Estoy segura.

La verdad, la verdad, no estaba segura de nada. Pero había que intentarlo.

Caco no dejaba de mirarme.

—Pero nos va a costar un montón encontrarlos —y se quedó pensando, pero no tardó en decir—: Tienes razón, no tenemos de otra.

Apenas se trepó el sol sobre el cerro, él mismo se fue a negociar con el Darío. Me imaginé que estuvo hablando con su papá y le ha de haber dicho que Mamá Lochi lo había salvado y no el arriero, porque estuvo de acuerdo con que le diéramos una parte, pero a cuenta quedó en pasar por nuestra casa a ver qué le servía. Por la tarde, se apareció con una carretilla para llevarse cuanta cosa le pareció buena. Ni un méndigo enchufe dejó el canijo.

Decidimos no decirle nada a la comadre Tomasa, pero la tarde antes de irnos vino a vernos, y nada más mirarle los ojos, supe que ella ya sabía. En un pueblo chico hasta las piedras dicen lo que escuchan. Tomasa puso en manos de mi hermano un sobre con unos pesos y una imagen de la Virgen. Le encomendó al Goyo que me cuidara mucho, y que si podía, le llamara cuando ya hubiéramos llegado a buen destino. Que iba a seguir buscando a mis tíos y a mi papá para avisarles. Que ella cuidaría la casa hasta que regresáramos, y que estaba segura de que nuestra abuela iba a guiarnos por buen camino. Mi hermano y yo nos paramos en la puerta y la vimos alejarse por el sendero. Iba con la cabeza como si le pesara. La comadrita Tomasa era buena gente y nos tenía aprecio. De haber tenido más con qué ayudarnos, seguro lo hubiera hecho.

Aquella misma noche, Caco y yo cavamos un hoyo en el patio trasero. Después de meter en bolsas de plástico unas fotos, las enterramos bajo un árbol y nos encomendamos con que no lloviera mucho, antes de que regresáramos a rescatarlas. Todavía creíamos que íbamos a volver pronto. Ni siquiera sé en qué andaría pensando. A lo mejor en mi papá, en encontrarlo, en la emoción de la aventura de irse al otro lado.

Fue una madrugada de octubre cuando nos echamos a andar por el sendero: con una mochila vieja, con un poco de comida y tres trapos cada uno, hasta allegarnos al camposanto donde nos quedamos de ver con Darío. Caco y yo temblábamos, no sé si de frío o de la emoción nerviosa que nos cargábamos. No había luna. Mirábamos hacia el panteón, y en un momento apreté los ojos pidiendo que Mamá Lochi se apareciera, aunque estuviera muerta, y nos abrazara para quitarnos la temblorina. Luego llegó Darío en la pickup donde solía acarrear bultos de la siembra. Nos dijo que nos subiéramos atrás donde iban otros del pueblo a los que yo casi ni les hablaba, y vi cómo el caserío, con su calle y su panteón, se iba encogiendo como se fue encogiendo adentro de mi pecho mi propio corazón.

—Adiós, mamita. Adiós, Mamá Lochi —dije en mis pensamientos, antes de que el alba empezara a teñir con su luz los montes a lo lejos.

Caco, Simón y yo no tardamos mucho tiempo con nuestro padre porque a la Lucrecia no tardó en salirle lo malora e hizo lo que pudo para alejarnos. Por mejores intenciones que tuviera al principio, le ganaron los celos. No aguantó que allí anduviéramos nosotros, recordándole a mi padre sus amores pasados. Mis dos hermanos eran muy latosos y luego llegó el tercero y no había para dónde hacerse. Aunque al poco de haber llegado nos mudamos a una vivienda más amplia gracias al dinero que teníamos, igualmente estorbábamos. El dinero duró un tiempo, pero terminó por acabarse. Mi papá nos defendió lo que pudo, aunque las griterizas eran cada vez peores y no le quedó más que mandarnos a vivir con mis tíos, a otra ciudad; trabajaban de carpinteros y no pusieron inconveniente. No tenían hijos y siempre nos quisieron mucho. La verdad, yo me quedé con resentimiento, hubiera querido que nuestro padre luchara más por nosotros, aunque con el paso del tiempo el rencor ha ido menguando. Cuando él murió hace unos años, terminé de perdonarlo y, aunque no pude acompañarlo en sus últimos momentos, a veces voy a la iglesia donde dejamos sus cenizas. A saber dónde habrá ido a parar su espíritu.

Caco aprendió el oficio de carpintero y de eso ha trabajado, con sus altas y bajas. Tuvo dos hijos y le ha dado por tomar. Ya casi ni habla español, dice que para qué, si nunca va a regresar y aquí ya nadie le entiende. Tampoco le gusta que le diga Goyo, mucho menos Caco. Que le diga Gregory, dice que así suena más bonito. Pero yo ni caso que le hago. Duerme mal, y se ha vuelto agrio de carácter. Simón, se fue a vivir con una mujer. Trabaja en la carpintería con mi hermano y mis tíos, que ya están grandes, y es buen carpintero. Él no toma, porque es muy religioso y siempre quiso que Caco y yo nos convirtiéramos a sus creencias, pero con poca fortuna.

Desde que llegué a este país, los chapulines que llevo en los pies me hicieron brincar de ciudad en ciudad, de trabajo en trabajo, hasta que decidí asentarme como ayudante en una pequeña biblioteca estatal mientras logré papeles y hacer estudios para maestra. A quien se deje, le cuento las historias que me habitan, sobre todo a esos niños que veo a diario y que vienen de mi tierra; a veces las escribo, dibujando las palabras sobre la hoja, como le gustaba decir a Mamá Lochi. Aunque aprendí el inglés, me repito esas frases que traigo bien adentro y que supe desde niña: me acuerdo de sus músicas, las anoto, las leo y releo para que así no les dé por querer abandonarme.

Hace apenas unas semanas, la comadre Tomasa, que ya cumplió noventa, pero está bien despierta todavía, me mandó el paquete con fotos y documentos que Caco y yo enterramos bajo el amate antes de irnos. Nos las mandó, con una carta de tres líneas escrita por uno de sus nietos, donde decía que nos extrañaba, que extrañaba a su comadre, aunque sabía que su ánima le andaba cerca. Que esperaba vernos pronto. Qué ilusión me hizo, pero creo que primero se brinca ella el tecorral que nosotros regresar a nuestra tierra. Las fotos que nos envió están percudidas, pero ni tanto. Con todo, se conservaron bien, pues nos esmeramos en envolverlas en plásticos para que la lluvia no se las acabara.

No sé qué sentí de ver a mi abuela en una imagen, pues la única foto que me había traído la perdí al cruzar la línea. Me le quedé viendo, con esas lágrimas que se me escurrían, que no tenían ni para cuándo acabar. Allí estaba ella: parada junto a la entrada de la casa, con su mandil de cuadros, sus dedos entrelazados sobre el abdomen, su morral de yute cruzado al cuerpo, su árbol de rayo brillándole sobre la piel del brazo, su trenza larga cayéndole sobre el hombro. Lo único que uno aprende con los años es que, a lo vivido, ni quién le niegue sus enredos, sus modos secretos e insobornables, sepa cómo se graba en la memoria sin que uno mismo lo advierta. Basta con que un pedazo de recuerdo brinque para que el resto salga a flote completito. Pero a veces, por más que le cavemos con pico y pala, nomás no se deja, no hay modo de que nos devuelva una cara, un gesto, un momento, una voz.

Cuando vi las fotos, caí en cuenta que de Mamá Lochi sólo recordaba el aroma de su piel y su voz, esa que recuperé a los días de allegarnos con mi padre después de haberla perdido por un tiempo allá en el desierto. Aunque siempre me venía sin rostro, ni mirada, mucho menos cuerpo. Y aunque desde entonces nunca dejó de hacerse escuchar, con esas sus maneras inesperadas pero certeras, con el tiempo, descubrí que especialmente se dejaba oír cuando más la necesitaba: en los momentos de dudas, de tristeza o desamparo. Durante años la tuve cerca, pero cuando la miré en la foto, sentí que el sonido de sus palabras se unía a ese cuerpo de la imagen; entonces comencé a escucharla, quedito, como si necesitara que yo las arrejuntara en mi cabeza para ya irse despidiendo. Hace unas noches la vi en sueños, bien muda que estaba mi abuela. Me decía adiós con ese gesto tan de ella, alzando la mano abierta, mientras las marcas que le surcaban el brazo centelleaban como si el rayo que le grabó la piel fuera un habitante vivo de su cuerpo y también se estuviera despidiendo.

A veces hasta creo que llevo rumbo y destino. A veces también me siento bien perdida, tanto o peor que cuando andaba norteada a mitad del desierto. Y me viene un sentimiento de que lo pasado ocurrió apenas, cuando en realidad ya van para veintitantos años que salí del pueblo. Y me pregunto cuándo dejan de pasar esas cosas que a uno lo marcaron como si un pedazo de tizón ardiente se hubiera hundido en la carne. Hasta parece que fue ayer el día en que mi padre me dio un beso de despedida y se fue andando por el sendero a media noche. O aquella tarde de aguacero, cuando Mamá Lochi me llevó al monte, hasta su cueva secreta donde nos resguardarnos de la lluvia. Escucho los goterones cayendo sobre la roca. Esa tarde en que empezó a contarme sus historias para hacerme cómplice y parte, para que me las llevara conmigo para siempre y llegaran hasta donde fueran a dar mis pasos. O aquella madrugada, cuando dejó de respirar, con su alma que ya andaba volando por su cerro, por entre las ramas de los ciruelos, de los amates, de su cielo.

A últimas fechas, por las noches, cuando me meto entre las sábanas y apago la luz, al cerrar los ojos e ir descendiendo por las barrancas del sueño, cuando cruzo la línea de ese otro mundo, todavía siento a mi abuela: me llega su olor a ocotillo, a tierra mojada de lluvia de verano, a leña, a flores del campo… y me digo que ella está cerca, no se ha ido, me sigue rondando. Entonces siento cómo me envuelve de pies a cabeza con su velo, suave y cálido, y entonces desaparecen los inciertos, y consigo dormir tranquila porque sé que, apenas amanezca, en una de esas hasta oigo su voz de regreso.

Cuando llegues al otro lado, Mariana Osorio Gumá
se terminó de imprimir en el mes de abril de 2019
en los talleres de Diversidad Gráfica S.A. de C.V.
Privada de Av. 11 #4-5 Col. El Vergel, Del Iztapalapa,
C.P. 09880, Ciudad de México.